Lotte Petri
Teufelswerk

GOLDMANN
Lesen erleben

Lotte Petri

Teufelswerk

Thriller

Aus dem Dänischen
von Maike Dörries

GOLDMANN

Die dänische Originalausgabe erschien 2017 unter dem Titel
»Djævelens Værk« bei Lindhardt og Ringhof Forlag, Dänemark.
Der Abdruck des Zitats aus Michael Strunge, *Knoglerne*,
© Michael Strunge, Samlede Strunge, Gyldendal, 1995, geschieht mit
freundlicher Genehmigung des Verlags.

1. Auflage
Deutsche Erstveröffentlichung Februar 2020

Dieses Werk wurde vermittelt durch die
Literarische Agentur Kossack GbR, Hamburg
Umschlaggestaltung: UNO Werbeagentur, München
Umschlagmotiv: plainpicture / Glasshouse / Kurt Jordan;
FinePic®, München
Redaktion: Julie Hübner
AG · Herstellung: kw
Satz: Vornehm Mediengestaltung GmbH, München
Druck und Bindung: GGP Media GmbH, Pößneck
Printed in Germany
ISBN: 978-3-442-48958-9
www.goldmann-verlag.de

Dybest i mig ligger
dødens sorte vand:
det spejler dig
i mine pupiller:
se hér dit eget liv
og bær mit navn
inderst i knoglernes
tavse tusindår.

Ganz tief in mir ruht
das schwarze Wasser des Todes:
Es spiegelt dich
in meinen Pupillen:
Sieh darin dein eigenes Leben
und trage meinen Namen
im Innern der stummen
Tausendjahre der Knochen

Michael Strunge: *Knoglerne (Die Knochen)*, 1986

Kapitel 1

Kopenhagen, 2014

DU BIST NUN EIN ENGEL. Die Inschrift auf der schwarzen Marmorsäule des Kindergrabes auf dem Assistens Kirkegård ließ die Rechtsanthropologin Josefine Jespersen einen Augenblick innehalten. Sie spürte einen kurzen Stich in der Bauchgegend, als sie die Jahreszahl las. 1986. Der Junge war im gleichen Jahr gestorben wie ihr Bruder. Und sie waren im gleichen Jahr geboren. Sie räusperte sich, während ihre Gedanken eine kurze Reise in die Vergangenheit unternahmen. Dann drehte sie sich um und ging auf die in einem Halbkreis stehenden, neongrün gekleideten Angestellten der Baugesellschaft Metro Service AG zu und signalisierte ihnen mit einem kurzen Nicken, dass sie mit der Arbeit beginnen konnten.

Der zeitige Wintereinbruch kam ihr wie ein böses Omen vor. Die Tage flossen unbemerkt ineinander, morgens wurde es immer später hell, und viel zu früh am Nachmittag schlich sich bereits die Dämmerung heran. Die Sonne hatte den Kampf gegen die Dunkelheit verloren, und Josefine fühlte sich wie in einer Art Winterruhe. Dichter Nebel lag über allem, und der Assistens Kirkegård hatte sich in eine schlammig aufgewühlte Baustelle verwandelt. Es regnete seit mehreren Tagen ununterbrochen, das Wasser strömte aus allen Poren der Erde.

Ein greller Scheinwerfer beleuchtete den Flecken, von dem zuerst die hohe, schlanke Marmorsäule entfernt und aus dessen Erde danach die sterblichen Überreste ausgegraben werden sollten, die dort einmal ihre letzte Ruhestätte gefunden hatten. Ein Schrank von Mann bediente das Bobcat, das aussah wie ein Spielzeugbagger.

Josefine und die Archäologin Rita Magnussen verfolgten die Arbeiten von der Seitenlinie. Sie waren Teil eines Teams, das im Zusammenhang mit dem bevorstehenden U-Bahn-Bau am Nørrebro-Rondell für eine ethisch korrekt verlaufende Räumung des nördlichen Friedhofsbereiches sorgen sollte. Die sterblichen Überreste der betroffenen Gräber mussten ausgehoben und auf einen anderen Teil des Friedhofs verlegt werden. Das Projekt war, wie zu erwarten, auf massiven Widerstand gestoßen. Wegen Störung des Grabfriedens, wie viele meinten, was aber nicht ausgereicht hatte, um die Bauarbeiten zu stoppen.

Für Josefine war dies eine einzigartige Gelegenheit, an große Mengen Knochenmaterial zu gelangen, die Aufschluss über den allgemeinen Gesundheitszustand der Kopenhagener aus anthropologischer Sicht geben konnten. Die unzähligen Skelette waren das reinste Eldorado und ein sicheres Fundament für ihr aktuelles Forschungsprojekt. Parallel musste sie ihre tägliche Arbeit im Anthropologischen Labor erledigen. Als Expertin für Knochen half sie zwischendurch in der Rechtsmedizin aus, vorrangig bei Obduktionen nach schweren Verkehrsunfällen oder stark fortgeschrittener Verwesung, wenn die Leichen äußerlich nicht mehr zu identifizieren waren.

Rita Magnussen war vom Städtischen Museum *ausgeliehen* worden und für die Katalogisierung der Gräber zuständig. Sie lenkte die Ausgrabungsarbeiten mit eiserner Hand. Selbst gestandene Kerle wurden ganz zahm, wenn Rita sie mit Argusaugen bei der Bedienung der Minibagger beobachtete, mit denen sie die Erde in hauchdünnen Schichten abtrugen, damit sie ja nicht zu tief gruben und womöglich empfindliches Knochenmaterial beschädigten.

Es erwies sich als echtes Unterfangen, die schwarze Marmorsäule aus dem Wurzelgewirr des Baumes zu befreien, das sich entschlossen um den Sockel geschlungen zu haben schien, um ihr Vorhaben zu vereiteln. Efeuranken wanden sich mit schimmernden Schuppenblättern um den Baumstamm. Unter Einsatz einiger Spanngurte versuchten die Männer, die Säule aus der Umklammerung zu befreien. Mehrere Mitarbeiter der Baugesellschaft waren dazugestoßen, und Josefine lauschte dem südländischen Kauderwelsch, in dem sie sich verständigten. Die Metro-AG hatte einen italienischen Subunternehmer für die Betongussarbeiten angeheuert. Die Bauarbeiter befanden sich inzwischen seit über einem Jahr auf dänischem Boden, und ihrer Blässe nach zu urteilen schien ihnen das raue Klima im Norden nicht zu bekommen.

Diese besondere Grabstelle war *Die letzte Bastion* getauft worden, weil die Angehörigen sich hartnäckig der Grabräumung widersetzt und sogar den Bischof aufgefordert hatten, in der Sache einzuschreiten. Das hatte dazu geführt, dass die Metro-AG buchstäblich um die Grabstelle herum hatte arbeiten müssen, bis in der Angelegenheit entschieden worden war. Der Bischof hatte am Ende nichts ausrichten können, da die ethischen Regeln der Räumung bis aufs letzte Komma eingehalten worden waren. Die Ruhezeiten für Gräber liefen auf dem Assistens Kirkegård nach zwanzig Jahren aus. Unmittelbar nach der Antwort des Bischofs hatte die Metro-AG sich unter Aufsicht der Archäologen des Städtischen Museums an die Räumung des Grabes gemacht.

Josefine betrachtete die widerspenstige Säule, auf der kleine weiße Marmorflügel die Lichter der ersten Laternen reflektierten. Das Monument war ausgesprochen prachtvoll und hatte vermutlich ein Vermögen gekostet. Noch mehrere Meter entfernt spürte sie das Nachbeben des harten Aufschlags der Säule, die wie ein gefällter Baum zur Seite kippte und ziemlich exakt in der Mitte zerbrach, wie sie verärgert feststellte.

»Meine Güte, was für Idioten«, flüsterte sie Rita zu, die mit geballten Händen und angespannter Miene dastand, ehe sie auf den Bobcatfahrer zusteuerte und ihn mit ein paar Kraftausdrücken überschüttete, die keiner Übersetzung bedurften, während sie energisch mit den Händen gestikulierte. Ihre Locken strahlten fast weiß im Licht der Scheinwerfer.

Die Grabungsarbeiter banden umständlich ein paar Stricke um die Säulenstücke, um sie anschließend mit dem Bobcat abzutransportieren. Danach ging es in die nächste Arbeitsphase, in der mit dem Bagger behutsam eine Erdschicht nach der anderen abgetragen wurde, bis die Schaufel mit einem hohlen Kratzen über eine harte Oberfläche schabte und Rita das Zeichen gab, ab jetzt ohne Maschinen weiterzuarbeiten. Der Bobcat wurde abgestellt.

Sie traten an den Rand des Grabes und blickten in den dunklen rechteckigen Aushub.

»Scheint Eiche zu sein«, bemerkte Rita. »Auch wenn es eins der neueren Gräber ist, wären andere Holzsorten längst verrottet.«

Josefine nickte stumm.

Der Sargdeckel schien intakt, an einigen Stellen schimmerte durch den Matsch die dunkel lackierte Oberfläche durch.

*

Die Regentropfen trommelten hart und rhythmisch auf die Erde. Hinter einer Buchsbaumgruppe, die irgendwann sicher einmal ordentlich getrimmt gewesen war, jetzt aber wie in stillem Protest wild in alle Richtungen wucherte, stand eine Gestalt. Trotz der Kälte lief der Person salzig schmeckender Schweiß über die Wangen und weiter auf den Kragen der nach Imprägniermittel riechenden Regenjacke. Wie in unbeschreiblichem Schmerz gaben die zurückgezogenen Lippen die Zähne frei. Ein unbändiger Zorn sprühte aus der Tiefe des Körpers nach oben wie glühende Lava.

Aus ihrem Versteck beobachtete die Gestalt das makabre Schauspiel in dem künstlich aufgestellten Lichterhain. Die Säule war herausgerissen und zerbrochen. Der dumpfe Knall beim Aufschlag auf die Erde hatte als physischer Schmerz in den ganzen Körper ausgestrahlt.

Die Person beobachtete die Gruppe Menschen in den neongrünen Warnwesten mit Reflexstreifen, die wie Fahrbahnmarkierungen im Dunkeln strahlten. Man konnte ihre Gesichter nur erahnen. Besonders eins wirkte bekannt.

Ein Zweig knackte, als die Gestalt ihr Versteck verließ und die schwarze Silhouette von der Dunkelheit verschluckt wurde.

*

Josefine sah sich im hellen Licht eines Scheinwerfers den Oberschenkelknochen aus dem Kindersarg genauer an. Über ihrem Kopf klatschte der Regen schwer auf die weiße Zeltplane. Im Hintergrund war das dumpfe, niederfrequente Brummen eines Generators zu hören, der die zwei kräftigen Scheinwerfer mit Strom versorgte.

Sie nahm den Knochen mit in den knallblauen Arbeitscontainer, der wie ein überdimensionierter Legostein aussah und als behelfsmäßiges Labor diente. Sie drehte das Wasser auf und säuberte den Knochen gründlich in dem tiefen Stahlbecken. In südlichen Gefilden reichte es, Knochen mit einem weichen Pinsel zu säubern, aber die lehmige Erde in Dänemark erforderte krassere Methoden. Durch eine vermoderte Seite war Erde ins Innere des Sarges gelangt, doch der Rest der Wände war gut erhalten. Josefine legte den Oberschenkelknochen auf einen Stahltisch. Sie ignorierte das insistente Knurren ihres Magens, während sie den mobilen Röntgenapparat über den Knochen zog und konzentriert auf einen kleinen Monitor starrte, auf dem schwarzweiße Schatten wie in einer zernarbten Mondlandschaft zu sehen waren. Der völlig geruchsneutrale, vom Zahn der Zeit gründlich gereinigte Knochen hatte die Farbe der braunen Erde angenommen, deren penetrante Kompostnote sich auf die Schleimhäute legte.

Josefine platzierte den Knochen zum Trocknen auf ein feinmaschiges, in einen Holzrahmen gespanntes Drahtnetz.

Draußen frischte es auf. Der Wind rüttelte an dem Container und trug die Stimmen und Rufe einer Gruppe Kinder herüber, und es klang, als hätten sie in dem Augenblick den Friedhof betreten.

Sie unterbrach die Arbeit und sah auf ihre Armbanduhr. Halb acht schon.

Mit einem Seufzer zog sie die Latexhandschuhe aus und

rieb sich müde das Gesicht. Sie beschloss, Feierabend zu machen, und schrieb mit einem feinen Edding die Referenznummer auf ein Schildchen und klebte es an das Trockenregal, in dem auch die übrigen Kinderknochen aufbewahrt wurden. Josefine wusch sich die Hände in einem Mini-Waschbecken und sah in den gesprungenen Spiegel. Sie hatte ein eher schmales Gesicht, hohe Wangenknochen und ein energisch vorgeschobenes Kinn. Sie strich eine sich kringelnde Haarsträhne, die sich aus dem französischen Zopf gelöst hatte, hinters Ohr und schaltete die Apparate und Scheinwerfer aus.

Im gleichen Augenblick hörte sie Svends charakteristische schlurfende Schritte vor dem Container, und eine Sekunde später tauchte das kantige Profil des Totengräbers im Türrahmen auf. Josefine hatte ihn aus Dragør rekrutieren müssen, weil etliche der fest angestellten Kollegen des Assistens Kirkegård sich geweigert hatten, die mehr als tausend Skelette zu verlegen.

Svend schob seine jagdgrüne Mütze so weit aus der Stirn, dass seine markanten Augenbrauen sichtbar wurden. Die Hände wirkten seltsam groß im Verhältnis zu dem langen, schlaksigen Körper.

»Sie können ruhig gehen«, sagte Josefine. »Ist ja schon spät. Ich pack's auch bald.«

Svend machte Anstalten, ihrer Aufforderung zu folgen, hielt aber mitten in der Bewegung inne.

»Sind Sie … Sind Sie sicher, dass wir weitermachen sollten?«, fragte er langsam und leicht stammelnd.

»Wie meinen Sie das?«

»Ich weiß nicht … das ist irgendwie so … verkehrt«, sagte er leise und starrte auf den Boden. Seine schwarzen Gummistiefel waren schlammverschmiert. »Wir stören die Grabruhe der Toten …«

Josefine runzelte die Stirn, musterte das zerfurchte Gesicht des Mannes und atmete tief ein.

»Svend, ich verstehe Sie gut. Aber egal was passiert, die U-Bahn wird in jedem Fall gebaut. Und dazu müssen die sterblichen Überreste verlegt werden. Wir sollten zusehen, das Beste daraus zu machen.«

Er schüttelte skeptisch den Kopf. Auf der Mütze glitzerten ein paar Regentropfen.

Dann hob er den Blick und sah Josefine an.

»Wenn wenigstens ein Pastor dabei wäre«, wandte er ein. »Um die Toten zu segnen. Ich bete für jeden Einzelnen das Vaterunser …« Er zögerte einen kurzen Moment. »Da kommt am Ende nichts Gutes bei raus«, sagte er mit ungewohnter Schärfe in der Stimme. »All die Seelen … die jetzt keine Heimat mehr haben … Ich spüre sie, wenn ich draußen im Dunkeln herumlaufe.«

»Mal ganz ehrlich, Svend.« Josefine lächelte. Sie hatte sich inzwischen an seine sehr eigene Art gewöhnt. »Wollen Sie damit sagen, dass es auf dem Friedhof spukt?«

Zu ihrem eigenen Erstaunen lief ihr eine Gänsehaut über den Rücken.

Svend begnügte sich damit, ihr stumm in die Augen zu sehen.

»Wir machen jetzt erst mal Feierabend«, bestimmte Josefine, zog den Reißverschluss ihrer Schutzweste herunter und streifte sie ab. Die giftgrünen Westen der Metro-AG mit den Reflexstreifen waren ein Ausbund an Hässlichkeit, aber die Betriebsratsrepräsentanten waren geradezu fanatisch, was die Benutzung betraf.

»Soll ich Sie zum Jagtvej begleiten?«, bot Svend sich an.

»Danke, Svend, aber ich schaff es auch allein über den Friedhof.«

»Okay … dann geh ich mal«, murmelte er und verschwand.

Josefine packte ihren Laptop in den Rucksack, löschte die letzten Lichter und schaltete den Generator aus. Als sie nach der Türklinke tastete, wäre sie um ein Haar über eins der kräftigen Kabel gestolpert, die mit Klebeband am Boden befestigt waren.

Die Dunkelheit legte sich wie ein schwerer Umhang um sie, als sie aus dem Teamcontainer ins Freie trat. Die Straßenbeleuchtung auf dem Jagtvej warf ein schwaches gelbliches Licht auf den verlassenen Friedhof. Ein harter Windstoß fegte ihr kalte Regentropfen ins Gesicht.

Sie zuckte zusammen, als sich vor ihr eine Gestalt in der Dunkelheit materialisierte.

»Scheiße, ist mir kalt«, sagte eine nasale Stimme. »Wieso hast du die Scheinwerfer ausgeschaltet? Ich hätte mich fast auf den Hintern gesetzt.«

»Rita? Ich dachte, du wärst längst gegangen ...«

»Wollte ich auch, aber dann ist was dazwischengekommen, das ich noch erledigen muss. Für heute Nacht ist Frost vorhergesagt ...«

»Verdammt.« Josefine stöhnte, weil sie ahnte, dass das zu weiteren Verzögerungen im Arbeitsablauf führen könnte.

Rita gähnte herzhaft, der Atem stand in einer weißen Wolke vor ihrem Mund.

»Dieser Svend wird auch immer merkwürdiger«, sagte Josefine.

»Was hat er sich jetzt wieder ausgedacht? Dass er mit Kierkegaard gesprochen hat?«

»So ungefähr. Er meint, dass wenigstens ein Pastor bei der Räumung der Gräber anwesend sein sollte, weil die Seelen sonst heimatlos durch die Gegend irren ... und der Grabfrieden gestört wird ...«

Rita stieß ein heiseres Lachen aus und schaffte es, sich eine Zigarette anzuzünden.

»Der ist ernsthaft gaga! Wenn er den Job hier nicht hätte, würde er wahrscheinlich den lieben langen Tag auf einer Parkbank hocken und Bier trinken ...«

Josefine nickte. Die Beschreibung war treffend. Svend hatte die verlotterte Ausstrahlung und die scharfen Gesichtszüge eines obdachlosen Schluckspechtes.

»Apropos Bier ... Ich habe mich mit ein paar Jungs aus der Nationalhistorischen Sammlung verabredet ... Magst du mitkommen?«

»Nein, danke.«

Die Jungs waren eine Gruppe junger vollbärtiger Typen – süß, aber unglaubliche Nerds.

»Du wirst es bereuen …«

»Ich dachte, du hättest ein Date?«, fragte Josefine neugierig.

»Das ist erst morgen.«

»Wer ist denn der Glückliche?«

»Sag ich nicht …«

»Komm schon!«

»Ich versprech dir, dass du die Erste bist, die es erfährt … Aber es ist noch so frisch …«

Josefine biss sich auf die Lippe und überlegte, ob sie noch einen letzten Versuch machen sollte, den Namen aus der Freundin herauszukitzeln.

»Okay, dann sehen wir uns morgen«, sagte Rita und trat die Kippe unter der Stiefelsohle aus.

Josefine nickte. Sie registrierte das leise Klicken, als Rita die Tür des Mannschaftscontainers aufschloss, und das Dröhnen des Generators, der hustend wieder ansprang. Gleich darauf fiel blasses Licht durch das einzige Fenster des Bauwagens, fein gewürfelt durch das Gitter davor.

*

Nicht viel später schloss Rita den Mannschaftscontainer wieder ab. Sie steckte sich die Ohrstöpsel in die Gehörgänge, wischte sich mit dem Zeigefinger unter der Nase entlang und schaltete die Musik ein, die sie in einen weichen Kokon hüllte, als sie über den dunklen Friedhof lief.

Rita spürte die Kälte unter ihre Jacke kriechen und ein leises Vibrieren im Körper. Sie freute sich auf das Treffen mit den Archäologenkollegen und konnte nicht verstehen, wieso Josefine nicht hatte mitkommen wollen. Sie ließ sich von der Musik mitziehen und fiel in ihren Rhythmus ein. Sie peilte den Nordausgang auf das Nørrebro-Rondell an und nahm eine Abkürzung dicht am Ausgrabungsgelände vorbei, wo sie behände den gespannten Schnüren und Pflöcken auswich, deren Verteilung sie in- und auswendig kannte.

Ihre Gedanken kreisten um die Toten, die in ihren Särgen in der Friedhofserde begraben lagen. Alle Leichname hatten einen mehr oder weniger ausgeprägten Verwesungsgrad erreicht, deren Verlauf immer der gleiche war. Der Tod hatte seine eigene, unfehlbare innere Uhr. Der Satz *Denn Staub bist du, und zum Staub kehrst du zurück* kam nicht von irgendwoher. Die Erde war der Beginn und das Ende von allem, eine ewige Transformation, die Zersetzung vergänglicher Materie. An dem, was Svend sagte, war etwas Wahres dran. Sie störten die Toten in ihrer Ruhe. Sie hatte höhnisch über seine Bemerkung in Bezug auf die heimatlosen Seelen gelacht, aber jetzt …

Rita blieb stehen. In der Pause zwischen zwei Musikstücken glaubte sie, hinter sich ein Geräusch zu hören. Sie drehte sich um und starrte in die Dunkelheit, zog die Ohrstöpsel heraus und lauschte konzentriert, aber abgesehen von dem rauschenden Wind in den blattlosen Baumkronen und dem konstanten Verkehrslärm vom Jagtvej war alles still.

Das Gefühl, nicht allein zu sein, wuchs ihr aus der Dunkelheit entgegen. Sie fühlte sich auf unangenehme, fast handgreifliche Weise beobachtet. Rita ließ ihren Blick in die Runde schweifen und atmete tief ein. Regen und Wind hatten weiter zugenommen, und es war beißend kalt. Die Regentropfen prasselten ihr hart ins Gesicht. Sie ging schneller, den Blick auf die Straßenbeleuchtung um das Nørrebro-Rondell gerichtet, die etwas von einem mystischen Sonnenaufgang hatte.

Im nächsten Augenblick nahm sie aus den Augenwinkeln ein Flackern wahr. Sie blieb stehen und schaute mit zusammengekniffenen Augen in Richtung einer Tanne, wo sie die Bewegung gesehen hatte. War das neben dem Baum die Silhouette eines Menschen, oder bildete sie sich das nur ein? Die Konturen zerflossen wie feuchte Tinte. Sie konnte nicht nachvollziehen, was einige Leute nach Anbruch der Dunkelheit auf dem Friedhof suchten, der auf gewisse schräge Existenzen eine geradezu magnetische Anziehungskraft zu haben schien.

Sie überlegte, ob das womöglich Svend war, der sich auf eine okkulte Mitternachtsséance vorbereitete, und lächelte. Wirklich wundern würde es sie nicht!

Rita blinzelte ein paar Regentropfen aus den Augenwinkeln und sah wieder zu dem Baum hinüber. Nichts.

Erschöpft und gestresst, wie sie momentan war, beschloss sie, dass es sich bei der Gestalt neben der Tanne um ein Trugbild handeln musste, und nahm sich vor, ein bisschen mehr auf sich achtzugeben.

Sie setzte sich wieder in Bewegung, konnte die innere Unruhe, die sich in ihrem Körper breitmachte, aber nicht abschütteln.

Plötzlich waren hinter ihr ganz deutlich Schritte zu hören wie ein verzögertes Echo ihrer eigenen Schritte. Sie drehte sich um und fragte sich, was das für ein leises Pfeifen war, als sie eine Bewegung in der Luft wahrnahm.

Abrupt verstummten alle Geräusche, und sie registrierte, dass sie auf der Erde lag und in einen dunklen Himmel mit mondhellen Rissen starrte. Adrenalingesättigte Schmerzpfeile bohrten sich in ihre Brust, und die Regentropfen schmeckten nach Eisen. Sie schrie aus vollem Hals, während kochende Lava sich über ihre Stirn ergoss und der Mond sich verdunkelte. Sie erkannte den Umriss einer großen Gestalt mit erhobenen Händen und wollte sich schützen, aber ihre Arme waren völlig kraftlos. Ebenso ihre Beine. Sie hatte keine Kontrolle mehr über ihren Körper. Mit zerschmetternder Wucht wurde sie erneut von etwas Schwerem, Hartem getroffen. Der krachende Laut von splitternden Knochen explodierte in ihrem Innern, danach verabschiedete sich das Gehör. Blut pulsierte heiß in ihrer Mundhöhle, von dem metallischen Geschmack wurde ihr übel. Obwohl ihre Augen offen standen, konnte sie nichts sehen. Der Schmerz war so unbeschreiblich und übertraf alles bisher Erlebte. Ihre Schreie waren albtraumstumm, und das Bewusstsein verabschiedete sich erst nach ein paar grauenvollen Augenblicken, in denen ihr aufging, dass sie sterben würde.

*

Josefine stapfte über den finsteren Friedhof. Sie hatte die Mütze über die Ohren gezogen und die Hände tief in den Jackentaschen vergraben, um die Wärme zu halten. Vor der Friedhofsmauer bog sie auf einen schmalen, parallel zum Jagtvej verlaufenden Pfad ab. Hohe Eiben und wild wuchernde Buchsbaumsträucher wuchsen über ihrem Kopf zusammen und bildeten einen dunklen immergrünen Tunnel. Die in der Friedhofsmauer eingelassenen Bogen beherbergten moderne Grabstätten neben alten, verwitterten Grabmälern. Dieser Pfad war auch tagsüber eher schummrig, und nach Einbruch der Dunkelheit drang die Straßenbeleuchtung nur noch punktuell durch das dichte Grün. Darum trug Josefine immer eine kleine Taschenlampe bei sich, mit der sie jetzt die Blätter anstrahlte.

Sie hatte ihr Auto nicht ganz vorschriftsmäßig in der Jægersborggade geparkt und hoffte, dass alles in Ordnung war. Erst vor Kurzem hatte ihr jemand einen Seitenspiegel zerdeppert. Sie seufzte. Der alte, elend lange Volvo war in Kopenhagen der absolute Parkalbtraum. Ihre Kollegen in der Rechtsmedizin nannten ihn nicht ganz abwegig »Leichenwagen«.

Josefine erstarrte, als ein langgezogener Schrei sie in dem regenfeuchten Blättertunnel erreichte.

Sie riss die Mütze vom Kopf und drehte sich in die Richtung, aus der der Schrei gekommen war.

»Rita!«, rief sie in die Dunkelheit. »Alles okay bei dir?«

Josefine strengte ihre Augen an, um etwas zu erkennen, aber der Regen war zu dicht. Es kam keine Antwort. Sie versuchte zu ermitteln, woher das Geräusch gekommen war.

»Rita, verdammt!«, rief sie und lief über eine Abkürzung zurück zum Ausgrabungsfeld. Im kalten Licht einer einsamen Straßenlaterne schimmerten die Regentropfen an den Buchsbäumen wie weiße Eiskristalle. Die Erdhaufen und ausgehobenen tiefen Gruben warfen verwirrende Schatten, und sie befürchtete, über die gespannten Schnüre und Pflöcke zu stolpern, die Rita und ihre Kollegen aus dem Stadtmuseum nach einem für andere undurchschaubaren System angebracht hatten. Bis auf den Regen und den leisen Verkehr im Hintergrund war es jetzt ganz still auf dem Friedhof.

Sie leuchtete mit der Taschenlampe überallhin, konnte Rita aber nirgendwo entdecken. Dann ging sie in die Hocke und fuhr mit dem Lichtkegel über die messerscharfen Kanten eines frischen Grabes, das wie zu erwarten leer war.

»Rita?«, rief sie noch einmal.

Von einer Vorahnung getrieben näherte Josefine sich dem Doppelgrab, an dem sie Anfang der Woche gearbeitet hatte. Der schwarze Erdhaufen daneben war durch den kräftigen Regen abgeflacht.

Der zitternde Lichtkegel der Taschenlampe beleuchtete einen schwarzen Umriss auf dem Grund des Grabes, und als sie sich vorbeugte, erkannte sie, dass da ein Mensch lag. Und noch ein wenig später wusste sie, dass es Rita war. Sie starrte in ein Paar Augen, die nichts mehr sahen. Die Lippen waren geöffnet und das Gesicht zu einem Ausdruck tiefsten Schmerzes verzerrt. Die Zähne, die nicht ausgeschlagen waren, sahen aus wie von einer roten Haut überzogen. Ein kalter Schauer überlief Josefine. Es war unglaublich viel Blut, das über Ritas Gesicht lief.

Josefine steckte die Taschenlampe in die Bauchtasche ihres Anoraks, nahm den Rucksack ab und ließ sich in das Grab hinabgleiten, das deutlich tiefer war als von oben angenommen. Der Regen hatte die Erde in eine glatte Schlammfläche verwandelt, so dass sie das letzte Stück hinunterrutschte. Dabei landete sie mit einem Fuß auf Ritas Körper, der keine Reaktion zeigte. Josefine legte ein Ohr auf ihren Brustkorb auf der Suche nach einem Herzschlag. War da noch ein ganz schwacher Puls? Sie fischte das Handy aus der Hosentasche, aber ihre Hände zitterten so sehr, dass sie kaum die Tasten traf. Irgendwann schaffte sie es, den Notruf zu wählen und den ungewöhnlichen Ort zu beschreiben, an dem sie sich befand.

Sie holte tief Luft, kniete sich neben Rita und begann mit Mund-zu-Mund-Beatmung und Herzmassage. Ritas Nase war gebrochen, und tief in ihrem Innern wusste Josefine, dass das Ganze sinnlos war, weil mit jedem Druck auf das Brustbein mehr Blut aus dem Mund quoll. Aber sie konnte nicht aufhören, machte unermüdlich weiter, bis sie Rufe hörte und ein Lichtkegel in das Loch gerichtet wurde, der sie blendete.

Die Zeit, die sie in dem Grab verbracht hatte, kam ihr wie eine Ewigkeit vor.

Kapitel 2

Ein metallisches Knarzen wie von einer rostigen Schaukel ertönte, als das alte Drehkreuz sich widerstrebend und träge um seine Achse drehte. Ein Mann bugsierte mit Mühe eine kleine Sackkarre durch das Tor, auf der mit einer knallbunten Gepäckspinne sorgfältig eine grüne Klappkiste mit einem Sixpack Bier und eine Tasche mit leeren Dosen festgeschnallt waren. Der langhaarige Typ mit dem vor Nässe tropfenden Bart starrte finster vor sich hin. Das gewellte schulterlange Haar war im Gegensatz zu seinem übrigen Äußeren erstaunlich gepflegt. Um seinen mageren Oberkörper schlabberte ein armeegrüner Parka mit zotteligem Kunstpelz. Er trug keine Hose. Seine nackten Beine waren lang und dünn, die Knie dunkel vor Dreck. Die Füße steckten in ein paar viel zu kleinen Stoffschlappen.

Zwischen den Lippen des Mannes hing eine selbstgedrehte Zigarette.

Am Jagtvej angekommen blickte er unentschlossen nach links und rechts. Schließlich wandte er sich gen Norden Richtung Nørrebro-Rondell.

Er ging vorsichtig, den Blick starr auf die Bürgersteigplatten gerichtet. Sein Körper bewegte sich ruckartig vorwärts, als hätte er Sorge daneben zu treten.

Kapitel 3

Kriminalhauptkommissar Alexander Damgaard, von allen Xander genannt, traf etwa gleichzeitig mit den Polizeitechnikern am Tatort ein und stieg in den obligatorischen, aus einem Einwegoverall mit Kapuze bestehenden Raumanzug. Um Viertel nach neun hatte ihn der Anruf von Majken Holm, der bissigen Leiterin der Ermittlungszentrale, die im dritten Stock des Polizeipräsidiums residierte, erreicht. Sie hatte ein ABC-Team aus Kollegen von den Revieren Amager, Bellahøj und Kopenhagen City zusammengerufen. Letzteres repräsentierte er. Das Team sollte klären, warum noch niemand mit bluttriefendem Messer in unmittelbarer Nähe des Opfers gestellt worden war. Wenn es sich denn wirklich um einen Mord handelte. Leider deutete an diesem höllisch kalten Abend nichts darauf hin, dass sie bald einen Täter ausfindig machen würden. Xander ahnte, dass dies wieder einer der Fälle werden würde, die sich ewig in die Länge zogen und die Überstunden in Höhen trieben, die er niemals würde abfeiern können. Sein Chef hatte zu allem Überfluss die Auszahlung von Überstunden gestrichen, was mehr oder weniger bedeutete, dass er ehrenamtlich arbeitete.

Sie befanden sich in einem Bereich des Friedhofs, in dem die Grabräumungen für die Baumaßnahmen der U-Bahn fast abgeschlossen waren. Der Regen ging allmählich in Schneegriesel über, und die aufgestellten Scheinwerfer erzeugten an den Mauern lange Schatten der Grabmäler, eine Skyline der besonderen Art. Xander las die Aufschriften einiger Grabsteine in der beleuchteten Zone. Da war für jeden Geschmack etwas dabei. Ihm ging durch den Kopf, dass er selbst sich auch eher in der absteigenden als aufsteigenden Phase seines Lebens befand. Ob jemand sein Grab besuchen würde? Frau und Kinder hatte er nicht, und seine Mutter war über achtzig. Alles, was von ihm bleiben würde, wäre ein einfacher Stein auf dem Friedhof mit einer unpersönlichen Inschrift, die mit der Zeit unter Moos und Taubenscheiße verschwinden würde.

Er schob diese Gedanken beiseite und konzentrierte sich stattdessen auf den Tatort.

Die Untersuchungen waren bereits in vollem Gang. Fundort und Friedhof waren weiträumig abgesperrt. Wie emsige Ameisen hatten die Techniker sich zu der Leiche vorgearbeitet und eine schmale Passage eingerichtet, über die alle Zuständigen in ihre Arbeitsbereiche gelangen konnten, ohne eventuelles Beweismaterial zu zerstören. Einer der Spürhunde aus der Gruppe 1 schlug an. Die Tiere waren darauf trainiert, kleinste Spuren von Blut, Spucke und Sperma zu erschnuppern, und absolut unentbehrlich in der entscheidenden Anfangsphase einer Mordermittlung.

Xander erkannte das Geräusch des Technischen Einsatzwagens, der sich in Stellung brachte – ein voll funktionstüchtiges mobiles Büro, das in kürzester Zeit für Zeugenbefragungen und Büroarbeiten zur Verfügung stehen würde. Der Bauwagen lief inoffiziell unter dem Namen *Wurstbude.*

Der Bereitschaftsdienst hatte ein weißes Zelt über dem Fundort errichtet, das nur mäßigen Schutz vor dem kräftigen Wind bot, gegen den sie gehörig zu kämpfen gehabt hatten, bis die Planen stabil standen. Die Temperaturen befanden sich im freien Fall, und Xander vermutete, dass diese Tatsache den Rechtsmedizinern die genaue Bestimmung des Todeszeitpunktes erschweren würde. Im Licht der Scheinwerfer war zu erkennen, dass sich in den Erdvertiefungen Schnee sammelte.

Er stellte sich ein wenig abseits und zündete sich eine Zigarette an, nahm ein paar tiefe Züge und klopfte die Asche ab. Er wechselte einen Blick mit der hübschen Rechtsmedizinerin Maria Holeby, deren sinnliche Lippen schon ganz blau waren. Sie schaffte das Unmögliche, selbst in dem Einwegschutzoverall noch sexy auszusehen. Ihr Gruß war jedoch wie gewohnt unterkühlt, und egal wie sehr er seinen Charme hochschraubte, machte sie ihrem Spitznamen *Eiskönigin* alle Ehre.

Um den Hergang des Mordes zu rekonstruieren, musste die Leiche aus dem Grab gehoben werden. Xander begab sich unterdessen zu den Technikern, um dort bei einem kleinen Plausch einen Becher dampfend heißen Kaffee zu trinken, den ein sehr jung aussehender Polizist aufgesetzt hatte, sobald die *Wurstbude* ans Stromnetz angeschlossen worden war.

Nach dem Kaffee schlenderte er wieder zu der Rechtsmedizinerin.

»Hallo, Maria. Was habt ihr rausgefunden?«

»Der exakte Todeszeitpunkt lässt sich wegen der vermaledeiten Kälte und des Windes schwer bestimmen … Im Grab war es windgeschützt, aber die Erde ist gefroren. Sie wurde vermutlich zwischen zwanzig und einundzwanzig Uhr getötet. Ihr wurden schwere Kopfverletzungen in Form von dumpfen Schlägen zugefügt.«

Er schaute hinunter in das Grab und dann zu der Frauenleiche auf der weißen Plane. Der Leichnam war blut- und erdverschmiert, die Augen starrten mit gebrochenem Blick auf einen Punkt an der Zeltdecke.

»Konnte sie identifiziert werden?«

»Ja. Sie heißt Rita Magnussen. Gefunden wurde sie von der Rechtsanthropologin Josefine Jespersen, einer meiner Kolleginnen am Rechtsmedizinischen Institut. Die Verstorbene hat die Grabverlegungen in Verbindung mit dem U-Bahn-Bau geleitet und war zu diesem Zweck vom Stadtmuseum abgestellt worden. Josefine Jespersen hat Wiederbelebungsmaßnahmen vorgenommen, obgleich ziemlich schnell klar war, dass das zwecklos ist …«

»Ist Josefine Jespersen noch hier?«

»Ja, sie sitzt in einem der Streifenwagen.«

»Habt ihr sonst noch etwas Interessantes gefunden? Die Mordwaffe vielleicht?«

»Nein«, antwortete Maria. »Aber die Techniker haben neben der Leiche eine kleine Plastikflasche mit dem Bodensatz einer klaren Flüssigkeit gefunden. Sie untersuchen gerade den Inhalt …«

Xander nahm die Leiche noch einmal in Augenschein. Der Kopf der Frau war auf extrem brutale Art und Weise malträtiert worden. Als hätte der Täter sich in einem gewaltigen Blutrausch befunden.

»Wenn Sie noch etwas finden, kennen Sie ja meine Nummer.«

Sie nickte.

Auf dem Weg zum Ausgang bemerkte Xander die farblichen Kontraste auf dem Friedhof: der knallige Mannschaftscontainer, das bonbonartig gestreifte Absperrband, die Kräne, die Löcher in der Erde und die quietschorangefarbenen Kegel. Buntes Chaos im Verhältnis zu den dezenten Profilen der alten Grabmäler.

*

Der abgesperrte Jagtvej mit den kreuz und quer auf der sonst so befahrenen Straße parkenden Einsatzfahrzeugen wirkte wie eine Kriegszone. Eine Kollegin zeigte Xander, wo die Zeugin zu finden war. Der Wind drang ungehindert durch seine Kleidung, als er auf einen Streifenwagen zustapfte, der halb auf dem Bürgersteig parkte. Xander erahnte die Konturen zweier Personen hinter der Scheibe und klopfte, was ihm sofort leidtat, weil die Person auf dem Beifahrersitz erschrocken zusammenzuckte. Das Fenster wurde heruntergelassen.

»Entschuldigen Sie, ich wollte Sie nicht erschrecken«, sagte er. »Alexander Damgaard, Polizei Kopenhagen.« Ihr Gesicht kam ihm vage bekannt vor. Er glaubte, sich zu erinnern, dass er vor ein paar Jahren mal mit ihr zusammengearbeitet hatte. Sie sah blass und verängstigt aus.

»Hallo«, sagte sie. »Ist schon okay.«

Er meinte, in ihren Augen ebenfalls so etwas wie ein Wiedererkennen zu sehen.

»Ich spendiere einen Kaffee«, sagte Xander. »Was halten Sie davon?«

Sie nickte und stieg aus dem Wagen. Sie war in eine rote Ambulanzdecke gewickelt. Ihr Haar war schlammverkrustet, und sie hatte offensichtlich saubere Kleider von den Sanitätern bekommen.

Gemeinsam gingen sie auf den Friedhof zurück. Xander öffnete die Tür zur *Wurstbude* und ließ ihr den Vortritt. Er entdeckte einen sauberen Pappbecher, schenkte ihr ein pechschwarzes Konzentrat aus einer Glaskanne ein, die auf einer Wärmeplatte stand, und reichte ihr den Becher.

»Sind Sie so weit okay?«

»Ja … einigermaßen«, antwortete sie zögernd. »Ich glaube, es ist noch nicht ganz bei mir angekommen, dass …

dass Rita tot ist. Ich habe Mund-zu-Mund-Beatmung gemacht … aber ihre Luftröhre war von Blut verstopft …«

Sie räusperte sich.

»Das war sehr mutig von Ihnen«, sagte Xander.

»Wie meinen Sie das? Das hätte doch jeder getan.«

»Der Täter kann zu dem Zeitpunkt noch nicht weit weg gewesen sein …«

Josefine starrte ihn an und richtete dann den Blick auf den grau melierten Boden.

»Warum waren Sie so spät noch auf dem Friedhof?«

»Ich hatte die Zeit vergessen. Parallel zur ethischen Räumung des Friedhofs arbeite ich gerade an einem Projekt zur öffentlichen Gesundheit …«

»Ethische Räumung?«

»Ja, im Zusammenhang mit dem U-Bahn-Bau müssen der nördliche Teil des Friedhofs geräumt und über tausend Skelette verlegt und neu bestattet werden,« erklärte sie.

»Jesus, das hört sich nach einem Mammutprojekt an«, platzte Xander heraus. »Natürlich habe ich etwas darüber gelesen, aber nicht geahnt, dass es sich um so viele Gräber handelt.«

»Das hängt die Metro-AG auch nicht unbedingt an die große Glocke«, bemerkte Josefine. »Sie werden so schon von überall angefeindet.«

»Haben Sie irgendetwas … Außergewöhnliches bemerkt?«

»Nein … nur Rita. Sie hatte mir übrigens kurz vorher einen Mordsschrecken eingejagt. Ich hatte gerade den

Arbeitscontainer abgeschlossen, als sie aus der Dunkelheit auftauchte …«

»Hat sie etwas gesagt?«

»Wir haben über einen unserer Totengräber gelästert. Er behauptet, dass es auf dem Friedhof spukt … Und dann hat sie mich eingeladen, mit ihr und ein paar Kollegen aus dem Nationalmuseum noch ein Bier trinken zu gehen, aber mir war nicht danach … Ich dachte eigentlich, dass sie eine Verabredung mit ihrem neuen Freund hätte, aber das … ist offenbar erst morgen.«

»Kennen Sie diesen Freund?«, fragte Xander interessiert.

»Nein, ist wohl noch ziemlich frisch.«

»Und was war dann?«

»Wir haben uns verabschiedet, und ich bin parallel zum Jagtvej an der Mauer entlanggelaufen. Mein Auto steht in einer Seitenstraße.«

»Und Rita?«

»Rita wollte sich noch im Mannschaftscontainer umziehen. Ungefähr auf halber Strecke zu meinem Auto … habe ich den Schrei gehört«, sagte Josefine und studierte ihre Hände. »Ich bin sofort umgekehrt und habe sie gesucht.«

»Haben Sie irgendetwas gesehen?«

»Nein, es war ja stockdunkel. Ich habe sie ziemlich schnell in dem ausgehobenen Grab gefunden … Das … das war so furchtbar. Ihre Augen …« Josefine sprach nicht weiter und strich sich stattdessen mit dem Handrücken unter der Nase entlang. Sie wandte das Gesicht ab und starrte aus dem kleinen, von Schneeflocken bedeckten Fenster.

»Ich werde dafür sorgen, dass Sie jemand nach Hause bringt.«

»Und was ist mit meinem Auto?«

»Ich schlage vor, dass Sie es morgen abholen.«

»Ja … Sie haben wohl recht.«

»Ich werde mich vermutlich im Laufe der nächsten Tage noch einmal bei Ihnen melden.«

»Okay«, sagte Josefine und gab ihm ihre Nummer.

Sie gingen zurück zum Streifenwagen, wo Xander dem Kollegen die Anweisung erteilte, Josefine nach Hause zu bringen. Während er die Rücklichter in der Dunkelheit verschwinden sah, ging er gedanklich noch einmal ihre Aussage durch.

In ihren Augen hatte die nackte Angst gestanden.

Ohne Vorwarnung ertönte ein lauter Ton in seinem Kopf, dieses Mal ein dunkler, tiefer Kontrabass mit niederfrequenten Schwingungen wie das Summen einer Hornisse, die sich in seinen Schädel verirrt hatte. Früher hatte ihn dieser Ton fast in den Wahnsinn getrieben, einmal hatte er sich so verzweifelt auf die Ohren geschlagen, dass sein Trommelfell geplatzt war. Danach war es noch schlimmer gewesen.

Inzwischen akzeptierte er den Ton als seinen ständigen Begleiter. Ein HNO-Arzt hatte ihm schulterzuckend geraten, sich tunlichst mit seinem Tinnitus anzufreunden.

Manchmal verschwand er für ein paar Tage, um in einer neuen Form zurückzukehren. Diese Pausen fürchtete er am meisten, weil er wusste, dass der Ton wiederkommen würde, dass die Ruhe nur die Stille vor dem Sturm bedeutete. Die Alternative zwischen hohem Pfeifton und tiefem Brummen war eine Wahl zwischen Pest und Cholera.

Der Tinnitus war die Reminiszenz eines realen Albtraums. Gemeinsam mit einer Kollegin hatte er versucht, eine Frau davon abzuhalten, sich in ihrer Küche zu vergasen. Ein winziger Zufall hatte für ihn über Leben und Tod entschieden: dass die Kollegin vor ihm die Küche betreten hatte. Die Tür war von innen zugeklebt gewesen, und er hatte sie mit der Schulter aufgedrückt. In einer Situation, in der Gefahr im Verzug war, wurde normalerweise keine Frau vorgeschickt, aber die Kollegin hatte im Namen der Gleichberechtigung darauf bestanden und war als Erste in die Küche gestürmt.

Die Frau hatte vor dem Gasofen gekniet wie zum Gebet. Sie drehte ihren Kopf und sah sie einen ausgedehnten Augenblick lang an. Der beißende Gasgeruch trieb ihnen die Tränen in die Augen. Dann hob die Frau ein Feuerzeug auf, das neben ihr auf dem Boden lag. Ein Zischen war das Letzte, das er wahrgenommen hatte, ehe es ganz still wurde. Es war ihm nach wie vor unbegreiflich, dass seine Kollegin hatte sterben müssen, während er überleben durfte. Sie hinterließ einen Mann und zwei kleine Kinder. Er war verdammt noch mal allein. Single. Niemand würde ihn vermissen.

Die Frau hatte vorhergesehen, dass jemand versuchen könnte, sie zu retten. Und sie war bereit gewesen, andere mit in den Tod zu reißen.

Der Heulton war seine tägliche Erinnerung daran, dass jeder Tag der letzte sein konnte.

Kapitel 4

In dem Versuch, sich aufzuwärmen, blieb Josefine lange unter der Dusche stehen. Am ganzen Körper zitternd beobachtete sie die unappetitliche Mischung aus Blut und Dreck, die in Rinnsalen im Abfluss verschwand. Ihre eigene Wohnung kam ihr mit einem Mal so fremd vor, und die latente Unruhe in ihr wollte sich nicht legen. Sie hatte schon mehrmals überprüft, ob die Wohnungstür wirklich verriegelt war.

Josefine zog sich ihre Schlafsachen an und ging in die Küche. Sie sollte etwas essen, verspürte jedoch eine leichte Übelkeit. Stattdessen drehte sie den Korken aus einer verstaubten Flasche Cognac, die sie vor Ewigkeiten auf einer Charterreise gekauft hatte, und trank direkt aus der Flasche. Danach föhnte sie sich noch kurz die Haare und ging ins Bett. Da lag sie und wälzte sich schlaflos hin und her. Sie hatte Halsschmerzen, die Nase war verstopft. Ritas lebloser Blick war in ihre Netzhaut eingebrannt, und das Sirenengeheul war wie unheimliche Hintergrundmusik von ihrem Unterbewusstsein gespeichert.

Josefine kannte Rita seit ihrem Studium. Sie hatten beide einen Bachelor in klassischer Archäologie gemacht, wonach sich ihre Wege getrennt hatten. Rita hatte noch einen Master in Archäologie, Josefine ein Studium der Osteologie in Visby auf Gotland drangehängt. Dass sie jetzt im Rahmen ihrer Zusammenarbeit während der Räumungsarbeiten des Assistens Kirkegård schon fast ein Jahr lang ein Team bildeten, war reiner Zufall.

Irgendwann stand Josefine wieder auf und goss sich einen Kamillentee auf. Die Kälte, die vom Küchenboden ausging, stieg in ihrem Körper hoch, und ein höllischer Druck hinter den Augen verkündete, dass sie sich ernsthaft was eingefangen hatte. Sie nahm eine Schmerztablette und hoffte, dass sich damit auch irgendwann der Schlaf einfinden würde.

Als sie am Morgen wach wurde, fühlte sie sich noch immer wie durch die Mangel gedreht. Ein Blick in den Kühlschrank offenbarte gähnende Leere. Die Übelkeit und die Folgen des hochprozentigen Cognacs rumorten in ihrem Kreislauf. Sie gab es auf, etwas Essbares zu finden, zog sich warm an und bestellte ein Taxi, um ihr Auto zu holen.

Der Verkehr war einigermaßen erträglich, so dass sie bereits eine gute Dreiviertelstunde später ihr kleines Büro im Rechtsmedizinischen Institut aufschließen konnte.

Sie stellte den Teebecher auf einen freien Platz zwischen den Papierstapeln. Die Zugluft der geöffneten Tür ließ ein paar Zeitungsausschnitte an einer Pinnwand rascheln. Das *Christliche Tageblatt* und *Metroexpress* hatten Josefine zu dem Ausgrabungsvorhaben für den geplanten U-Bahn-Bau interviewt. Das Interesse der überregionalen Zeitungen wie auch der Kopenhagener Lokalpresse an dem Projekt war enorm gewesen.

Josefines Büro war das kleinste der Abteilung, nicht viel größer als eine Besenkammer, aber sie fühlte sich dort wohl, umgeben von ihren Büchern, Zeitschriften und der kleinen Vitrine, in der ein paar ausgewählte Schädel ausgestellt waren.

Die Anzahl der Knochenexperten in Dänemark war an einer Hand abzuzählen, weshalb Josefine sich bei offiziellen Anlässen gerne als vom Aussterben bedrohte Spezies vorstellte. Die Gründe für ihre Berufswahl waren ein wenig paradox und in ihrer Kindheit zu suchen. Sie war in einem kleinen Ort zwischen Ringsted und Roskilde mitten auf dem Land aufgewachsen. Das Haus stand auf einem Hügel mit Ausblick über Äcker und Felder, Wald und ein großes Moor. Als Kind hatte sie sich von Mooren zugleich magisch angezogen und abgestoßen gefühlt. Sie hatte Geschichten von Moorleichen gehört, die unvorstellbar gut erhalten waren. Vom *Grauballe Mann* hätte man Fingerabdrücke nehmen können.

In dieser Zeit hatte sie auch die Anatomie-Atlanten ihres Vaters entdeckt, die schon damals alt und mit unleserlichen Randbemerkungen aus seiner Studienzeit vollgekritzelt waren. Mit pochendem Herzen hatte sie immer wieder darin geblättert. Auf einer Seite war der Kupferstich eines nackten Mannes zu sehen, dessen Abbildung nach dem schrittweisen *Ausziehen* der Haut das gesamte Adernetz zeigte, bis am Ende nur noch ein Knochenmann dastand mit verzerrter Grimasse, dem, wie sie später lernte, *ewigen Lächeln* von Totenschädeln. Speziell der Mann ohne Haut hatte sie schwer beeindruckt mit seinen starrenden Augäpfeln, die dem Betrachter aus den Augenhöhlen entgegenzurollen schienen.

Ihre Faszination für Moorleichen hatte sich durch das Archäologiestudium noch verstärkt, und sie hatte sich besonders für die fantasievolleren Forschungsergebnisse interessiert, die zu Beginn der Fünfziger Jahre im Zusammenhang mit der Bergung von Moorleichen beim Torfabbau aufkamen. Die sonderbar s-förmig gebogenen Knochen hatten zu aufsehenerregenden Theorien über Krankheiten in früheren Zeiten geführt, ebenso die durchweg roten Haare und die dunkle Haut der Moorleichen. Waren sie möglicherweise wegen ihres abweichenden Aussehens den Göttern geopfert worden? Die aus den Knochen in das säurehaltige Grundwasser gesickerten Mineralien sahen auf den Ultraschallaufnahmen aus wie Glas. Die Haut an den Händen der Moorleichen war zart und unbeansprucht, womit man bei einem Mann aus der Eisenzeit, der vermutlich harte körperliche Arbeit hatte leisten müssen, nicht unbedingt rechnete.

Das Mysterium klärte sich mit dem Einzug neuer Forschungsmethoden wie dem CT-Scanning auf. Josefine erinnerte sich noch sehr genau, wie beeindruckt sie von den neuen Forschungsergebnissen gewesen war. Durch das Entpixeln der Ultraschallbilder trat das Skelett deutlich hervor, und man fand heraus, dass die Knochen im Wasser mit der Zeit weich und flexibel geworden und von dem schweren Torf verformt worden waren. Die Deformationen waren also nicht die Folge irgendwelcher Krankheiten, sondern schlicht und ergreifend die der Schwerkraft. Die roten Haare erwiesen sich ebenfalls als Ente. Die Gerbsäure hatte mit der Zeit die Haare so verfärbt, dass sie irgendwann aussahen wie nach einer misslungenen Hennafärbung. Und die spezielle aquatische Umwelt ließ die Haut wie patiniertes Leder aussehen. Zu guter Letzt fand man auch noch heraus, dass sich bei langem Verbleib im Wasser ein paar Millimeter der Oberhaut auflösten. Die aufsehenerregende Theorie von angeblich negroiden rothaarigen Eisenzeitmenschen mit jungfräulichen Händen brach mit lautem Getöse in sich zusammen.

Dieser Bereich der Archäologie war es, der Josefine viel mehr interessierte als Topfscherben und Haufen von Tierknochen. Sie wollte die Wahrheit über die Toten herausfinden.

Sie schaltete ihren 27-Zoll-Apple-Bildschirm ein, dockte ihren Laptop an und hängte ihren Anorak an einen Haken.

Das Hintergrundbild zeigte sie und Rita am Tag des ersten Spatenstichs auf dem Assistens Kirkegård. Sie sahen beide glücklich und unbekümmert aus. Niemand hätte vorhersehen können, dass Rita ausgerechnet auf diesem Friedhof Opfer eines brutalen Mörders werden würde.

Es klopfte an der Tür.

»Hallo, Josefine«, sagte eine distinguierte Stimme, die dem Abteilungsleiter und Chefpathologen Henry Mortensen gehörte. Josefine betrachtete die lange Gestalt im Türrahmen. Er hatte den Beinamen Sir Henry, weil er an einen britischen Adligen erinnerte, der mit seiner feinen Art und affektierten Ausdrucksweise im falschen Jahrhundert gestrandet war.

»Wie geht es dir?«, fragte er besorgt und setzte sich auf einen freien Stuhl.

»Danke … geht so«, sagte sie leise.

»Ich habe volles Verständnis, wenn du dich ein paar Tage krankschreiben lässt«, sagte Henry und sah sie mit seinen freundlichen Augen an.

»Nein … ich bin lieber hier«, murmelte Josefine.

Es sah aus, als ob Henry Anlauf nähme.

»Ich wollte dir nur mitteilen, dass ich persönlich Rita Magnussens Obduktion übernehme.«

»Das … freut mich«, sagte Josefine und räusperte sich.

Es entstand eine Pause.

»Ich habe gehört, dass du versucht hast, sie wiederzubeleben.«

»Weil ich geglaubt habe … noch einen Puls zu spüren«, sagte sie und starrte an ihm vorbei.

Henry nickte, ohne sie aus den Augen zu lassen.

»Du konntest sie nicht retten. Das Kopftrauma war massiv. Ich habe gerade die Aufnahmen vom Schädel gesehen. Sie wäre nie wieder aus dem Koma erwacht …«

Er seufzte.

»Hast du jemanden … zum Reden?«

»Sie haben mir ein Gespräch mit einem Psychologen angeboten, aber ich möchte einfach nur an was ganz anderes denken.«

Henry machte Anstalten, sich zu erheben.

»Wenn du ein offenes Ohr brauchst …«

»Danke, aber ich denke, es wird auch so gehen«, sagte sie eilig.

»Also … dann …«

»Henry … ich wäre gerne bei der Obduktion dabei«, sagte Josefine.

»Bist du dir sicher?«

»Ja. Ich habe das Gefühl, dass ich ihr das schuldig bin.«

»Rein fachlich wäre es schon relevant, die Knochenbrüche genauer unter die Lupe zu nehmen«, sagte er nachdenklich. »Außerdem ist Lilian gerade ins Krankenhaus eingewiesen worden.«

Lilian war Josefines Anthropologiekollegin am Institut.

»Ist was mit dem Kind?«

»Nein, zum Glück nicht, aber sie soll sich bis zur Geburt

schonen. Die werden sie noch eine Weile zur Beobachtung dabehalten, und ich bezweifle, dass ich so kurzfristig eine Vertretung finde …«

Sie fühlte Henrys forschenden Blick auf sich, ehe er auf seine Armbanduhr sah.

»Okay. Wir beginnen in einer Dreiviertelstunde. Schaffst du das?«

»Kein Problem.«

»Abgemacht. Der Kriminalhauptkommissar kommt auch. Ich maile dir gleich den Polizeibericht und das vorläufige rechtsmedizinische Gutachten.«

Sie bemerkte ein kurzes Zögern auf seiner Seite, ehe er das Büro verließ.

Josefine nahm Alexander Damgaards Blick wahr, als sie den kühlen, weiß gekachelten Sektionssaal betrat, in dem alle Geräusche nachhallten.

Sie atmete tief ein, als sie den Blick über die auf dem Seziertisch ausgestreckte Gestalt, die von einem Leichentuch bedeckt war, gleiten ließ. Sie befanden sich auf dem Gelände des Rigshospitals.

Henrys Assistent entfernte behutsam und mit fast rituellen Bewegungen das Laken. Josefine starrte in Ritas zerstörtes Gesicht, das aussah wie nach einem Bombeneinschlag. Das lockige Haar war blut- und schlammverkrustet. Aus den Ohren und den Nasenlöchern zogen sich getrocknete Blutstreifen über den Kopf, dessen Neigung verriet, dass der hintere linke Teil des Schädelknochens heftige Verletzungen aufwies. Dies war ihr bereits unangenehm bewusst geworden, als sie ihre Hand bei den erfolglosen Wiederbelebungsversuchen unter Ritas Kopf geschoben hatte.

Der Assistent hob vorsichtig den Kopf der Toten an und legte ein H-förmiges Stativ unter den Nacken. Danach wusch er den Körper mit einem großen Schwamm.

Josefine stellte sich vor die Leuchttafel, an der Aufnahmen des Schädels festgeklemmt waren. Die CT-Bilder sprachen ihre eigene erschreckende Sprache. In dem charakteristischen Umriss des Schädels fanden sich Flächen mit wild durcheinandergeratenen Puzzleteilchen. Der harte Knochen, die sogenannte Hirnschale, schien nur noch aus Splittern zu bestehen. Vermutlich war es nur die Haut, die das Ganze überhaupt noch zusammenhielt.

»Das sieht aus wie nach einem Zugunglück«, sagte sie langsam.

Henry stellte sich neben sie und nickte nachdenklich, während er sich das Kinn rieb.

»Ich gehe davon aus, dass der Tod unmittelbar eingetreten ist.«

Xander trat ebenfalls näher an die Leuchttafel heran.

Henry legte seinen behandschuhten Zeigefinger auf eine grauweiße Zone, die gegen die weiße Linie stieß, die die Hirnschale darstellte.

»Hier ist eine massive subdurale Hämorrhagie zwischen Dura Mater und Arachnoidea zu sehen – eine sehr kräftige Einblutung zwischen den zwei äußeren Hirnhäuten«, übersetzte er an Xander gewandt. »Das ist dieser linsenförmige Schatten, der hier zu erkennen ist. Das überlebt niemand«, fasste er kurz zusammen und räusperte sich. »Dort hat sich Flüssigkeit gesammelt, die auf das Hirn drückt und dazu führt, dass das Gewebe abstirbt. Das Gehirn ist an dieser Stelle vollkommen deformiert.« Er zeigte auf eine andere Aufnahme, auf der das gesamte Skelett zu sehen war. »Das Brustbein ist gebrochen«, sagte er. »Eine Folge der Wiederbelebungsversuche.« Er versuchte, Josefines Blick einzufangen, doch sie wich ihm aus.

Sie studierte die Schwarzweißbilder, die von vorn, von unten und im Profil aufgenommen worden waren.

»Es muss ein stumpfes Instrument gewesen sein«, sagte sie langsam. »Wir haben es hier mit einer geradezu systematischen Zerstörung der Schädeldecke zu tun, verursacht durch wiederholte kräftige Schläge …«

Henry ging zum Seziertisch, tastete vorsichtig die Arme der Toten ab und untersuchte die Haut.

»Keine Abwehrspuren«, stellte er fest.

»Haben Sie eine Vermutung, mit welcher Art von Mordwaffe wir es zu tun haben?«, fragte Xander an Josefine gewandt.

»Nein, noch nicht«, antwortete sie. »Dazu muss ich mir erst noch die Bruchstellen genauer anschauen.«

»Was ist mit ihrer Kleidung. War daran etwas Interessantes zu finden?«, fragte Xander.

Henry sah zu einem polierten Stahltisch.

»Mein Assistent hat zusammen mit Ihren Polizeitechnikern eine Analyse der Kleider vorgenommen. Das Blut ist das des Opfers, der Schlamm stammt vom Assistens Kirkegård.«

Kapitel 5

Sir Henry hatte mehrfach versucht, Josefine zu überreden, die weiteren Untersuchungen einem Spezialisten für Knochenfrakturen aus dem Pathologischen Institut in Aalborg zu überlassen. Aber sie hatte darauf bestanden, selbst die Bruchkanten des Schädels zu untersuchen, mit dem Hinweis, dass sich die Ergebnisse um Tage verschieben und sich damit die Ermittlungen der Polizei verzögern würden, wenn sie die Untersuchungen Aalborg überließen, worauf Henry widerstrebend seinen Segen gegeben hatte.

Sie befand sich jetzt in einem kleinen Labor im Rechtsmedizinischen Institut, wo eine Kollegin des Grabräumungsprojektes dabei war, die Knochen eines Kinderskelettes auf einer Plexiglasplatte zu verteilen.

Es herrschte eine konzentrierte Atmosphäre in dem kühlen und geruchsneutralen Labor. Als Hintergrundgeräusch war das leise Brummen der Absaugvorrichtung zu hören, die wie eine dieser altmodischen helmartigen Trockenhauben klang. Josefine hatte ihre Jacke angezogen, fröstelte aber trotzdem.

Eine andere Kollegin sortierte mit routinierten Handgriffen einen Haufen Fingerknochen, die wie frisch in Beize getaucht aussahen. Sie verteilte die Knochen behutsam auf Blasenfolie.

Josefine war dabei, die letzten Knochenstücke des Schädels zu verleimen. Zu dem Zweck war vorher der Schädel vom Körper getrennt, von einem Techniker der Rechtsmedizin präpariert und von allen Weichteilen befreit worden. Es war nicht üblich, den Kopf bei einer Obduktion vom Körper zu trennen, aber es kam vor, zum Beispiel wenn der Schädel besonders stark beschädigt war. So konnten die Anthropologen problemloser die Bruchfläche untersuchen und bestimmen, welche Mordwaffe verwendet worden war. In ganz seltenen Fällen war ein Abdruck der Mordwaffe im Schädelknochen zu finden. Jedenfalls erleichterte diese Methode die Untersuchung der Frakturen und das Anfertigen von Fotos, die dann von Computerprogrammen ausgewertet werden konnten.

Josefine schluckte und verzerrte das Gesicht. Die Halsschmerzen wurden schlimmer.

Ritas Schädelknochen hatte der Serie von Schlägen nicht standgehalten, von denen ein jeder für sich tödlich gewesen wäre. Wie schon tausendmal zuvor grübelte sie darüber nach, was Rita in den letzten Sekunden vor ihrem Tod gedacht haben mochte. Josefine hoffte inständig, dass sie nicht mehr mitbekommen hatte, was mit ihr geschah.

Sie hatte den ganzen Vormittag konzentriert an der Rekonstruktion des Schädels gearbeitet und war jetzt fast fertig. Sie nahm ein weiteres Stück der Hirnschale, drehte es unter der Lampe hin und her und platzierte es in dem fast komplett wiederhergestellten Schädel.

Da weckte etwas ihre Aufmerksamkeit. Sie kniff die Augen zusammen und richtete die Architektenlampe genau auf den Punkt, wo sie etwas zu sehen glaubte, das dort nicht hingehörte. Josefine stand auf, ging um den Tisch herum und betrachtete die runde Wölbung des Schädels, der sich mit seiner hellen Elfenbeinfärbung von den anderen, vom Alter nachgedunkelten Schädeln unterschied.

Sie verließ das Labor, lief über den Flur und rief aus ihrem Büro den Chefpathologen an.

»Da ist etwas, das du dir ansehen musst, Henry«, sagte sie kurzatmig. »Hast du Zeit vorbeizukommen?«

*

»Und du glaubst nicht, dass das von der Mordwaffe stammt?«, fragte Henry wenig später skeptisch, während er den Teil des Schädels unter die Lupe nahm, der Josefines Aufmerksamkeit geweckt hatte.

Er setzte die Brille ab und rieb sich die Augen.

»Nein, weil die Verletzungen von einem stumpfen Instrument verursacht wurden, sehr wahrscheinlich von einer Schlagwaffe.«

»In Bezug auf die Schlagwaffe stimme ich dir zu«, sagte Henry nachdenklich. »Besonders hier oben um den Scheitelpunkt herum ist die abgerundete Läsion deutlich zu erkennen.« Er zeigte auf die Umrisse einer Fraktur, die Josefine mit ihrer pedantischen Rekonstruktion sichtbar gemacht hatte.

»Der Täter hat offenbar ein scharfes Instrument benutzt, um etwas in den Schädel zu ritzen«, fuhr Josefine fort.

»Ein Messer«, sagte Henry langsam, nachdem er die Brille wieder aufgesetzt hatte und sich erneut über den Schädel beugte. »Oder ein Skalpell. Und das Motiv ist unmissverständlich …«, fügte er mit gedämpfter Stimme hinzu.

Josefine nickte. Für die kindlich einfache künstlerische Umsetzung gab es keine gute Note.

Es hatte etwas beängstigend Berechnendes, die eigene Signatur in die Hirnschale seines Opfers zu ritzen. Das deutete auf einen kaltblütigen Mörder hin, weil es eine äußerst riskante Angelegenheit war, sich länger als unbedingt nötig am Tatort aufzuhalten. Sie fröstelte und rieb sich über die Arme.

»Gut entdeckt«, sagte Henry. Er nahm die Brille ab, klappte sie zusammen und steckte sie in die Brusttasche des Kittels. »Alles in Ordnung mit dir?«, fragte er schließlich.

Sie schlug den Blick nieder.

»Alles gut …«

»Hm«, sagte er skeptisch und fügte hinzu: »Informierst du Alexander Damgaard? Ich sorge dafür, dass deine Beobachtungen dem Obduktionsbericht beigefügt werden.«

*

Am gleichen Nachmittag trat Xander in Josefines Büro, hob ein paar Papierstapel von einem Wegner Y-Stuhl und setzte sich. Mit nachdenklicher Miene betrachtete er den Schädel, der auf einem Kissen aus grünem schaumartigem Material stand, das auf die Finger abfärbte.

»Was ist das?«, fragte er.

»Oasis«, antwortete Josefine.

Er sah sie fragend an.

»Das wird für Blumengestecke verwendet«, fügte sie hinzu, als ginge es um völlig alltägliche Dinge. »Aber wir verwenden es unter anderem als Stützmaterial für Schädel.«

»Ah ja.«

Xander räusperte sich.

»Sehen Sie sich das mal an«, sagte Josefine mit konzentriertem Gesichtsausdruck. »Der Mörder hat ein Zeichen eingeritzt, post mortem, wie wir glauben.«

Sie zeigte auf die rechte Schädelseite.

»Wie kann es sein, dass das bei der Obduktion übersehen wurde?«

»Die Gesichtshaut, das darunterliegende Gewebe und die Knochen waren so zerstört wie nach einem schweren Verkehrsunfall. Bei der ersten Untersuchung haben wir es übersehen, aber ich habe alle Bilder noch einmal gründlich verglichen. Es sieht so aus, als hätte der Täter einen Schnitt durch die Weichteile, also Haut, Unterhaut, Muskulatur und Hirnhaut vorgenommen, ehe er in den Schädelknochen geritzt hat.«

»Eine Nachricht vom Mörder?«

»Möglich, ich weiß es nicht. Aber Sie wissen ja selber, dass es extrem selten vorkommt, dass ein Täter derartige Signaturen hinterlässt.«

»Könnte die Ritzung auch auf andere Weise entstanden sein?«

»Nein, da bin ich wiederum ganz sicher«, sagte Josefine bestimmt, verschränkte die Arme vor der Brust und lehnte sich zurück.

Xander bemerkte ihre rote Nase und die glasigen Augen.

»Eine makabre Signatur«, murmelte er und nahm eine andere Sitzhaltung ein, worauf der Stuhl bedrohlich knarrte. »Ein Kreuz … möglicherweise als christliches Symbol gemeint …«

Sie nickte.

Er machte Anstalten, sich zu erheben.

»Rufen Sie mich an, falls Sie noch mehr finden, okay?«

»Natürlich«, antwortete Josefine.

Sie zog ein Papiertaschentuch aus der Tasche und putzte sich die Nase.

»Und gute Besserung«, sagte Xander schon auf dem Weg hinaus in den Flur.

Kapitel 6

Es war nebelig und nasskalt. Josefine fror, obwohl das Gebläse auf vollen Touren arbeitete. Es dauerte eine Weile, bis es in der Kabine des Volvo annähernd warm wurde, trotzdem gefror die feuchte Luft immer noch an der Innenseite der Scheibe. Sie tastete mit einer Hand nach einer Packung Marie-Kekse im Handschuhfach, bekam ein paar zu fassen und schob sich die leicht angeweichten Kekse in den Mund. Es schmeckte wie ein Mundvoll Kindheit. Eigentlich hätte sie dringend etwas Ordentliches essen müssen, aber ihr war so gar nicht danach. Seit dem Mord an Rita war ihr permanent übel.

Feine Schneekristalle legten sich wie eine noppige Haut auf die Windschutzscheibe.

Sie hatte das Radio eingeschaltet. Der Mord auf dem Assistens Kirkegård war die Topnachricht des Tages. Es fühlte sich vollkommen unwirklich an, dass Rita das auf bestialische Weise ermordete Opfer war, von dem immer wieder gesprochen wurde, und Bilder ihres leblosen Blicks huschten über Josefines Netzhaut.

Sie fand einen Parkplatz, nahm ihren Thermobecher mit Tee und schloss den Wagen ab.

Der Geruch von Abgasen hing über dem Jagtvej.

Sie ging durch ein schmiedeeisernes Tor, bog scharf nach links ab und folgte dem schmalen Weg entlang der Friedhofsmauer, der einigermaßen frequentiert war von Joggern, Müttern mit Kinderwagen und sonstigen Friedhofsbesuchern.

Sie passierte ein klassisch geformtes Kreuz, über dessen schwarzen Marmor patinagrüne Tränen herabrannen. Alle Gräber, die sich nördlich von diesem Kreuz befanden, mussten geräumt werden. Ein frischer Strauß Lilien strahlte vor dem dunklen Stein.

Josefine näherte sich dem vom U-Bahn-Bau betroffenen Bereich. Widerstrebend wanderte ihr Blick zu dem Grab, in dem sie Rita gefunden hatte.

Es war nicht mehr zu erkennen, dass hier ein brutaler Mord stattgefunden hatte, die Arbeit lief weiter, als wäre nichts gewesen. Nur ein Stück Absperrband der Polizei verriet, dass das Ganze nicht nur ein böser Albtraum gewesen war.

Sie stand da und starrte auf die einigermaßen gleichmäßige Verteilung von Bauplatz und Ausgrabungen. Die verschiedenen Arbeitsgruppen schwirrten wie Fischschwärme durcheinander. Die einzige Gemeinsamkeit stellten die neonfarbenen Westen dar. Der Lärm der Bauarbeiten war ohrenbetäubend. Josefine musste sich sammeln, ehe sie weiter zum Arbeitscontainer ging.

»Was zum Teufel machst du hier?«, rief Ritas Chefin aus dem Stadtmuseum, Charlotte Scavenius, ihr entgegen. »Du solltest jetzt in einer intensiven Therapiestunde bei einem Psychologen sitzen!«

Ein Zucken lief über ihr Gesicht, und Josefine sah der sonst so burschikosen Frau an, wie sehr die Situation ihr an die Nieren ging. Wem nicht? Rita war ermordet und in ein Grab gestoßen worden. Josefine schossen Tränen in die Augen.

»Wir wollen eine Gedenkminute für sie abhalten«, sagte Charlotte in etwas gemäßigterem Ton. »Um zwölf Uhr. Ich habe die Metro-AG informiert. Sie werden ihre infernalisch lärmenden Maschinen so lange abstellen.« Sie atmete tief ein. »Ich kann den Gedanken einfach nicht abstreifen, dass das alles deren Schuld ist …«

Sie wischte sich eine Träne von der Wange.

»Was willst du damit sagen?«

»Na ja, sie sind hier im Viertel nicht unbedingt beliebt«, sagte Charlotte mit finsterem Blick.

Sie schwiegen beide.

»Hast du irgendwas für mich zu tun?«, fragte Josefine.

»Magst du dir die neu reingekommenen Knochen anschauen?«

Josefine nickte. Sie hatte nicht die geringste Lust, Knochenmaterial zu analysieren oder überhaupt zu arbeiten, aber sie wusste nicht, was sie sonst mit sich anfangen sollte. Sie brauchte eine Beschäftigung, mit der sie die trüben Gedanken verjagen konnte.

»Kein Problem, Hauptsache, du schickst mich nicht raus … jedenfalls nicht heute …«

Charlotte nickte. Sie schob die runde Brille, die ihr auf die rote Nasenspitze gerutscht war, mit dem Zeigefinger zurück nach oben.

»Völlig in Ordnung.«

Charlotte legte einen Arm um Josefines Schultern.

In dem Augenblick sahen sie einen großen mageren Mann, der einen kleinen Wagen hinter sich herzog. Obgleich die Temperaturen um den Gefrierpunkt lagen, hatte er nackte Beine.

»Bestimmt einer der Freaks, die sich nachts immer hier rumtreiben«, flüsterte Charlotte.

Der Mann blieb stehen, starrte sie an und rief:

»Was glotzt ihr so, ihr verdammten Lesben?!«

Charlotte wurde blass. Der Mann ging weiter.

Kapitel 7

Eine von Xanders ersten Maßnahmen war die Vernehmung von Rita Magnussens Kollegen, die alle angaben, zum Todeszeitpunkt zu Hause gewesen zu sein. Sie beschrieben die Verstorbene als sympathische pflichtbewusste Kollegin, die wenig Privates von sich erzählt hatte.

Ritas Chefin, Charlotte Scavenius, beschrieb sie als loyales und absolut unentbehrliches Arbeitstier.

Xander seufzte und kratzte sich am Kopf. Fast ein bisschen zu positiv, dachte er skeptisch.

Er hatte den größten Teil seines Teams zu einer ersten Anwohnerbefragung in die Wohnkomplexe am nördlichen Ende des Jagtvejs abgestellt. Eine relativ wenig technologische und noch dazu extrem ressourcenaufwendige Aufgabe für die Abteilung. Sie hatten das Manöver am späten Nachmittag gestartet, um die Chancen zu erhöhen, dass die meisten Bewohner schon von der Arbeit zurück waren.

Der Mann, der jetzt vor Xander stand, machte allerdings nicht unbedingt den Eindruck, zum arbeitenden Teil der Bevölkerung zu gehören. Er sah sich dem Klischee eines Sozialhilfeempfängers im dunklen Trainingsanzug gegenüber, der ganz sicher nicht für sportliche Aktivitäten angeschafft worden war. Die blauen Augen bildeten einen starken Kontrast zu dem rot aufgedunsenen Gesicht.

Xander stellte sich vor, woraufhin der Mann ihn mit versteinerter Miene hereinbat. Xander bewunderte die mit nahezu autistischer Akkuratesse aufgestapelte Mauer aus Weinkartons im Eingangsbereich. Der Mann führte ihn in eine winzige Küche. Auf einem kleinen Tisch mit karierter Wachstuchdecke stand ein großes Bierglas mit einer violett schimmernden Flüssigkeit. Sein Gegenüber ließ sich schwer auf einen Stuhl fallen.

»Wein?«

»Nein danke«, lehnte Xander ab und setzte sich. Ein Geruch nach Gegorenem stieg ihm in die Nase.

»Ich würde gerne wissen, ob Ihnen gestern Abend zwischen acht und neun Uhr irgendetwas Außergewöhnliches aufgefallen ist?«

»Gestern?«, wiederholte der Mann und kratzte sich in den langen grauen Haaren. »Nein … oder vielleicht …«

Xander rückte auf die Stuhlkante vor.

»Ich … war gestern beim Aldi, kurz vor Ladenschluss«, sagte er zögernd. »Da gab's ein paar gute Angebote. Ich hab also eingekauft … und es war saukalt. Hat sogar angefangen zu schneien.«

Er trank einen reellen Schluck Wein.

Xander sah ihn abwartend an.

»Sie sind wegen dem Mord hier, oder?«, fragte der Mann mit skeptischem Blick. »Wegen der Frau, die umgebracht wurde … Glauben Sie, dass ich was damit zu tun hab?«

»Ich glaube gar nichts«, antwortete Xander knapp. »Ich bin hier, um herauszufinden, was passiert ist.« Er fuhr in milderem Ton fort: »Für unsere Ermittlungen ist es äußerst wichtig, dass Sie mir alles erzählen, was Ihnen einfällt, damit wir den Täter festnehmen können.«

»Ich habe mit einem Bekannten gesprochen, der bei der Metro-AG arbeitet … Harry heißt er … Wir haben uns zufällig vorm Eingang getroffen. Ich hab ihn auf ein Glas eingeladen.«

»Was hat er gesagt?«

»Dass sie erschlagen wurde … zertrümmerter Schädel … und in ein Grab geworfen wurde … also die Frau … von so einem geisteskranken Psychopathenschwein!« Er lehnte sich zurück. »Gruselig ist das! Das war bestimmt einer dieser Irren, die nachts auf dem Friedhof rumschleichen. Die gehören doch alle in die Klapse, wenn Sie mich fragen!«

Er schüttelte den Kopf und leerte das Glas.

Der Mann schien nicht mehr zu wissen als das, was in den Tageszeitungen stand, dachte Xander, plus die sparsamen Details des Angestellten der Metro-AG. Aus Rücksicht auf die laufenden Ermittlungen hatte die Polizei die Presse routinemäßig nur mit den nötigsten Häppchen gefüttert. Aber wie üblich hatten die aus nichts, einer sehr abgespeckten Pressemitteilung und einem zahnlosen Interview eine fette Suppe zusammengebraut. Und wie nicht anders zu erwarten hatte die Presse die Nachricht von der auf dem Assistens Kirkegård ermordeten Frau, die in ein offenes Grab geworfen worden war, gehörig ausgeschlachtet. Die Lettern der Schlagzeilen waren so groß, dass sie fast das Format sprengten.

Der Mann erhob sich, nahm sein Glas und füllte Wein nach. Die rotebetefarbenen Flecken auf dem Linoleumboden verrieten, dass es ihm offensichtlich nicht immer gelang, das Glas zu treffen.

Xander stand auf.

»Falls …«, setzte er an, »… Ihnen noch irgendetwas einfallen sollte, erreichen Sie mich unter dieser Nummer.«

Er legte seine Visitenkarte auf das Wachstuch.

»Da war tatsächlich was, das mir seltsam vorgekommen ist«, sagte der Mann langsam und blickte in sein Glas. »Da war so ein Typ bei der Kräutermühle …«

Xander sah den Mann fragend an.

»Das ist so eine Drehtür, durch die man nur in eine Richtung gehen kann. Sie wissen schon, wie im Tivoli.«

Xander reimte sich zusammen, dass er das alte Drehkreuz meinte, das auf den Jagtvej hinausging.

»Können Sie ihn beschreiben?«

»Ich kann nur sagen, dass er groß war …«

»Und wann war das?«

»Gleich nach Ladenschluss beim Aldi«, sagte der Mann bestimmt. »Die schließen um acht.«

Xander hörte unterschwellig heraus, dass seine Besuchszeit vorbei war, und bedankte sich für die Informationen. Kurz darauf stand er im Treppenhaus und atmete gierig die relativ frische Luft ein. Er machte sich ein paar Notizen und ging die Treppe hinunter.

*

Er klingelte eine Etage tiefer. Die Frau, die ihm die Tür öffnete, war altersmäßig schwer einzuordnen, schlank und neutral gekleidet. Sie trug das grau melierte Haar in einem strammen Pferdeschwanz und sah erschöpft aus.

»Kriminalhauptkommissar Alexander Damgaard, Polizei Kopenhagen«, stellte Xander sich vor und zeigte ihr seine Dienstmarke.

»Ja?«

»Darf ich einen Augenblick hereinkommen?«

»Selbstverständlich.« Die Frau lächelte und machte die Tür ganz auf.

Die Wohnung war aufgeräumt und mit hellen Möbeln und luftigen Gardinen eingerichtet. Ein diametraler Kontrast zu der dunklen, muffigen Wohnung des Mieters über ihr. Das Wohnzimmer, das auf den Jagtvej hinausging, war asketisch möbliert.

»Darf ich Ihnen einen Tee anbieten?«

»Nein danke. Ich habe nur ein paar kurze Fragen in Verbindung mit einem Mord, in dem wir ermitteln. Sie haben ja sicher mitbekommen, dass auf dem Assistens Kirkegård eine Frau ermordet wurde?«

Die Augen der Frau verengten sich.

»Ich habe davon in der Zeitung gelesen. Furchtbar …«

»Ja. Haben Sie gestern Abend gegen acht Uhr irgendetwas Ungewöhnliches beobachtet?«

Die Frau dachte einen Augenblick nach, ehe sie antwortete.

»Nein … ich glaube nicht. Ich bin etwas früher von der Arbeit gekommen als sonst. Habe unterwegs eingekauft … Und bin dann auf dem Sofa eingeschlafen. Eine dumme Angewohnheit«, sagte sie. »Ich schlafe nachts so schlecht. Jedenfalls habe ich mir erst mal was zu essen gemacht und vor dem Fernseher gegessen.«

Xander ging zum Fenster und sah hinunter auf die Straße, wo das Licht der Laternen den schwarzen Asphalt mit ihrem gelblichen Schein überflutete. Die Friedhofsmauer schien die Grenze zu einer pechschwarzen Parallelwelt zu sein. Von seinem Platz am Fenster aus konnte er nicht sehen, was auf dem Friedhof vor sich ging. Er drehte sich zu der Frau um.

»Haben Sie irgendwelche Schreie oder Rufe gehört?«

»Möglicherweise … Nein, ich weiß nicht … Man gewöhnt sich irgendwie an den permanenten Lärm, wenn man hier wohnt. Auf der Straße ist immer was los. Sie wissen schon, Besoffene und so«, erklärte sie seufzend.

Xander betrachtete sie. Sein Blick wanderte durchs Zimmer und blieb an einigen Bildern an der Wand hängen. Er trat näher heran, um zu sehen, was darauf zu erkennen war. Ein paar lächelnde Kinder mit dunkler Haut irgendwo auf dem afrikanischen Kontinent der glutfarbenen Erde nach zu urteilen. Xander verweilte einen Augenblick bei einem Detail auf dem Foto. Das nächste Bild schien ein Familienfoto zu sein, zwei Kinder, die auf Stühlen saßen, und eine lächelnde Frau, die dahinter posierte, vermutlich ihre Mutter.

»Darf ich Sie bitten, mich zu kontaktieren, sobald Ihnen noch etwas einfällt? Scheuen Sie sich nicht, davon Gebrauch zu machen.«

Er kritzelte seine Telefonnummer auf einen Zettel seines Notizblocks und riss den Streifen ab, weil er keine Visitenkarten mehr hatte.

Sie nickte, räusperte sich und sah ihm tief in die Augen.

»Ich hoffe, Sie kriegen denjenigen bald, der das getan hat.«

Ihr Blick strahlte etwas aus, das Xander als Angst interpretierte.

Er bedachte sie mit seinem vertrauenswürdigsten Lächeln, das für beunruhigte Bürger reserviert war, ehe er sich wieder ins Treppenhaus begab.

Kapitel 8

Am Abend kam Xander am alten Polizeipräsidium vorbei, aus dem er erst vor Kurzem gemeinsam mit den Kollegen der Abteilung für Wirtschafts- und Organisierte Kriminalität in den neuen, ultramodernen Komplex in der Teglholms Allé umgezogen war.

Seit 1924, als das inzwischen veraltete Polizeipräsidium gebaut worden war, hatte sich die Polizeiarbeit stark verändert. Dieser architektonische Bienenstock voller isolierter Bürowaben hinter verschlossenen Türen war für größere, umfassendere Polizeiaufgaben schlicht nicht mehr ausreichend. Außerdem stand das Gebäude unter Denkmalschutz, womit jede Verlegung einer Steckdose ein bürokratisches Ungeheuer weckte, das mit Antragsformularen in mehrfacher Ausführung gefüttert werden wollte.

Mörder und Verbrecher hatten in der Zwischenzeit auch nicht auf der faulen Haut gelegen. Speziell die über alle Landesgrenzen hinausgehende Kriminalität forderte immer ressourcenaufwendigere Teams. Darum hatte die Leitung beschlossen, vierhundert Ermittler, Verwaltungsbeamte und Ankläger auszugliedern, um die gnadenlose Bekämpfung des internationalen Verbrechens zu gewährleisten.

Trotz des neuen, sehr viel größeren Domizils in Teglholmen mit den offenen Bürolandschaften vermissten viele Kollegen die ganz spezielle Atmosphäre des alten Präsidiums mit dem kreisrunden Innenhof, über dem der Himmel wie ein alles erfassendes Auge hing.

Teglholmen mit der permanenten Meeresbrise, dem Möwengeschrei und dem konstanten Hintergrundlärm der umliegenden Baustellen hatte etwas Frisches. Mit den gedämpften Schieferfarben und dem letzten Schrei an Designermöbeln in der kameraüberwachten Lobby, in die die strengen Rezeptionisten nur Menschen mit Terminen und gültigen Ausweisen einließen, erinnerte das Gebäude eher an eine Finanzzentrale als an einen Satelliten der Kopenhagener Polizei.

Xander blätterte sich durch Rita Magnussens Fallakte. An einem Satz blieb er hängen und runzelte die Stirn. Mit dem Bericht in der Hand begab er sich zu seinem Kollegen Jørgen, an dessen Schreibtisch es irgendwie fischig roch.

Jørgen drückte gerade mit konzentrierter Miene eine hellrosa Masse aus einer Tube mit der Aufschrift *Kalles Kaviar* auf Eierhälften, die ordentlich auf einem kleinen Teller angerichtet waren und ihrerseits einen schwefeligen Geruch verströmten.

Jørgen war vor Kurzem zu seiner Freundin nach Malmö gezogen, und für Xander war die neue Geschmacksausrichtung ein alarmierendes Zeichen für die Assimilierung des Kollegen, der vermutlich irgendwann zum Vollblutschweden mutierte. Er beobachtete mit großer Sorge die einschneidenden Veränderungen im Verhalten des Kollegen und konnte nicht begreifen, wie ein einigermaßen vernunftbegabter Mensch endlos haltbare Kaviarcreme aus der Tube essen konnte. Und wenn es nur der Kaviar wäre! Denn inzwischen aß Jørgen auch in Tuben konservierten Streichkäse in allen möglichen Geschmacksvarianten, die er mit den abartigsten Dingen kombinierte, beispielsweise mit Stryhns Leberpastete.

»Verdammt, Jørgen, es ist zehn Uhr vormittags, kannst du damit nicht wenigstens bis zur Mittagspause warten?«

»Ich habe noch nicht gefrühstückt«, verteidigte sich der Kollege. »Und mit leerem Magen kann ich nicht arbeiten.«

Xander verkniff sich einen bissigen Kommentar und zwang seinen Fokus zurück auf ihren Fall.

»Du darfst gerne herausfinden, was es mit dieser Flasche auf sich hat.« Er zeigte das Foto aus dem Bericht, auf dem ein halb transparenter Kunststoffflakon mit blauem Schraubverschluss und einem Etikett mit einem verwischten kreuzförmigen Symbol zu sehen war. Die Techniker hatten sie am Grund des Grabes gefunden, und er fragte sich, was sie dort zu suchen gehabt hatte. Xander hatte diesen Typ Flasche noch nie gesehen. Form und Größe erinnerten an die Kunststoffausgabe eines Parfumflakons. »Hast du übrigens das Date des Opfers ausfindig machen können?«, fragte er.

»Ja. Sie heißt Charlotte Scavenius und ist ihre Chefin …«, erwiderte Jørgen.

Xander holte tief Luft. »Bestell sie noch mal ins Präsidium.«

*

Als Jørgen später am Tag zurückkam, teilte er mit, dass die Techniker zwar nicht herausgefunden hätten, woher die Plastikflasche stammte und wozu sie verwendet wurde, aber immerhin so viel, dass sie nicht in Dänemark produziert worden war. Xander fragte sich, ob sie mit Kanonen auf Spatzen schossen, wenn sie diese Spur weiterverfolgten. Nicht zuletzt im Hinblick darauf, dass die Hundeführer im näheren Umkreis des Fundortes noch andere Gegenstände gefunden hatten: unter anderem eine Dose nach Fuchspisse stinkenden Sommersby-Cider und ein frisch benutztes Kondom. Beides wurde als nicht unmittelbar relevant für die Ermittlungen angesehen, konnte zum jetzigen Zeitpunkt aber auch noch nicht ganz ausgeschlossen werden. Xander ging davon aus, dass sowohl Getränkedose als auch Kondom von einem intimen, bei der Kälte vermutlich nicht sehr romantischen Rendezvous im Schutz der immergrünen Büsche innerhalb der Friedhofsmauern stammten. Seine Gedanken wanderten zurück in seine Jugend und zu seiner ersten großen Liebe Ursula. Ihre dunklen Locken und die strahlenden Augen würde er niemals vergessen. Genauso wenig wie das, was sie eine Woche vor ihrem fünfzehnten Geburtstag auf dem

Assistens Kirkegård gemacht hatten. Er spürte ein Ziehen im Magen und wunderte sich, wie lebhaft er sich nach so vielen Jahren noch an die intimen Details erinnerte.

Die Frau im Vernehmungsraum hatte rote Flecken im Gesicht und zerzauste grau melierte Haare. Ihr Gesicht war gerötet vom Weinen, und sie wischte sich unablässig mit einer Papierserviette über die Augen.

»Guten Tag, Charlotte«, sagte Xander und überlegte, welche Verhörstrategie er anwenden sollte. »Sie wissen, warum wir Sie noch einmal herbestellt haben?«

»Nein«, antwortete sie und schüttelte die grauen Locken. Ihre Augen sagten das Gegenteil.

»Wir haben die Daten auf Rita Magnussens Handy gesichert«, sagte er.

Die Frau sah ihn an.

»Und aus denen geht hervor, dass Sie ein intimes Verhältnis miteinander hatten ...«

Die ansonsten kompakte Stille im Raum wurde von dem leisen Rauschen der Lüftung unterbrochen. Er lehnte sich im Sessel zurück, klickte mit einem Kugelschreiber und beobachtete ihre Reaktion. Sie saß wie versteinert da.

»Was zum Teufel geht Sie das an?«, fragte sie trotzig.

»Eine Menge«, sagte Xander. »Warum haben Sie bei unserem letzten Gespräch nichts davon gesagt?«

»Weil das privat ist.«

»Unter normalen Umständen schon, aber nicht im vorliegenden Zusammenhang. Rita Magnussen wurde brutal ermordet …«

»Wenn das an die Öffentlichkeit kommt … Ich bin verdammt noch mal verheiratet … und habe Kinder.«

Sie bedachte Xander mit einem vor Wut zitternden Blick.

»Ich würde sagen, dass Sie im Moment wirklich größere Probleme haben«, sagte er.

»Was wollen Sie damit andeuten?«

»Die meisten Morde werden von Menschen aus dem engsten Umfeld begangen, Leuten wie Ehepartnern, Geliebten …«

Eine Sekunde glaubte Xander, die Frau würde ihm an die Gurgel springen, aber dann sackte sie in sich zusammen.

»Ich … ich habe Rita wirklich geliebt«, sagte sie und putzte sich geräuschvoll die Nase. »Es war noch ganz frisch. Wir waren extrem vorsichtig.«

»Kam die Initiative von Ihnen, eine Beziehung anzufangen?«

»Ja.«

»Bleiben Sie bei Ihrer Aussage, dass Sie mit Ihrer Familie zusammen waren?«

»Ja … wir waren bowlen …«

Er schob seine Unterlagen zusammen.

»Ich habe im Moment keine weiteren Fragen, aber es könnte sein, dass ich mich in den nächsten Tagen noch einmal bei Ihnen melde.«

Der Blick, mit dem sie ihn ansah, war glasklar.

Xander kaute nachdenklich auf seiner Unterlippe, als er durch den Flur zu seinem Büro ging. Charlotte Scavenius war eine ehrgeizige und ambitionierte Frau. Wie würde sie auf die Ablehnung einer potenziellen Liebhaberin reagieren? Und wie verlässlich war die Zeugenaussage ihrer Familie, dass sie zusammen bowlen gewesen waren?

Kapitel 9

Josefine hatte den Volvo am Straßenrand geparkt und nahm die Einkaufstüte von Kvickly und den Rucksack aus dem Kofferraum. Schnaufend stieg sie die Treppe in den vierten Stock hoch und schloss ihre Wohnungstür auf. Es roch muffig und staubig. Josefine stellte den Rucksack auf den Boden, schüttelte sich die Gummistiefel von den Füßen und schlurfte auf Socken mit ihrem Einkauf in die Küche. Sie starrte auf die abgelaufene Milch und einen seit Ewigkeiten vor sich hin gammelnden und nach Ammoniak stinkenden Käserest im ansonsten leeren Kühlschrank. Sie verfrachtete den Käse in den Abfalleimer und goss die klumpige Milch in den Ausguss, bevor sie mit einem feuchten Lappen das Kühlschrankinnere auswischte. Danach räumte sie die eingekauften Lebensmittel ein und fühlte sich zufrieden mit ihrem kleinen Putzeinsatz. Die Kakteen auf der Fensterbank bekamen ein paar Tropfen Wasser, ehe sie den Müll runterbrachte und in den grünen Abfallcontainer im Hof verfrachtete.

Nachdem sie vergeblich ihren Flaschenöffner gesucht hatte, entfernte sie den Kronkorken einer Flasche Pilsner Urquell mit einem Teelöffel, trank einen kleinen Schluck und ging zurück in den Flur, um ihren Laptop aus dem Rucksack zu holen.

Kurz darauf saß sie auf dem Sofa und studierte einige Fotos der Frakturen in Ritas Schädelknochen. Sie runzelte die Stirn, während sie zerstreut an einem Fingernagel kaute. Dann öffnete sie nach einer spontanen Eingebung den Internetbrowser und machte sich auf die Suche.

»Verdammt«, murmelte sie. Ihr Herz begann zu pochen.

Sie trank noch einen Schluck Bier, stand auf und ging in den Flur, um ihr Handy zu holen.

»Damgaard«, antwortete eine müde Stimme.

»Hallo, Xander, Josefine hier … Ich glaube, ich weiß jetzt, was für eine Tatwaffe Ritas Mörder verwendet hat.«

»Ja?«, sagte die Stimme in das atmosphärische Knistern in der Verbindung hinein.

»Ich bin ziemlich sicher, dass es ein großer Vorschlaghammer war. An einen Hammer hatte ich schon am Anfang gedacht, aber gerade habe ich mir die Bruchflächen noch mal genau angeschaut. Der Abdruck im Knochenmaterial ist zu groß und zu tief für einen gewöhnlichen Hammer. Außerdem hat er ein sechskantiges Profil.«

Es pfiff und rauschte im Hörer, als ob er bei Sturmwetter draußen unterwegs wäre.

»Natürlich gibt es auch Hammer mit sechskantigen Köpfen«, fuhr Josefine fort, »aber nicht von dem Durchmesser. Es braucht zwei Hände, um einen Vorschlaghammer zu schwingen. Die Kraft des Schlages ist sehr viel größer als mit einem einfachen Hammer, weil der ganze Körper mitschwingt. Ein Hammer würde außerdem aus einem seitlichen Winkel einschlagen, wenn er mit einer Hand geschwungen wird – typischerweise von rechts oder eben von links, wenn der Täter Linkshänder ist. In unserem Fall kam der Schlag in fast rechtem Winkel von oben.« Sie räusperte sich. »Ein Vorschlaghammer wird zum Beispiel im Straßenbau eingesetzt, für das Zertrümmern von Steinen und Beton zu Schotter …«

»Oder beim U-Bahn-Bau«, ergänzte Xander.

»Ja …«

»Danke für die Info, Josefine. Die Techniker sind immer noch dabei, den Friedhof zu durchkämmen, aber jetzt, wo wir wissen, wonach wir suchen, beschleunigt das vielleicht den Prozess. Wir hören voneinander.«

Josefine ging in die Küche, nahm Käse- und Wurstaufschnitt aus dem Kühlschrank und machte sich ein Sandwich, das sie im Stehen aß. Sie spülte das Geschirr ab und stellte es zum Trocknen ins Abtropfgestell. Danach nahm sie sich noch eine Flasche Bier und ging zurück ins Wohnzimmer, um weiterzuarbeiten.

Ein Schauer durchrieselte sie, als ihr Blick noch einmal zu dem Bild des Vorschlaghammers auf dem Bildschirm wanderte. Der schwere Metallkopf und der kräftige lange Holzgriff waren für das Zertrümmern harter Materie wie Stein und Beton entworfen worden. Und wieder flimmerten ungebetene Bilder von Ritas zertrümmertem Gesicht und Schädel über ihre Netzhaut. Sie hoffte inständig, dass die Polizei den Täter schnell fand. Es war eine unschöne Vorstellung, dass der Mörder noch irgendwo da draußen im Dunkeln herumlief.

Kapitel 10

Mehrere Gedanken gleichzeitig schossen durch Isabella Mont-Petersens Bewusstsein, als sie auf dem Weg zur Arbeit an dem Bettler vor der Nørreport Station vorbeiging: dass er stark psychotisch und alkoholisiert wirkte und dass die psychologischen Beratungsstellen sich doch tatsächlich durchgesetzt hatten, Leute mit behandlungsbedürftigen Diagnosen wieder auf die Straße schicken zu können, wo sie sich selbst und der zufälligen Freigebigkeit der Passanten für eine Obdachlosenzeitung mit extrem kleiner Zielgruppe überlassen wurden.

Sie reichte ihm einen Hundertkronenschein, und auch wenn sie selbst nicht direkt wohlhabend war, lehnte sie das Wechselgeld ab. Als sie das Blatt in die Tasche steckte, dachte sie, dass der Mann eigentlich eingewiesen und seine Krankheiten wie auch sein Drogenmissbrauch in einem sicheren Rahmen medikamentös behandelt gehörten. Der Bettler bedachte sie mit einem zahnlückigen Lächeln und zeigte dabei ein paar verrottete Zahnstümpfe. Er tastete nach einer Dose Gold-Bier, die in bequemer Reichweite neben ihm auf dem Boden stand. Unbewusst fuhr sie mit der Zungenspitze über die Stelle, wo ihr am Vortag ein Stück Zahn abgesplittert war, und ein elektrischer Stoß schoss ihr in die Wurzeln. Sie notierte im Kopf, dass sie auf keinen Fall ihren Zahnarzttermin am späteren Nachmittag vergessen durfte.

Der Gedanke, dass der Bettler einen Winter auf der Straße vermutlich nicht überleben würde, rumorte noch in ihrem Hinterkopf, als er schon lange nicht mehr zu sehen war.

Der Freudenrausch nach der Übernahme der Zulassung für die Praxis, die sie einem Kollegen abgekauft hatte, der in Rente ging, verdampfte im Takt mit der Einkehr des Alltags als privat praktizierende Psychiaterin. Dass die Praxisräume eine grundlegende Renovierung nötig hatten, stand außer Zweifel, obwohl der eine oder andere sicher begeistert gewesen wäre von dem konsequenten Siebzigerjahre-Retrostil. Sie fand die klobigen neonbunten Holz-Metallmöbel, die dunkelbraunen Fliesen und die hässlich orangefarbenen Lampen einfach grässlich. Die ganze bedrückende Atmosphäre, die in einem totalen Kontrast zum progressiven Zeitgeist dieses Jahrzehnts stand. In einer Ecke stand ein riesiger Geldbaum, ein Dinosaurier der Pflanzenwelt, und in dem zugewucherten Aquarium blubberte die Pumpe für einige wenige zählebige Fische, die in vorhersehbar stereotypen Bahnen herumschwammen.

Isabella streifte das Armband über ihr Handgelenk, nahm den Ring vom Finger und legte den Schmuck auf eine Untertasse. Danach zog sie ein paar Gummihandschuhe über und machte sich an die Reinigung des verdreckten und brackig stinkenden Aquariums. Bei einem Tierhändler hatte sie für ein kleines Vermögen verschiedene Reinigungsmittel gekauft. Sie betrachtete die schwappende Schicht Entengrütze, die wie ein grüner Teppich die Oberfläche bedeckte. Die magnetischen Scheuerschwämmchen waren abgenutzt, und die Wasserpumpe musste gegen eine neue ausgetauscht werden. In Anbetracht der lebensmüde wirkenden Fische wäre auch Mord aus Mitleid eine mögliche Option gewesen, aber diese Lösung schob Isabella vorerst noch einmal auf. Sie brachte es nicht übers Herz, die Viecher ins Klo zu kippen, nachdem sie so lange überlebt hatten. Nachdem die Fische umgesiedelt waren, begann sie, das Aquarium auszuschöpfen. Das war sehr mühselig, und erst eine gute Stunde später konnte sie den Behälter mit frischem Wasser füllen. Gefolgt von den Fischen. Und zu guter Letzt ließ sie eine Handvoll federleichtes Fischfutter ins Wasser rieseln. Die Fische verschlangen die Flocken in gierigen Zuckungen.

Das nächste Projekt war, Doktor Urbaks Zigarillogeruch, der immer noch in den Räumen hing, den Garaus zu machen. Hartnäckiges Lüften und Meister Propper brachten am Ende den Erfolg.

Anfang der Woche hatte sie seine altbackenen Magazine abbestellt und stattdessen *Alles für die Frau* und *Euro-*

man abonniert, die ein breiteres Spektrum der zukünftigen Klientel ansprachen, die sie sich für ihre neue Praxis erhoffte. Natürlich wusste sie, dass es reichlich psychisch kranke Dänen gab, doch als Neueinsteigerin musste sie erst mal die praktizierenden Ärzte dazu bringen, Klienten an sie zu überweisen.

Sie hatte sich sehr zügeln müssen, nicht viel rabiatere Änderungen an der Einrichtung vorzunehmen. Bis auf Weiteres mussten ein paar helle Kissen, frische Pflanzen und dieser oder jener Dekogegenstand von Ikea genügen. Sie musste vernünftig bleiben und nicht ihre gesamten Ersparnisse verbraten. Letzten Endes kamen die Patienten schließlich ihretwegen und nicht wegen der Einrichtung ihres Wartezimmers.

Isabella ging in die altmodische Küche, starrte das avocadogrüne, rachitisch gurgelnde Kühlschrankmonstrum an und stellte sich vor, wie der Stromzähler irgendwann wie ein Frisbee aus seinem Kasten schnalzen würde. Ein nougatbrauner Küchentisch vervollständigte die Farbkakophonie.

Ich sollte alles auf den Sperrmüll werfen, sagte eine innere Stimme, als sie eine Zigarette aus der Packung klopfte, sie anzündete und einen tiefen Zug nahm.

Nach einem kurzen Blick auf ihr Handy dachte Isabella, dass es Zeit war, nach Hause zu gehen. Während sie die Jacke anzog und nach den Schlüsseln suchte, hörte sie ein ungewöhnliches Geräusch. Das Festnetztelefon auf dem großen schweren Schreibtisch klingelte. Der Apparat war so alt, dass sie auf dem Flohmarkt vielleicht noch ein paar hundert Kronen dafür kriegen würde.

»Isabella Mont-Petersen«, sagte sie, ungeübt, einen Hörer abzunehmen. Erstaunlich, wie schnell man sich eine derart eingefleischte Geste abgewöhnen konnte. Ein weiterer Beweis für Darwins Evolutionstheorie. Ihre Nachfahren würden vermutlich längere Daumen bekommen, weil sie im Gegensatz zu ihr so fleißig Nachrichten auf dem Smartphone schrieben.

»Spreche ich mit Doktor Urbaks Sprechstundenhilfe?«, fragte eine Frauenstimme unsicher.

»Nein, der Doktor ist in Rente gegangen.«

»Oh, dann …«

In der Leitung war atmosphärisches Rauschen zu hören.

»Ich habe seine Praxis übernommen … Ich bin Psychiaterin«, schob sie hinterher. »Kann ich Ihnen weiterhelfen?«

»Es geht um meine Tochter Belinda.« Die Frau atmete geräuschvoll ein. »Ich mache mir große Sorgen um sie … Soll ich Ihnen ihre Krankenversicherungsnummer geben?«

Isabella dachte hektisch nach. Das antiquierte Monstrum, der erste Nachkomme des PCs mit Floppydisk-Laufwerk, stand abmontiert auf der Auslegeware und musste verschrottet werden. Außerdem gab es Probleme mit dem Internetzugang, weshalb sie einen Monteur überredet hatte, sie über einen technischen Bypass mit dem Internet zu verbinden, um wenigstens mit ihrem Laptop Zugriff auf den Server zu haben.

»Sie könnten morgen vorbeikommen, wenn das passt«, schlug sie vor. »Haben Sie eine Überweisung?«

»Ja … Aber wir stehen schon unten vor dem Haus.«

»Ich habe heute keine Sprechstunde«, sagte Isabella mit einem Blick auf die Wanduhr.

Ihr Zahnarzt hatte eine Gebühr eingeführt für den Fall, dass man sich verspätete oder gar nicht kam. Außerdem hatte ihr Zahn angefangen zu pochen. Ein ungutes Gefühl stieg in ihr auf. Obgleich sie aus der Psychiatrie einiges gewohnt war, fand sie es doch immer wieder befremdlich, wenn Leute unangemeldet vor ihrer Tür standen.

»Sie müssen sie sich ansehen«, flehte die Mutter. »Ich weiß nicht, was ich noch tun soll …«

Die Verzweiflung in ihrer Stimme gab den Ausschlag. Und als Isabella die beiden sah, war ihr sofort klar, dass hier etwas heftig im Argen lag. Die sichtlich nervöse Mutter ließ ihre Tochter nicht aus den Augen, die leichenblass und mit leerem Blick vor sich hin starrte. Sie dachte an die Krebspatienten in der Klinik in Herlev, von denen sie in ihrer Dienstzeit dort viel zu viele gesehen hatte.

Isabella führte die beiden in ihr Büro.

»Kaffee … oder Wasser?«

Die Mutter schüttelte den Kopf und ließ sich auf einen Stuhl fallen. Das Mädchen reagierte gar nicht.

»Ich heiße Isabella.«

Sie griff nach der Hand der jungen Frau, die eiskalt und feucht war.

Das Mädchen sah sie mit einem sonderbaren Lächeln

an und hielt Isabellas Hand länger fest als unbedingt notwendig. Isabella warf einen Blick auf Belindas online zugängliche Patientenakte. Das Mädchen war noch nicht in psychologischer Behandlung gewesen, und ihr Hausarzt hatte bislang keine psychologische Instabilität bei ihr feststellen können. Die entsprechenden Untersuchungen hatten nichts Ungewöhnliches gezeigt. Der Hausarzt hatte ihr Blut auf Spuren von Rauschmitteln überprüft, aber da war alles in Ordnung, und der Schwangerschaftstest war negativ.

Isabella tippte sich mit dem Kugelschreiber gegen das Kinn, lehnte sich zurück und versuchte, Belindas Blick einzufangen.

»Weißt du, warum du hier bist?«

Das Mädchen nickte.

»Wegen der Sache mit Katja …«

Isabella warf der Mutter einen fragenden Blick zu.

»Das ist unsere Katze … oder genauer: war …«, erklärte die Mutter und rang die Hände.

»Ist deiner Katze etwas zugestoßen?«

»Sie ist tot«, antwortete das Mädchen in lockerem Erzählton.

»Erzähl, was du getan hast!«, platzte die Mutter heraus.

»Das Drecksviech hat mich mit Absicht gekratzt!«

»Du hast sie geschlagen«, sagte die Mutter. »Mit einem Bügel. Ich habe es gesehen!«

Die Augen des Mädchens funkelten schwarz, und ihr bleiches Gesicht war von einem Schweißfilm überzogen.

»Halt's Maul, Hexe«, rief das Mädchen.

Ihre Stimme hatte sich verändert, klang jetzt wie die eines Jungen. Ihre Mutter rutschte auf dem Stuhl nach vorn.

»Sie hat sie erschlagen«, flüsterte sie. »Mit einem Holzkleiderbügel. Und ihr dann Reißzwecken in die Augen gesteckt.«

»Sie hat mich böse angestarrt!«, schrie das Mädchen. »Jetzt kann sie nichts mehr sehen«, fügte sie mit einem Lächeln hinzu.

»Belinda«, sagte Isabella. »Du weißt doch, dass man Tiere nicht quälen darf ...«

»Leck mich!«

Die Stimme wurde noch tiefer, wie im Stimmbruch.

»Sie ... wollte meine Gedanken lesen ...«

»Aber Belinda, eine Katze ist ein Tier«, sagte ihre Mutter.

»Was meinst du damit, dass sie deine Gedanken lesen wollte?«, fragte Isabella.

»Sie ... wusste ...«

Die Stimme schnarrte.

»Was wusste sie?«

»Was mir passiert ist ... etwas Böses ...«

Belinda sah Isabella jetzt in die Augen.

»Katzen können in der Dunkelheit sehen ... Ihre Augen leuchten ...«

Isabella senkte den Blick vor der erschreckenden Tiefe im Blick des Mädchens. Da war etwas, das sie noch nicht ganz einordnen konnte. Etwas ... Böses?

»Kann ich aufs Klo gehen?«, fragte das Mädchen mit wieder normaler Stimme.

»Selbstverständlich. Draußen im Flur, neben dem Eingang.«

Das Mädchen verließ den Raum.

»Schläft sie nachts?«

»Nein, sie läuft in ihrem Zimmer herum und führt Selbstgespräche. Ruft schreckliche Dinge. Schimpfwörter … Sie können sich nicht vorstellen, was ihr da alles einfällt. In einer Nacht bin ich von lautem Rufen wach geworden, und als ich vor ihrem Zimmer stand, war ich davon überzeugt, dass sie Besuch von einem Mann hatte. Aber als ich die Tür öffnete, lag sie allein in ihrem Bett und sprach mit einer fremden Stimme. Ihre Augen waren offen, aber sie schien sich in einer Art Trance zu befinden.«

Die Mutter starrte vor sich hin.

»Konnte sie sich hinterher daran erinnern?«

»Nein, es war, als hätte sie einen Albtraum gehabt.«

Isabella machte sich Notizen.

»Was ist mit der Schule?«

»Die machen sich auch große Sorgen um sie. Sie bedroht ihre Mitschüler und provoziert die Lehrer.«

»Ich würde sie gerne in ein paar Tagen wiedersehen. Bis dahin verschreibe ich Belinda ein Medikament. Können Sie dafür sorgen, dass sie es einnimmt? Morgens. Es ist wichtig, dass sie keine Tablette auslässt.«

»Ich tue alles für sie.«

Belinda kam wieder herein. Sie wischte sich den Mund ab.

»Ich musste mich übergeben«, sagte sie. »Aber ich habe es noch bis auf die Toilette geschafft.«

»Ist dir schlecht?«

»Nicht mehr.«

»Ich gebe dir ein Rezept für ein Medikament mit, damit es dir bald wieder besser geht. Was sagst du dazu, Belinda?«

Das Mädchen antwortete nicht.

Isabella gab etwas in ihren Laptop ein.

»Das Rezept liegt auf dem Server bereit und kann in der Apotheke abgerufen werden ... Ein Antipsychotikum«, fügte sie an die Mutter gewandt hinzu. »Können Sie Freitag um zwölf Uhr wiederkommen?«

Die Mutter nickte und erhob sich.

Isabella seufzte erleichtert, als die beiden Frauen gegangen waren. Es war, als hätte die Tochter alle Energie aus dem Raum abgezogen.

Sie löschte das Licht, ging auf die Toilette und erstarrte. Verdammt, knapp vorbei ist auch daneben, dachte sie gereizt, als sie sich bückte und Reste von Erbrochenem mit Klopapier aufwischte. Ehe sie die Spülung betätigte, fielen ihr ein paar rote Schlieren im Wasser auf, die wie Tentakel vor sich hin dümpelten. Anscheinend hatte das Mädchen seine Menstruation, dachte sie, bis sie am Grund des Beckens drei Stecknadeln liegen sah. Der Gestank des Erbrochenen und der Anblick der drei Nadeln drehten ihr den Magen um. Sie lief hinaus in die Küche und schnappte nach Luft. Hatte das Mädchen Nadeln geschluckt? Sie musste die Mutter erreichen, damit sie das Zimmer ihrer Tochter durchkämmte und sie nicht unbeaufsichtigt ließ.

Isabella suchte vergeblich nach ihren Zigaretten. Es roch stark nach Rauch, als sie durch das Wartezimmer ging. Sie ging zum Aquarium und entdeckte den Aschenbecher wie einen exotisch kanariengelben Plattfisch auf dem Grund des Beckens.

Die Zigarettenkippen dümpelten mit den Leichen ihrer Fische an der Oberfläche.

»Ich muss Belinda einweisen«, sagte Isabella kurz darauf am Telefon. »Sie hat Nadeln geschluckt.«

»Was?«, platzte die Mutter heraus.

»Ich habe Stecknadeln in der Toilette gefunden … und Blut. Sie scheint sie erbrochen zu haben.«

Am anderen Ende der Verbindung war es still.

»Ich befürchte, dass sie suizidgefährdet ist … Ich habe in der psychiatrischen Notaufnahme der Klinik Bispebjerg angerufen. Sie können einfach dorthin fahren, es reicht, wenn Sie ihren Namen sagen.«

»Wir machen uns gleich auf den Weg«, murmelte die Mutter und beendete das Gespräch.

Isabella suchte ihre Sachen zusammen, zog den Mantel an und schloss die Tür ab. Sie lief die Treppe hinunter und hoffte, dass der Zahnarzt auf die Gebühren verzichtete.

Kapitel 11

Die Augen des diensthabenden Kriminaltechnikers Kenneth Nyborg glänzten fiebrig. Seine ganze Aufmerksamkeit war auf einen Flachbildschirm an der Wand gerichtet. Das Stimmengewirr einer riesigen Menschenmasse wurde aus den Fernsehlautsprechern geblasen.

»Versager!«, rief Kenneth und schlug sich mit der flachen Hand vor die Stirn, stemmte sich mit Wucht hoch und schob den Bürostuhl nach hinten. Er ballte die Hände zu Fäusten, und sein Gesicht nahm fast die gleiche Farbe wie sein stramm sitzendes T-Shirt an. Die Bierwampe quoll über seinen Hosenbund wie ein üppig aufgegangener Muffin. Kenneth' Körpersprache illustrierte in aller Deutlichkeit die erschütternde Niederlage seines Lieblingsclubs.

»Ähm … Ich bin wegen des Wassers da«, wagte Jørgen sich vorsichtig vor.

»Was für Wasser?«

»Na ja, das Wasser in der Plastikflasche vom Assistens Kirkegård.«

Kenneth kehrte in die Wirklichkeit zurück. Er schaltete den Fernseher aus, als auf dem Bildschirm gerade der akkurat getrimmte Rasen im Fußballstadion Old Trafford gezeigt wurde, latschte zu seinem Computer und klickte das Icon ZNK an – Zentrum für Nationale Kriminaltechnik. Er atmete tief ein, als wäre die Ausführung dieser Handlung eine übermäßige Kraftanstrengung, und wischte sich über die Stirn, hinter der vermutlich vor seinem inneren Auge die Niederlage noch einmal Revue passierte.

»Für wen bist du?«, fragte Kenneth.

»Ich interessier mich nicht so für Sport«, kam es phlegmatisch von Jørgen.

»Hauptsache, du bist nicht plötzlich für Schweden!«, drohte Kenneth.

Die Nachricht, dass Jørgen nach Schweden gezogen war, hatte sich wie ein Lauffeuer bis zum Slotsherrensvej in Vanløse verbreitet, wo die Kriminaltechniker saßen.

Kenneth scrollte sich seufzend durch ein Excel-Sheet mit endlosen Zahlenreihen. Er wickelte seinen Fanschal ab und warf ihn wütend auf den Boden. An der Pinnwand neben ein paar ausgeschnittenen Karikaturen hing ein lächelndes Pin-up-Girl in dem minimalsten Bikini, den Jørgen je gesehen hatte. Normalerweise war Kenneth ein jovialer und lebenslustiger Kollege.

»Willst du die kurze oder lange Version?«

»Die kurze, danke.«

»In der Flasche war Wasser, gewöhnliches Wasser«, sagte Kenneth.

»Machst du das am Chlorgehalt fest?«

»Das dänische Trinkwasser wird seit 2009 nicht mehr gechlort.«

Er beugte sich vor und studierte ein paar Zahlen, die Jørgen überhaupt nichts sagten.

»Dann ist es also schlicht und ergreifend Kopenhagener Leitungswasser?«

»Ja, ich habe den Kalk- und Mineralgehalt verglichen. Es finden sich auch Spuren von Kalziumcarbonat.«

Jørgen sah ihn fragend an.

»Auch unter dem Namen Marmor bekannt«, erklärte Kenneth. »Außerdem wurde dem Wasser gewöhnliches Meersalz beigemischt.«

Jørgen kam zu der stillen Erkenntnis, dass Wasser nicht gleich Wasser war.

Er bedankte sich für die Informationen und verließ das Büro, während er darüber nachgrübelte, wie man sich derart für Fußball begeistern konnte, als ginge es um Leben und Tod.

Kapitel 12

Xander hatte sein Team in Teglholmen um den ovalen Konferenztisch versammelt. Ein Praktikant, für den sie im Zusammenhang mit dem Umzug keinen qualifizierteren Job gefunden hatten, hatte ihre Thermoskannen im Versuch einer territorialen Abgrenzung zu den anderen Abteilungen mit Klebestreifen markiert, auf die er groß PERSONENGEFÄHRDEND geschrieben hatte.

Der gleiche Praktikant war am Morgen zum Bäcker gegangen und hatte einen großen Hefezopf mitgebracht, der schneller verschwunden war, als man gucken konnte.

»Wir haben noch eine weitere Zeugenvernehmung vor uns«, leitete Xander die Sitzung ein.

»Wen?«

Jørgen schob die Brille über die Augenbrauen.

»Er heißt Svend Jacobsen … Totengräber aus Dragør … Ausgeliehen an den Assistens Kirkegård in Verbindung mit den Grabverlegungen. Hast du Zeit, dabei zu sein, Jørgen?«

»Jepp.«

»Gut«, sagte Xander, tippte ein paar Krümel mit dem Zeigefinger auf und schob sie in den Mund.

»Hast du was in Bezug auf das Wasser herausgefunden?«

»Ja. Es handelt sich um gewöhnliches Kopenhagener Leitungswasser. Mit Spuren von Marmor und Salz ...«

Xander musterte Jørgen überrascht, als hätte er eine andere Antwort erwartet, und machte sich Notizen.

»Sonst noch etwas?« Sein Blick schweifte über den Kreis der versammelten Kollegen. »Wer hat mit der Metro-AG gesprochen?«

»Ich«, sagte Birthe. »Sie überbieten sich gegenseitig an Ausweichmanövern. Ich habe noch nie so einen glatten Büroaal getroffen, ein echter Beamter. Er war zum Kotzen arrogant, und es schien ihm völlig egal zu sein, dass in seinem Vorgarten gerade ein Mord geschehen ist. Hauptsache, der U-Bahn-Bau verzögert sich nicht, hat er ständig wiederholt wie ein heiliges Mantra.«

»Hatte er trotzdem irgendwelche nützlichen Informationen für uns?«, fragte Xander ungeduldig.

»Nein, aber ich habe heute Morgen einen Ausdruck des Dienstplanes bekommen. Jørgen und ich machen uns daran, einige der Arbeiter zu vernehmen. Wir müssen nur noch einen Dolmetscher auftreiben.«

Xander machte einen Haken hinter dem Punkt auf seiner Liste.

»Noch etwas, das wir berücksichtigen sollten?«

Das schien nicht der Fall zu sein. Die Kollegen sammelten das Geschirr ein, und kurz darauf war der Konferenzraum leer.

Jørgen und Xander begaben sich direkt in einen der kleinen Vernehmungsräume am Ende des Flures. Ein Tisch, eine Lampe und ein paar Stühle in hellem Buchenholz. Auf dem Fensterbrett eine Videokamera und ein Aufnahmegerät. Mehr gab es nicht in dem kahlen Raum.

Xanders Vernehmungsmethode war simpel und lief darauf hinaus zuzuhören, was sein Gegenüber zu sagen hatte, ohne Vorurteile. Die Technik wurde *Kognitives Interview* genannt und war im Grunde nichts anderes als akademische, nüchterne Sachlichkeit. Die Praxis war nicht immer so einfach wie die Theorie, wenn einem ein Verdächtiger gegenübersaß, der mutmaßlich ein verabscheuungswürdiges Verbrechen begangen hatte. Da war es entscheidend, seine persönlichen Empfindungen nicht durchsickern zu lassen.

Trotzdem versuchte Xander immer auch, eine Form professioneller Empathie zu entwickeln, so schwer ihm das manchmal auch fiel. Die einzige Ausnahme machte er bei Fällen, in denen es um Pädophilie ging. Und er hatte nicht viel übrig für Menschen, die ihm ins Gesicht logen.

Nicht alle Kollegen waren von dieser Technik mit den Videoaufnahmen begeistert, viele fühlten sich dadurch verunsichert. Aber selbst kleinste Trivialitäten konnten entscheidend sein. Der Teufel steckte manchmal im Detail, wie er gelernt hatte. Und die Kamera fing immer wieder irgendetwas ein, das sie auf die richtige Spur brachte.

Kurz darauf erschien Svend Jacobsen in Begleitung eines kräftigen Beamten mit kurz geschorenen Haaren im Türrahmen.

»Hallo, Svend, treten Sie doch ein. Mögen Sie einen Kaffee?«, fragte Xander und zeigte auf eine große Thermoskanne.

Svend Jacobsen nickte und setzte sich. Der Beamte verschwand.

Xander schenkte Kaffee in einen Becher, den er dem Totengräber hinüberschob, der ihn zwischen die Hände nahm, als wollte er sich daran wärmen.

»Ich heiße Alexander Damgaard und bin Kriminalhauptkommissar.«

Danach stellte er Jørgen vor.

»Sind Sie einverstanden, dass wir das Gespräch aufnehmen?«

Svend Jacobsen nickte und trank einen Schluck Kaffee.

Jørgen ging zum Fenster und schaltete die Kamera ein, danach die Mikrofone auf dem Tisch.

»Wie Sie sich vielleicht schon gedacht haben, geht es um den Mord auf dem Assistens Kirkegård. Alles, was Ihnen zu diesem Abend einfällt, kann wichtig sein. Selbst Ihnen vielleicht unwichtig vorkommende Details. Lassen Sie sich so viel Zeit, wie Sie brauchen. Und sagen Sie Bescheid, wenn Sie eine Pause machen möchten.«

Er räusperte sich.

»Das ist sicher ein hartes Stück Arbeit mit all den Gräbern, die verlegt werden müssen …«

Svend Jacobsen starrte auf seine großen Schaufelhände.

»Ja, das fordert einen schon ganz schön … Aber irgendjemand muss es ja machen. Sie hätten die U-Bahn woanders langlaufen lassen sollen.«

Ihre Blicke trafen sich, und Xander sah einen harten Glanz in den tiefliegenden Augen des Totengräbers.

»Können Sie etwas zu dem Abend sagen, an dem Rita Magnussen ermordet wurde? Wie war das Wetter?«

»Kalt war's und windig … Es war Frost angesagt. Wir Totengräber hassen Frost … Da ist die Erde wie Stein. Später hat es zu schneien angefangen. Aber das hatte ich schon vorhergesehen. Ich hab den Schnee schon frühmorgens gerochen. Das war ein langer Arbeitstag, um acht rum war ich fertig.«

»Sie haben mit Josefine Jespersen gesprochen. Worüber?«

»Tja, also, ich hab gesagt, dass ich die Grabverlegungen nicht in Ordnung finde.«

»Inwiefern nicht in Ordnung?«

»Ich glaube, dass sie es noch bereuen werden … die, die das Ganze angeleiert haben. Das ist Teufelswerk, wenn Sie mich fragen!«

Er ließ sich gegen die Rückenlehne fallen, als hätte es ihn all seine Kraft gekostet, diese Sätze auszusprechen. Xander bemerkte, dass sein Gegenüber kräftig schwitzte.

»Ich wusste, dass irgendwas passieren würde, dass es sich rächen würde …«

Seine Augen funkelten schwarz.

»Was soll sich rächen?«

»Das mit dem Grabfrieden … Wenn man die Toten auf diese Weise stört, ohne Anwesenheit eines Priesters, dann kann das nur schiefgehen. Man kann geweihte Erde nicht einfach umpflügen wie einen Acker …«

»Wollen Sie damit sagen, dass Rita sterben musste, weil sie den Grabfrieden gestört hat?«, fasste Xander zusammen.

»Ich glaube, dass böse Kräfte mit im Spiel sind …«

»Haben Sie etwas mit dem Mord zu tun?«

»Ich? Nein. Ich wollte verhindern, dass etwas Schreckliches passiert …«

»Wie?«

»Ich bin ein gläubiger Mensch«, sagte der Totengräber mit selbstbewusster Miene. »Ich habe für jeden Einzelnen von ihnen gebetet, damit sie nicht am falschen Ort landen …«

»Am falschen Ort?«

»Ja, in der Hölle natürlich …«

»Und das glauben Sie, mit einem kleinen Gebet verhindern zu können«, schob Jørgen einen Hauch von oben herab ein, was Xander irritierte und dafür sorgte, dass er den Kollegen mit einem strengen Blick zurechtwies.

»Das ist wenigstens ein Anfang …«

Xander dachte über die Antwort nach, die in ihrer Absurdität logisch war. Im Grunde genommen war es eine rührende Geste gegenüber den Verstorbenen im Kontrast zu den Behörden, die rücksichtslos und wider alle Proteste auf lokaler und Landesebene ihre Beschlüsse durchtrommelten. Aber vielleicht hatte der Totengräber auch irgendwann einfach die Schnauze voll gehabt und die Sache in die eigene Hand genommen, im buchstäblichen Sinn, und eine Repräsentantin der Metro-AG umgebracht. Er wog Pro und Contra ab.

Der Mann vor ihm sah mürrisch und angespannt aus wie eine Feder, die bei der leisesten Berührung zurückschnalzen konnte.

Xander spürte, wie sich das Fenster für einen fruchtbaren Dialog schloss, und beendete die Vernehmung, während alle Eindrücke in seinem Hirn mahlten.

Svend Jacobsen saß gerade wie eine Steinsäule da, und es war nicht zu erkennen, was hinter seiner Granitmiene vor sich ging.

»Ist Ihnen an diesem Abend sonst noch etwas Ungewöhnliches aufgefallen?«

»Ja … ein Mann …«

»Können Sie ihn beschreiben?«

»Groß«, sagte Svend Jacobsen mit zusammengekniffenen Augen, als suchte er nach Bildern auf seiner inneren Leinwand.

»Und dünn … lange, dünne Beine. Nackt.«

»Nackt?«

»Ja, die Beine. Ich glaube, das war einer der Irren, die nach Einbruch der Dämmerung immer mal auf den Friedhof kommen …«

»Können Sie sonst etwas zu seinem Alter oder Äußeren sagen?«

»Nein, dazu war es zu dunkel. Aber er hatte so eine Jacke mit Pelzbesatz an der Kapuze. Ich musste an eine Vogelscheuche denken …«

»Haben Sie irgendwelche Geräusche gehört?«

Svend schüttelte den Kopf.

»Es hat kräftig gestürmt. Man konnte den Verkehrslärm vom Jagtvej hören, aber daran hab ich mich inzwischen gewöhnt.«

Xander machte sich Notizen.

»Was haben Sie dann gemacht?«

»Ich hab den Bus genommen. Der fährt direkt nach Dragør, wo ich wohne.«

»Und danach?«

»Na ja … nicht viel. Ich hab eine Kleinigkeit gegessen und bin ins Bett.«

»Wohnen Sie mit jemandem zusammen?«

Der Totengräber schüttelte den Kopf.

»Hm … Dann habe ich keine Fragen mehr«, sagte Xander, stand auf und schaltete die Videokamera aus.

Nach dem Verhör standen Jørgen und Xander noch eine Weile im Flur.

»Glaubst du, dass er es war?«, fragte Jørgen.

»Ich weiß es nicht … Könnte schon sein. Ein Motiv hätte er. Vielleicht hat er die Sache in die eigene Hand genommen und seine persönliche Vendetta gegen die Verantwortlichen der Grabräumungen in die Tat umgesetzt.« Er kratzte sich im Nacken. »Aber überprüf doch bitte mal die Personenbeschreibung der Vogelscheuche … Das entwickelt sich allmählich zur reinsten Freakshow. Und versuch, die Transportgesellschaft Movia dazu zu bringen, uns Aufnahmen ihrer Überwachungskameras in dem Bus zu schicken.«

Jørgen nickte und machte sich auf den Weg.

Kapitel 13

Josefine nahm die leicht düstere Stimmung im Empfangsbereich des Gebäudetraktes gar nicht wahr, in dem das Rechtsmedizinische Institut untergebracht war. Wände und Boden waren braun gekachelt, und das stellenweise einfallende Sonnenlicht hatte kaum eine Chance gegen die dunkle Oberfläche.

Im ersten Stock hatte Josefine vor Kurzem ihr neues Büro bezogen – eine nahezu exakte Kopie des alten, es war allerdings noch kleiner. Das zeigte ihr, wie sie mit Bedauern feststellte, dass sie offensichtlich kein einflussreiches Rädchen in diesem Getriebe war.

An der hinteren Wand waren ein paar Umzugskisten gestapelt, und Josefine war gerade dabei, die obere mit ihren Büchern auszupacken, als sie vom Brummen ihres Handys unterbrochen wurde.

Mit einem Seufzer verrenkte sie sich in Richtung Schreibtisch und griff danach.

Es war Xander, der fragte, ob es ihr passte, dass er vorbeikam. Er wollte ihr etwas Wichtiges zeigen.

Josefine öffnete das Fenster, um den staubigen Buchgeruch aus der geöffneten Kiste zu vertreiben. Die hereinströmende Kälte war eine deprimierende Bestätigung der Tatsache, dass immer noch Winter war und das Frühjahr unendlich weit weg. Sie sah in den grauen Himmel, über den sich eilig regenschwangere Wolken schoben.

Kurz darauf klopfte es an der Tür, und Xanders lange Gestalt erschien im Rahmen. Er hatte etwas Schweres dabei, einen sorgfältig in Plastik eingewickelten Vorschlaghammer mit langem Griff. In dem Moment kam die Sonne für eine kurze Sekunde zum Vorschein und entzündete ein Licht in seinen bernsteinbraunen Augen.

»Schön kuschelig!«, stellte Xander trocken fest, als er Josefines schuhkartongroßes Büro in Augenschein nahm.

»Es kommt nicht immer auf die Größe an!«, konterte Josefine mit einem säuerlichen Lächeln und verschränkte die Arme vor der Brust.

»Haben Sie Zeit, sich eine potenzielle Mordwaffe anzusehen?«, fragte er mit einem entwaffnenden Lächeln.

»Selbstverständlich«, sagte sie und wandte sich dem Hammer zu, den er angeschleppt hatte. Sie schätzte die Länge des Griffes auf ungefähr einen Meter.

Xander legte das Werkzeug auf einem der Umzugskartons ab.

»Hat man DNA daran gefunden?«

Er nickte.

»Jede Menge. Ich vermute, der Mörder hat ihn nach einer notdürftigen Reinigung auf der Baustelle zwischen den anderen Gerätschaften deponiert, damit man nicht unmittelbar sehen konnte, dass Blut daran klebt. Er wurde unwissend von mehreren Bauarbeitern benutzt. Wir haben die Fingerabdrücke durch unser System gejagt, aber keine Übereinstimmung gehabt …«

Josefine sah sich den Vorschlaghammer an. Das konnte durchaus die Mordwaffe sein. Sie umfasste den Griff mit beiden Händen und hob ihn probehalber an. Sie fröstelte, als sie das Gewicht spürte. Es war eine Sache, hartes, auf der Erde liegendes Material zu zertrümmern. Aber das Teil so hochzuheben, dass man einen erwachsenen Menschen damit niederschlagen konnte, erforderte schon ein gehöriges Maß an Kraft. Sie stellte den Hammer vorsichtig auf den Boden und lehnte ihn an die Umzugskiste. Der Kopf aus rostfreiem Stahl lief in einer sechskantigen Spitze mit etwa fünf Zentimeter Durchmesser zusammen, die dem Abdruck entsprach, den sie bei der peniblen Rekonstruktion des Schädels vorgefunden hatte.

»Und, was meinen Sie?«, fragte Xander ungeduldig.

Josefine hatte das unwirkliche Gefühl, wie beim Erwachen aus einer Narkose eine Schicht des Unterbewusstseins zu durchbrechen.

»Ich glaube, Sie haben recht«, sagte sie zögernd.

Sie ging zu ihrem Computer und öffnete die Datei mit den Fotos eines Schädels. Auf den ersten Blick sah er intakt aus, aber als Josefine die Schädeldecke heranzoomte, sah man gleichmäßige Fissuren wie dunkle Risse in trockener Erde, und es zeichnete sich ein Bild der grauenvollen Zerstörung ab, die nur ein stumpfer, schwerer Gegenstand anzurichten vermochte.

»Sehen Sie sich das an«, sagte sie mit konzentriertem Gesichtsausdruck.

Xander stellte sich hinter sie und sah auf den Bildschirm. Mit dem Zeigefinger zeichnete sie die Kontur einer kreisförmigen Fraktur nach und tippte etwas in die Tastatur.

»Ich messe sicherheitshalber noch mal nach, auch wenn ich ein ziemlich gutes Augenmaß habe.«

Sie fuhr sich mit der Zungenspitze über die Lippen.

»Wie sind die Maße?«, fragte sie, ohne den Blick vom Bildschirm zu nehmen.

Xander las die Maße von dem Blatt Papier ab, das die Techniker ihm gegeben hatten.

Josefine klickte ein paar Mal mit der Maus und brachte zwei rote Markierungskreuze an, zwischen denen sie eine Messung vornahm.

»Auf den Millimeter genau«, sagte sie schließlich.

Xander entdeckte hinter Josefines Computerbildschirm ein schwarzweißes Poster mit John Cleese bei einem seiner berühmten Silly Walks.

»Sind Sie ein Fan?«, fragte er amüsiert.

»Ja.«

Da bemerkte Xander das Netz rot gestrichelter Linien und die Aufkleber mit verschiedenen Ziffern an ausgewählten Punkten an den Füßen und Beinen des Schauspielers. Er erinnerte sich gut an die Szene, in der John Cleese seine Glanznummer vollführte.

»Das ist die biomctrische Analyse seiner Gangart«, sagte Josefine, ohne den Blick zu heben.

»Wie bitte?«

»Wir analysieren Gangarten«, übersetzte sie und sah ihn an. »Wir hatten ein Projekt in der Rechtsmedizin über die Bewegungsabläufe bei Menschen. Jeder Mensch bewegt sich anders, so unterschiedlich, dass es fast mit dem Fingerabdruck verglichen werden kann. Jeder Mensch hat eine ihm eigene Gangart …«

»Und ausgerechnet John Cleese haben Sie als Modell gewählt?« Xander grinste breit.

»Nein«, antwortete Josefine lachend. »Das Poster stammt vom Weihnachtsessen im letzten Jahr. Wir haben Bildsequenzen aus dem Film kopiert und in Henrys Datenbank eingespeist. Sie hätten mal seinen Gesichtsausdruck sehen sollen, bis er gerafft hat, dass das ein Joke war!«

»Aber wie funktioniert das in der Praxis?«

»Wir haben ein virtuelles Animationsprogramm, in dem Gangprofile angelegt werden können. Teilweise befestigen wir selbst Leuchtdioden an verschiedenen strategischen Punkten an den Füßen und Beinen, zum Beispiel an der Spitze des großen Zehs, am Sprunggelenk und an der Wade. Die Leuchtdioden wechseln innerhalb von zehn Millisekunden zwischen on und off, und die Bewegung wird fotografiert. Diese Methode birgt allerdings eine recht hohe Fehlerquote von ungefähr fünf Prozent. Die versuchen wir zu minimieren, indem wir laufend an der Verbesserung der Technologie arbeiten. Aber zumindest lässt sich schon mal ablesen, ob ein Mensch entspannt geht.«

»Oder gerade von einem Bankraub flüchtet«, schlug Xander vor.

»Genau. Allein in den Füßen werden beim Gehen vierzig Muskeln aktiviert. Dazu müssen der Bewegungsweg der Knie, der Hüfte, die Position der Schultern beim Gehen und der Schwung der Arme berücksichtigt werden. Ich zum Beispiel habe eine Tendenz zum Trippeln …« Sie lächelte. »Und Sie sind der typische Zehenspitzengänger!«

»Und schon steckt man in einer Schublade!«

»Natürlich kann sich das Schuhwerk auf die Gangart auswirken«, erklärte Josefine, die sich warmgeredet hatte. »Ein Gesundheitsschuh mit gewölbter Sohle beispielsweise verzerrt das Bild …«

Xander überlegte, wie viele Informationen ein einzelner Schritt in sich barg, wenn man sich auskannte.

Er sah nach der Uhr auf seinem Handydisplay und blickte dann Josefine an.

»Ich muss dann mal wieder los. Danke für die Hilfe.«

Er fasste den Vorschlaghammer mit beiden Händen, und Josefine öffnete ihm die Tür.

Auf dem Flur klingelte sein Handy. Er lehnte den Hammer an die Wand, während er sprach. Es war Jørgen, der das Überwachungsvideo aus dem Bus Nummer 350S organisiert hatte. Es bestätigte Svend Jacobsens Alibi und entlastete ihn in Xanders Augen unmittelbar. Außerdem war die Suche nach der Vogelscheuche erfolgreich gewesen, was sicher an der außergewöhnlichen Personenbeschreibung und in der Natur der Sache lag, dass nicht viele Leute in dieser Jahreszeit mit bloßen Beinen herumliefen. Jørgen hatte eine Vernehmung vorbereitet, aber als Xander in Teglholmen eingetroffen war, war der Mann plötzlich aggressiv geworden und hatte in einem Maße verwirrt gewirkt, dass er eingewiesen werden musste. Damit konnten sie seine Befragung vorläufig vergessen.

Ob er als Täter in Frage kam, blieb daher bis auf Weiteres offen.

Kapitel 14

1986

Graues Licht fiel durch die Fenster der Domkirche Unserer Lieben Frau. In dem Raum herrschte eine Leichtigkeit, eine einfache Eleganz frei von Ornamenten, Gesimsen oder anderem Schmuck.

Das Licht war eher schummrig, doch der Widerschein des Blattgoldes vom Altar hüllte die Christusfigur in einen warmen Strahlenkranz.

Es war ganz still in dem Kirchenraum bis auf die leisen Erschütterungen der Bodenfliesen durch einen Schatten, der zwischen den Bankreihen vorwärtsstrebte, ohne die stummen Gestalten der Marmorapostel vor den Mauergewölben zu beachten. Den Blick auf eine Skulptur vor dem Altar gerichtet öffnete die Person lautlos eine Edelholzschatulle und blieb dann vor dem kunstvoll ausgeführten, knienden Marmorengel stehen. Der Engel hielt eine große Muschel in den Händen, die Taufschale. Die Skulptur strahlte eine sanfte Lebendigkeit aus, wie gerade aus dem Himmel herabgeflogen und in der Kirche gelandet. Eine virtuose Abwandlung der Engelsgestalt, geschaffen von Meister Thorvaldsen.

Der Schatten kniete sich ebenfalls hin und befand sich nun in Augenhöhe mit dem Engel. Mit einer hastigen Geste schob er einen kleinen runden Gegenstand unter den Sockel der Skulptur.

Gleich darauf verschwand die Person mit eiligen Schritten aus der Kirche.

Kapitel 15

2014

Sie war bei Ritas Beerdigung auf dem Garnisons Kirkegård. Das tiefe rechteckige Grab weckte unbehagliche Assoziationen an den Abend von Ritas Ermordung, und die getrimmte Miniaturhecke erinnerte unangenehm an die auf dem Assistens Kirkegård.

Die Beisetzung hatte etwas Makabres, aber es war der ausdrückliche Wunsch der Familie gewesen, Rita so zu beerdigen. Josefine bereitete der Anblick des Sarges, der in das Grab hinabgelassen wurde, extremes Unbehagen.

Schneeflocken rieselten langsam vom Himmel und legten sich in einer transparenten Schicht auf die akkurat geschnittenen Büsche. Bald würden alle Oberflächen weiß gepudert sein.

Die Bilder von Ritas zertrümmertem Gesicht zogen an Josefines innerem Auge vorbei, und in ihrem Hinterkopf spukte der Gedanke an den nach wie vor frei herumlaufenden Mörder.

Sie stand hinter Charlotte und bemerkte ein leichtes Zittern ihrer Schultern. Die Kollegin weinte.

Die drückende Stimmung in der Kirche steckte Josefine noch in den Knochen. Das Schweigen, die gebeugten Nacken und gesenkten Blicke. Die Schläge der Kirchenglocke und die nachfolgende schwere Stille, ehe die Orgel mit tiefem Bass einsetzte. Die tiefen Töne als endgültiger Schlusspunkt am Ende eines Menschenlebens.

Sie dachte an die Beerdigung ihres kleinen Bruders und erinnerte sich lebhaft an das Ziehen im ganzen Körper beim Blick in das offene Grab. Das Loch war viel zu groß für den kleinen weißen Sarg gewesen.

Das Geräusch der auf das massive Holz fallenden Erdklumpen verursachte ihr fast körperliche Übelkeit. Ritas Leichnam wurde nun einem unterirdischen Kreislauf übergeben. Als Kolleginnen hatten sie sich auf professioneller Ebene beide mit dem Tod beschäftigt, aber keine von ihnen hatte ernsthaft in Betracht gezogen, dass der Tod schon hinter der nächsten Ecke lauern und eine von ihnen holen könnte.

Eine ältere Dame, in der Josefine Ritas Mutter vermutete, schluchzte auf. Der Schmerz stand der Frau in das zerfurchte, blasse Gesicht geschrieben.

Josefine sackte der Kreislauf weg, und ihr wurde schwindelig, als jemand ihren Arm ergriff und sie stützte.

Xander. »Alles in Ordnung?«, flüsterte er.

Sie nickte benommen und atmete bis tief in die Lunge, den Geruch von Erde und Winter in der Nase.

Kapitel 16

Luisa Fernandez erhob sich von der gepolsterten Bank und sah sich um. Ein schwerer, fast unanständig sinnlicher Blumenduft und die von den vielen flackernden Kerzen sauerstoffarme Luft stiegen ihr in die Nase. Sie sah eine dunkle Gestalt in dem Beichtstuhl verschwinden, der etwas von einem großen lackierten Kleiderschrank hatte. Wie immer stellte sich bei ihr das kribbelnde, erwartungsvolle Gefühl ein, als sie die dunkle Zelle betrat, sich der Nähe des Mannes peinlich bewusst, dessen Atem sie durch die Trennwand fast zu spüren glaubte. Im Beichtstuhl roch es nach Holz und Möbelpolitur. Der Samt der bourgognefarben gepolsterten Kniebank war durch das nervöse Hin- und Herrutschen der Beichtkinder nahezu durchgescheuert. Sie richtete ihre Aufmerksamkeit auf die glänzende Messingplatte mit den ausgestanzten Löchern, die dafür sorgte, dass jeder Laut ungehindert passieren konnte. Sie hörte leise Geräusche von der anderen Seite. Ein Knarren, wie wenn ein Mensch sich zurechtsetzt.

Ein lähmendes Gefühl erfasste ihren Körper. Ihr Hals schnürte sich zu, und sie schlug das Kreuzzeichen vor der Brust.

»Vergib mir, Vater, denn ich habe gesündigt«, flüsterte sie.

»Sag, was dich bedrückt, mein Kind.«

Irgendetwas an der Stimme war anders als sonst, stellte sie fest und zögerte kurz.

»Das … was ich getan habe … ist unverzeihlich …«

»Alle Sünden können verziehen werden … Kein Mensch ist ohne Sünde …«

»Ich … liebe ihn«, sagte sie schließlich.

»Liebe ist keine Sünde …«

»Aber … mit ihm ist es anders. Ich habe geträumt … dass wir als Mann und Frau zusammen sind …«

Die folgende Stille war vollkommen, bis im Hintergrund einzelne Töne erklangen, als ob sich jemand an der Orgel warmspielte.

»Gott, unser barmherziger Vater, erlöst dich im Namen des Vaters, des Sohnes und des Heiligen Geistes von deinen Sünden, Amen.«

»Amen«, wiederholte Luisa.

»Gehe in Frieden.«

Sie verließ den Beichtstuhl und setzte sich auf die hinterste Bank im Kirchenraum, um sich ein wenig zu sammeln. Sie war sicher, das Richtige getan zu haben, bezweifelte aber, dass das genug war. Obgleich sie erleichtert war über die Vergebung, hatte in der Stimme des Priesters etwas Unheilschwangeres mitgeklungen. Als wäre das Ganze noch nicht ausgestanden. In diesem Augenblick war ihr klar, dass sie ihn sehen musste. Um jeden Preis. Sie stand auf und verließ die Kirche.

Auf der Straße nahm sie ihr Handy heraus und machte ein paar Anrufe.

Kapitel 17

Pater Dominic war erschöpft, als er den Schlüssel ins Schloss steckte, die Tür aufschob und den Koffer in den Flur bugsierte. Er machte Licht und atmete die abgestandene Luft ein. Auf dem Boden lagen ein paar Briefe und Zeitungen. Er stellte den Koffer ab, griff nach der Post und legte sie auf den Zinnteller auf der kleinen Kommode. Darüber hing ein Spiegel. Einen Augenblick lang betrachtete Pater Dominic sein Spiegelbild und stellte fest, dass der Priesterkragen schmuddelig war. Danach ging er ins Wohnzimmer, wo das rote Lämpchen des Anrufbeantworters hektisch blinkte.

Sein Gesicht wurde ernst, als er die Nachrichten abhörte.

Er machte sich Notizen und tätigte ein paar Rückrufe, doch er erreichte keinen der Anrufer.

Pater Dominic hörte, wie ein Schlüssel ins Schloss gesteckt wurde, gleich darauf das Schlagen der Tür.

Er stand auf und ging in den Flur, um die Person zu begrüßen, die die Wohnung betreten hatte.

»Guten Abend, Gabriella.«

»Willkommen wieder zu Hause, Pater Dominic«, sagte seine Haushälterin mit einem Lächeln und stellte ein paar Einkaufstüten auf den Boden. »Und Glückwunsch zum neuen Amt«, fügte sie hinzu. »Ist alles nach Plan gelaufen?«

»Danke, es war alles, wie es sein sollte. Sie hätten so spät aber nicht mehr zu kommen brauchen«, sagte er.

»Das ist doch das Mindeste. Ich gehe davon aus, dass im Flieger mal wieder nur besseres Hundefutter serviert wurde?«

Ohne eine Antwort abzuwarten, nahm Gabriella die Tüten wieder auf und schleppte sie in die Küche, wo sie die Deckenbeleuchtung einschaltete, die zögernd ansprang und mit ihrem weiß-grünlichen Licht eine große altmodische Küche erleuchtete.

Pater Dominics Magen fing prompt an zu knurren. Er hatte seit dem Frühstück nichts mehr gegessen, und der Gedanke an die selbstgemachten Gerichte seiner Haushälterin ließ ihm das Wasser im Mund zusammenlaufen.

Er ging in die Küche.

»Eine Tasse Kaffee wäre auch wunderbar …«

Sie hatte bereits Wasser aufgesetzt und nahm eine blauweiß gewürfelte Dose von einem Regalbord. Wenig später duftete es köstlich nach frischem Kaffee.

Er musste zugeben, dass er seine Wohnung und die darin wirtschaftende Gabriella vermisst hatte.

»Denken Sie daran, dass ich morgen nicht komme?«,

sagte Gabriella. »Ich habe mit den Gemeindefrauen einen Flohmarkt arrangiert.«

»Haben Sie überhaupt mal Zeit für sich?«

»Darüber habe ich noch nie nachgedacht«, lächelte Gabriella. »Ich bin glücklich, wenn ich anderen eine Freude machen kann.«

»Wären doch nur alle Menschen wie Sie«, seufzte Pater Dominic.

Ehe er sich an den Tisch setzte, versuchte er noch einmal sein Glück, erreichte aber immer noch niemanden.

Gabriella rief einen Abschiedsgruß aus dem Flur, die Tür fiel ins Schloss, und er war wieder allein in der großen Wohnung. Er breitete die steife Stoffserviette auf seinem Schoß aus und begann zu essen. Ein Blick auf die Uhr verriet ihm, dass er in einer Viertelstunde aufbrechen musste, wenn er pünktlich zu seiner Verabredung kommen wollte.

Während des Essens wanderten seine Gedanken nach Rom. Die Stimmung unter den Teilnehmern an der Zeremonie war bis zum Zerreißen gespannt gewesen, nachdem der Papst spontan mitgeteilt hatte, dass er der Weihe beizuwohnen wünsche. Das Gebäude, das den Rahmen der Zeremonie bildete, war eigentlich untypisch für römische Verhältnisse und hätte mit seiner ultramodernen, schmucklosen Fassade eher ins Silicon Valley gepasst.

Alle Anwesenden hatten gespannt auf den relativ neu eingesetzten Papst gewartet, der weltweit für Aufsehen gesorgt hatte, weil er nicht die fürstlichen Gemächer seines Vorgängers beziehen wollte und außerdem auf der Benutzung öffentlicher Verkehrsmittel bestand, was dem Sicherheitspersonal vermutlich graue Haare bescherte. Er schien auch ernsthaft vorzuhaben, seine ungewohnt liberalen, reformistischen Ideen in die Tat umzusetzen und einige der Jochs abzuwerfen, die die katholische Kirche seit Jahren mit sich herumschleppte. Die Skandale, besonders um Pädophilie, wollten kein Ende nehmen. Man musste dem Papst lassen, dass er sich auf die Ebene der Weltgemeinschaft stellte und furchtlos selbst die heißesten Eisen anpackte.

In letzter Zeit kursierten Gerüchte, dass der Papst in einem Interview Homophile als *Unsere Brüder* bezeichnet hatte, was Pater Dominic sich zu glauben weigerte.

Kurz darauf zog er seinen Mantel an und verließ die Wohnung.

Kapitel 18

Luisa war jetzt in der Kronprinsessegade. Das Klappern ihrer Absätze auf dem Bürgersteig hallte von den Wänden wider, als sie die mondänen Wohnkomplexe passierte. Sie glaubte, hinter sich ein Geräusch zu hören, blieb stehen und sah über die Schulter. War das ein Mensch, der sich dort aus dem Nichts vor der weißen Hausfassade materialisierte? Sie war nicht sicher. Es war fast halb elf am Abend. Der Himmel war bodenlos tief und schwarz.

Sie erreichte den Hauseingang, fand schnell den gesuchten Namen und drückte den Messingknopf, so fest sie konnte.

Und wieder war da ein Geräusch hinter ihr. Wie schweres Atmen. Sie drehte sich halb um, den Finger weiter auf dem Klingelknopf.

Der Schrei, der ihre Lippen verließ, war hoch und nicht von dieser Welt. Ein dumpfer Laut war zu hören, und sie sackte still zu Boden. Ein langer Schlitz öffnete sich, verursacht von einem Skalpell, das den Stoff des Mantels durchtrennte wie Luft und Purpurrillen in die

Haut ritzte, die sich langsam füllten und ineinanderflossen.

Ihr erstarrter Blick war auf das Messingschild gerichtet, als hoffte sie, dass die Tür sich öffnete. Unter ihr bildete sich eine glänzende Blutlache wie ein roter Schatten.

Als Pater Dominic spät am Abend nach Hause kam, fand er eine ausgestreckte Gestalt vor seiner Haustür. Ein Mann kniete neben dem Körper und sprach in ein Handy, vermutlich mit der Notrufzentrale. Pater Dominic erstarrte, als er die Gestalt am Boden erkannte.

»Luisa!«, rief er und stand einen Augenblick wie versteinert, ehe er sich fasste, ebenfalls in die Knie ging und die Fingerspitzen an den schlanken Hals der Frau legte. Er konnte keinen Puls spüren. Ihre zarte Haut war kühler als der Nachtwind, der Glanz ihrer Augen verloschen, die Pupillen schwarz geweitet. Das Gesicht drückte einen bis weit über den Tod hinaus anhaltenden Schmerz aus. Der Mann hatte seinen Mantel über sie gebreitet.

Entfernt waren die Sirenen der Einsatzfahrzeuge zu hören, und kurz darauf sah Pater Dominic die blau blinkenden Lichter näher kommen. Er starrte auf ein paar organisch geformte, fast identische Blutflecken auf dem Asphalt, ein abstraktes, makabres Gemälde, und murmelte ein Gebet.

Kapitel 19

Xander betrachtete den gigantischen, weiß lackierten Heizstrahler, ein offensichtliches Relikt von vor der Energiekrise.

Die Leiche der Frau war ins Rechtsmedizinische Institut gebracht worden, nachdem die Techniker alle Spuren gesichert hatten.

Der katholische Priester, Pater Dominic, war schockiert gewesen über den Fund der Frauenleiche vor seinem Wohnkomplex. Er hatte Xander auf einen Tee in seine riesige Prachtwohnung eingeladen, die auf den Königlichen Garten hinausging.

Er fühlte sich unsicher in Gesellschaft von Pater Dominic – wie bei einem Auswärtsspiel. Das Gefühl, sich auf fremdem Terrain zu bewegen, überkam Xander beim Übertreten der Türschwelle. Er betrachtete die herrschaftliche Wohnung, in der jeder Quadratzentimeter entweder von überbordenden Bücherregalen oder eingerahmten ausgewählten Bibelstellen auf Latein, Englisch oder Französisch bedeckt war.

Der Mann vor ihm war fraglos sehr belesen und sicher auch weitgereist. Trotzdem war da etwas, das nicht ganz in das Bild passte. Er war breitschultrig und muskulös. Und er hatte nicht die farblose, papierene Haut, wie man sie oft bei tief religiösen Menschen sah. Das sonnengebräunte Gesicht bildete einen interessanten Kontrast zu dem diskreten weißen Priesterkragen. Ansonsten trug er Schwarz. Ein trainierter und sonnenanbetender katholischer Priester? Xander schüttelte unmerklich den Kopf.

»Ich komme gerade aus Rom zurück«, erklärte Pater Dominic, als hätte er Xanders Gedanken gelesen. »Es gab ein paar geschäftliche Dinge zu klären.«

Er starrte auf seine großen gepflegten Hände.

Es entstand eine Pause.

»Sie kannten die Tote? Ihre Fingerabdrücke wurden auf Ihrer Klingel gefunden ...«

»Sie kam regelmäßig zu mir ... hatte persönliche Probleme und ... Ich hatte nach meiner Rückkehr mehrere Mitteilungen auf meinem Anrufbeantworter, in denen sie mich um ein Treffen bat ... Sie klang ziemlich ... was soll ich sagen ... verzweifelt ... unglücklich ...«

»Was hat sie gesagt?«

»Dass sie mich treffen müsse. Dass es um Leben und Tod gehe ...«

»Haben Sie die Nachrichten gespeichert?«

»Nein, ich lösche sie immer, nachdem ich sie abgehört habe.«

Xander starrte vor sich hin.

»Was haben Sie gestern Abend gemacht?«

»Nachdem ich nach Hause gekommen war, habe ich erst einmal zu Abend gegessen. Danach bin ich zum Gebet und Gespräch in die Herz-Jesu-Kirche in der Stenosgade gegangen. Es gibt viele Menschen, die es schwer haben. Arbeitslosigkeit, Missbrauch und Einsamkeit …«

Xander nickte. Er kannte das nur allzu gut aus seinem eigenen Arbeitsalltag.

»Das glücklichste Volk der Welt …«

»Da bin ich mir nicht so sicher …«

»Kann jemand bestätigen, dass Sie in der Stenosgade waren?«

Pater Dominic kratzte sich am Kinn.

»Ja, Sie dürfen gerne den Vorsitzenden des Gemeindekirchenrates fragen.«

Er erhob sich, ging zu einem großen Schreibtisch, fand einen Zettel und schrieb eine Telefonnummer darauf. »Bitte schön«, sagte er und reichte ihn Xander.

»Danke.«

»Wer tötet so ein unschuldiges Kind?« Die Frage schien mehr an sich selbst gerichtet als an sein Gegenüber.

Seine Stimme zitterte leicht.

Xander musterte sein Gesicht.

»Wir werden alles tun, um den Täter zu fassen. Wenn ich Sie bitten dürfte zu überlegen, ob es jemanden gab, der Luisa schaden wollte? Das ist sicher nicht so einfach, aber wenn Ihnen irgendetwas einfallen sollte, das wichtig für die Ermittlungen sein könnte, melden Sie sich bitte bei uns.«

Pater Dominic hielt Xanders Blick fest.

»Luisa war ein unschuldiges … etwas naives Mädchen, aber einer der feinsten Menschen, die ich kenne. Ich habe mich ein wenig um sie gekümmert, weil sie … Waise ist und verletzlich. Sie war oft in meiner Pfarrgemeinde, und die Frauen aus dem Frauenkreis mochten sie sehr. Der, der sie getötet hat, muss das Böse in Person gewesen sein!«

Xander nickte.

»Darf ich Sie anrufen, wenn es noch Unklarheiten gibt?«, fragte er und machte Anstalten, sich zu verabschieden.

Pater Dominic nickte ebenfalls und reichte ihm eine Visitenkarte, worauf Xander ihm wiederum seine eigene schäbige Ausgabe in die Hand drückte.

»Wird sie obduziert?«

»Ja.«

Pater Dominics Blick verfinsterte sich.

*

Früh am nächsten Morgen fing Xander seinen Kollegen Jørgen ab und bat ihn, Pater Dominics Alibi zu überprüfen. Er konnte sich nur schwerlich vorstellen, dass er der Mörder war, aber es wäre nicht das erste Mal, dass die anständigsten, nettesten Menschen grausame, finstere Seiten in sich trugen, die sie sorgsam vor ihrer Umwelt verbargen.

Später am Nachmittag bestätigte Jørgen Pater Dominics

Alibi. Nach der Vernehmung von einem Dutzend Damen aus dem Strickclub der Gemeinde war der Kollege völlig durch die Mangel gedreht. Er war in ihr wöchentliches Kaffeekränzchen geplatzt, bei dem sie Sachen für Obdachlose strickten, Kaffee tranken und tratschten. Jørgen hatte ellenlange Protokolle verfasst, in denen nichts anderes als lobende Worte über Pater Dominic zu lesen waren sowie die Bestätigung, wo er sich zum Zeitpunkt des Mordes aufgehalten hatte.

Am Ende hatten die Damen Jørgen als ewige Erinnerung ein Paar Stricksocken geschenkt.

Kapitel 20

Endlich hatte Josefine mal wieder Zeit gefunden, an ihrem Bericht zur Volksgesundheit zu arbeiten. Gleich meldete sich leise ein schlechtes Gewissen, weil sie dafür andere, nicht minder dringliche Aufgaben hintanstellte, aber wenn sie nicht bald etwas zu Papier brachte, würde sie Probleme kriegen, den Abgabetermin einzuhalten. Draußen gingen die Leute bei herrlichem Sonnenschein spazieren, obwohl es klirrend kalt war. Ihre fröhlichen Stimmen waren bis in das kleine dunkle Büro zu hören, und Josefine musste bedauernd feststellen, dass das Leben gerade mal wieder an ihr vorbeiging.

Die Hauptaufgabe der Dokumentation von Krankheiten des 19. Jahrhunderts war der Nachweis physischer Spuren, die diese im Knochengewebe hinterlassen hatten. Die Industrialisierung wirkte sich auf den menschlichen Knochenbau aus, und die Mundhygiene der Kopenhagener war, verstärkt durch den Einzug des Zuckers, mangelhaft. Auch die Englische Krankheit als Folge von Vitamin-D-Mangel war weit verbreitet. Im

Skelett machte sich das in Form von Deformierungen der Beinknochen bemerkbar, die sich nach außen bogen wie Krummsäbel.

Teile des Forschungsprojektes befassten sich mit Kindersterblichkeit, dem Tod der Mutter bei der Geburt und Veränderungen der Körpergröße durch alle sozialen Klassen.

Josefine ging zu dem kleinen Waschbecken, wusch sich die Hände und starrte einen Augenblick ihr Spiegelbild an. Sie würde sich als den absoluten Prototyp der dänischen Frau bezeichnen: mittelblond, graublaue Augen. Aus anthropologischer Sicht waren die Durchschnittsgröße und die Lebenserwartung seit der Bronzezeit ständig gestiegen, und auch wenn man keine eindeutigen Rückschlüsse auf die Haarfarbe ziehen konnte, war sie überzeugt davon, dass ein Großteil der Menschen damals wie heute leberpastetenfarbenes Haar hatte. Über die Augenfarbe der Zeit konnte man auch nur Vermutungen anstellen, aber Josefine war ziemlich sicher, dass sie damals in der Menge nicht aufgefallen wäre, abgesehen davon, dass sie vielleicht einen Tick größer war als die Frauen von damals.

Sie stellte fest, dass ihre Wangenknochen deutlicher vortraten. Sie hatte abgenommen.

Sie seufzte, rieb sich die Augen und sah aus dem Fenster, hinter dem der eisblaue Himmel einen scharfen Kontrast zu der tristen Stimmung in ihrem dunklen Büro darstellte, und für den Bruchteil einer Sekunde streifte sie der Gedanke über die Absurdität, sich mit dem Tod zu beschäftigen.

Sie fuhr den Laptop herunter, nahm ihn von der Dockingstation und schob ihn in den Rucksack. Auf dem Weg zur Tür hinaus klingelte das Festnetztelefon. Sie zog kurz in Erwägung, nicht ranzugehen, änderte dann aber ihre Meinung. Es war Sir Henry, der ihr mitteilte, dass ein neuer Fall reingekommen war, und sie fragte, ob sie Zeit hätte, an der Obduktion teilzunehmen.

*

Henry begrüßte seinen Assistenten. Er hielt große Stücke auf Jordan, der umgänglich, stark und absolut unentbehrlich war, wenn die Leichen gewendet oder transportiert werden sollten. Darüber hinaus war Jordan das lebende Beispiel für Effektivität und Zeitersparnis am Arbeitsplatz. Er arbeitete schon eine Ewigkeit im Institut, und Henry graute vor dem Tag, an dem Jordan seinen Hut nehmen würde.

Der Assistent schob die Leiche auf einer Bahre in den Obduktionssaal. Kurz darauf trat Josefine durch die Tür, während sie ihren Mundschutz hinter den Ohren befestigte. Sie begrüßten sich kurz.

Jordan verfrachtete die Leiche mit Hilfe eines extra angefertigten Liftes von der Bahre auf den Sektionstisch.

Henry betrachtete Josefine, die sich abwartend ans Fußende des Tisches gestellt hatte, ehe sein Blick zu der Leiche wanderte. Es beeindruckte ihn immer wieder zutiefst, wenn Verstorbenen die Todesangst noch ins Gesicht gemeißelt war, nachdem das Herz längst aufgehört hatte zu schlagen. Vorsichtig zog er den blutgetränkten Mantel- und Blusenkragen vom Hals. Die Schnitte in der Haut schienen mit denen in den Kleidern übereinzustimmen, woraus er schloss, dass es sich um eine besonders scharf geschliffene Stichwaffe gehandelt haben musste. Möglicherweise ein Skalpell, dachte er, als sein Blick die Stahlschale mit seinen eigenen Instrumenten streifte.

Jordan fing an, die Leiche behutsam zu entkleiden. Er legte die Kleider auf einen Tisch, wo ein Polizeitechniker sie einer gründlichen Untersuchung unterzog, und begann dann, die Haut mit einem weichen Schwamm zu reinigen. Wie gewohnt verrichtete er seine Arbeit schweigend. Da sie sich inzwischen gut genug kannten, war es nicht zwingend notwendig, jeden Handgriff zu kommentieren.

Jordan drehte die Leiche behutsam auf den Bauch, keine einfache Übung für einen Einzelnen. Er überkreuzte die schlanken Beine in Knöchelhöhe und schob einen Arm unter den Bauch, zog den Körper zu sich und drückte ihn mit Hilfe des eigenen Körpergewichts nach hinten. Henry schaltete das von der Decke hängende Mikrofon ein und begann mit der Untersuchung der Rückseite der Leiche, während er seine Beobachtungen in seinem typischen leisen Stakkato in das Mikrofon sprach. Er leitete sein Protokoll mit der Feststellung ein, dass es sich bei der Toten um

Luisa Fernandez handelte, fünfundzwanzig Jahre alt. Er fand die zu erwartenden rotvioletten Leichenflecken, die sich bildeten, sobald die Blutzirkulation aussetzte und die Blutkörperchen von der Schwerkraft angezogen zur Erde sackten. Die Leichenflecken entsprachen der Liegeposition, in der sie gefunden worden war, was darauf schließen ließ, dass niemand die Leiche nach Eintritt des Todes bewegt hatte.

Die Totenstarre setzte normalerweise wenige Stunden nach dem Tod ein. Ihren Höhepunkt hatte sie etwa einen halben Tag später, danach blieb sie ein paar Tage konstant, um schließlich wieder nachzulassen, parallel zum Voranschreiten der Verwesung, die mit der außer Kraft gesetzten Immunabwehr in Gang kam, sobald die körpereigenen Bakterien freies Spiel hatten.

Henry signalisierte Jordan mit einem Blick, dass er die Leiche wieder umdrehen konnte.

Seine Aufmerksamkeit war auf die umfassende Zertrümmerung des Schädels und ein auffälliges grobes Kreuz über der Brust gerichtet.

Während der gründlichen Untersuchung der Unterarme bildete sich eine senkrechte Furche zwischen Henrys dunklen Augenbrauen. Vorsichtig hob er den Kopf der Leiche an und signalisierte seinem Assistenten, die OP-Lampe zu drehen.

»Was meinst du zu den Bruchflächen, Josefine?«, fragte er.

Sie beugte sich über die Leiche und nahm augenblicklich den aufdringlich metallischen Geruch des geronnenen Blutes wahr. Das rabenschwarze Haar der Toten war dick, was einen genauen Überblick über die massive Zerstörung des Schädels erschwerte. Die Hirnschale war am Hinterkopf zerschmettert. In dem glänzenden Haar klebten dunkle Schorfklumpen. Josefine sah sich die Verletzungen zuerst an, ehe sie sie mit den Fingerspitzen abtastete.

»Kann ich den CT-Scan der Bruchflächen sehen?«, fragte sie an Jordan gewandt.

»Der Scanner ist leider kaputt. Ihr müsst euch noch ein bisschen gedulden. Ich habe einen Techniker bestellt, aber die Reparatur kann dauern«, sagte er mit einem Ausdruck, der von bitterer Erfahrung zeugte.

»Hast du Abwehrspuren gefunden, Henry?«

»Nein.«

»Der Täter muss von hinten zugeschlagen haben … Sie hat es nicht mehr geschafft, die Arme hochzureißen, um sich zu schützen«, stellte Josefine fest. »Der Betreffende dürfte etwas größer gewesen sein als sie. Wie groß ist sie eigentlich?«

»Einssiebenundsechzig«, antwortete Jordan.

»Sie liegt also wehrlos am Boden. Der Täter beugt sich über sie und führt ein paar tiefe Schnitte aus«, sagte sie.

»Ich stimme dir zu.« Henry räusperte sich. »Die Platzierung der Risse in Mantel und Bluse lassen darauf schließen, dass sie auf dem Rücken lag, als er die zwei Schnitte durch die Stofflagen und die Haut ausgeführt hat. Dazu könnte er durchaus ein Skalpell benutzt haben.«

Eine Assistentin aus der Rechtsmedizin stieß zu ihnen und machte Fotos. Der Blitz wurde von den weißen Kacheln reflektiert und hinterließ leuchtende Flecken auf der Netzhaut.

Josefine übergab wieder an Henry und stellte sich ans Kopfende der Bahre, um den Kollegen nicht im Weg zu stehen, die sich in konzentrierter Stille den inneren Untersuchungen zuwandten.

Mit leichten und routinierten Bewegungen durchschnitt Henry mit seinem Skalpell die Haut in gleichmäßigen Linien. Eine dünne gelbe Fettschicht klaffte auseinander und bildete ein großes Ypsilon. Er zog die Haut zur Seite, die sich wellte wie ein Fensterleder. Am Ende sah man die freigelegten Organe, die sich bewegten, während er arbeitete. Die kleinen Brüste waren an den Seiten hinuntergerutscht.

Mit präzisen und zielgerichteten Bewegungen legte er die Atemorgane frei.

Henry fing den Blick seines Assistenten über den Rand seiner Brille ein. Jordan reagierte prompt und holte eine kleine kompakte Kreissäge. Mit lautem Kreischen schnitt sich das Sägeblatt durch die Rippen, die er mit einem kurzen Ruck zur Seite klappte und den Blick auf das menschliche Innenleben freilegte.

Nach Abschluss der Leichenschau und nachdem der Körper wieder ordentlich zusammengenäht war, breitete Henry ein weißes Laken über der Toten aus und bat Jordan, die Leiche für den Abschiedsraum herzurichten.

»Es kommt ein katholischer Priester, um für sie zu beten. Sie war sehr gläubig.«

Henry nahm den Mundschutz und die Papierkappe ab und strich sich übers Haar.

»Und was denkst du über die Mordwaffe?«, fragte er Josefine.

»Eine stumpfe Schlagwaffe«, sagte sie entschieden.

»Hm«, murmelte Henry. »Du hast vermutlich recht. Die Schnittwunden an der Brust waren jedenfalls nicht tödlich.«

Sie hörten Schritte näher kommen und sahen den Kriminalhauptkommissar im üblichen weißen Kittel, in Handschuhen, Papierhaube und Mundschutz.

»Wie ist sie gestorben?«, fragte Xander ohne Einleitung.

»Wiederholte Schläge gegen den Schädel mit einem stumpfen Gegenstand«, antwortete Henry. »Der Tod ist meiner Meinung nach unmittelbar eingetreten.«

Er richtete den Blick auf Josefine, die sich räusperte.

»Der erste Schlag war gegen die Schläfe, danach auf den Scheitel. Ersterer war vermutlich betäubend, der zweite meiner Beurteilung nach tödlich.«

Henry nickte zustimmend.

»Danach hat der Mörder noch einige Schläge ausgeführt, aber da war sie vermutlich bereits tot.«

Henry klappte das Tuch etwas weiter herunter, bis die Brust der Frau zu sehen war. Ihre Haut war kalkweiß.

»Der Mörder hat ihr mehrere Schnitte zugefügt …«

»Sind die Wunden sehr … tief?«, fragte Xander, nachdem er seine Stimme freigeräuspert hatte.

Henry schüttelte den Kopf.

»Nein, verhältnismäßig oberflächlich, auch wenn es brutal aussieht, muss ich gestehen. Aber wie Josefine bereits sagte: Tödlich waren die Schädelfrakturen«, fuhr Henry fort, den Blick auf die Schnitte gerichtet.

»Sieht aus wie ein Kreuz«, bemerkte Xander. Und einen Augenblick später: »Denken Sie das Gleiche wie ich?«

»Entschuldigen Sie mich einen Augenblick«, sagte Josefine und lief aus dem Raum. Sie zog die Latexhandschuhe von den Händen und warf sie unterwegs in einen Abfalleimer, lief den Gang hinunter, zog die Personalkarte durch das Lesegerät, schloss ihr Büro auf, drückte den Lichtschalter und fuhr ihren Laptop hoch. Sie gab eine Suche in PACS ein, im Picture Archive and Communications System, dem Bildarchiv des Rechtsmedizinischen Instituts, und druckte ein paar schwarzweiße Bilder aus. Danach begab sie sich zurück in die Pathologie und schob mit der Hüfte die Tür zum Sektionssaal auf.

»Seht euch das an«, sagte sie kurzatmig und verteilte die Ausdrucke auf einem Rolltisch. »Die stammen von dem Mord auf dem Assistens Kirkegård …«

Henry drehte den Schirm einer Bürolampe so, dass das Licht auf die Ausdrucke fiel, und stellte sich neben Josefine. Sie wählte ein Bild aus, das sie Xander reichte.

»Ja, verdammt«, murmelte Xander mit gerunzelter Stirn.

»Auf dem Assistens Kirkegård war es in den Schädel eingeritzt«, sagte sie.

»Könnte das Kreuz … von ein und derselben Person ausgeführt worden sein?«, fragte Xander.

»Ja, mit ziemlicher Sicherheit …«

»Josefine hat recht«, sagte Henry und verschränkte die Arme vor der Brust.

In der folgenden Stille brummte nur die Lüftungsanlage unter der Decke.

Henry räusperte sich.

»Bei der Leiche wurden ein paar Gegenstände gefunden, die Sie sich ansehen sollten.« Er holte einen Plexiglasbehälter, in dem einige durchsichtige Plastikbeutel lagen. Einen davon reichte er Xander.

»Das hier sieht aus wie die Flasche, die die Techniker in dem Grab auf dem Friedhof sichergestellt haben. Sie haben allerdings nicht herausgefunden, was für eine Art Flasche das ist.«

Xander nahm einen anderen Beutel und hielt ihn gegen das Licht.

»Ein Rosenkranz …«, murmelte er.

»Der wurde in der Tasche der Toten gefunden.«

»Das alles wirkt ziemlich religiös.« Xander kratzte sich

unter dem Mundschutz. »Kommt irgendwann noch ein Priester zu der Verstorbenen?«

»Ja, er müsste jeden Moment da sein«, antwortete Henry nach einem Blick auf die große Wanduhr. »Und nicht irgendein Priester, wohl ein höheres Tier. Generalvikar, hat er gesagt, auch wenn ich nicht genau weiß, was der Titel beinhaltet. Er heißt Pater Dominic.«

»Den kenne ich. Könnten Sie Fotos der eingeritzten Brust der Toten besorgen?«

»Ja, kein Problem.«

»Ich schlage vor, wir zeigen dem Priester die Bilder und Gegenstände.«

Kurz darauf betraten sie den Abschiedsraum, wo ein Glasmosaik das Licht in klaren blauvioletten Farben reflektierte. Eine Kerze tauchte das Ganze in einen versöhnlichen Schein. Das weiße Profil der jungen Frau hob sich von der dunklen Wand ab.

Es klopfte an der Tür. Jordan führte einen großen, schwarz gekleideten Mann herein und verschwand wieder. Der Mann in Schwarz begrüßte die Anwesenden mit leiser Stimme und stellte sich als Pater Dominic vor. Er sah die tote Frau an und schluckte. Einen Augenblick stand er mit hängenden Armen einfach nur da und betrachtete die Verstorbene. Dann streckte er die Hand aus und berührte leicht ihre Wange. Ein Zittern schien durch seinen Körper zu laufen. Es war vollkommen ruhig in dem Raum.

Ein dumpfes Klopfen durchbrach die Stille.

Josefine öffnete die Tür.

»Hier sind die gewünschten Fotos«, sagte Jordan.

Sie nahm sie entgegen, und der Assistent verschwand wieder.

»Ich bin gekommen, um für sie zu beten«, sagte der Priester tonlos. »Ich kenne sie aus meiner Gemeinde, in der sie seit vielen Jahren Mitglied gewesen ist. Gestatten Sie?«

Henry nickte und räusperte sich.

»Selbstverständlich. Aber ... Herr Damgaard hätte ein paar Fragen, die Sie ihm möglicherweise beantworten können ...«

»Ja?«

Xander reichte ihm den Beutel mit der kleinen Plastikflasche, die der Priester mit einem zusammengekniffenen Auge betrachtete.

»Das ist eine Weihwasserflasche«, sagte er nachdenklich. »Der blaue Verschluss und das Etikett deuten darauf hin, dass es aus Lourdes kommt ...«

»Aus Frankreich?«

»Ja, das Lourdes am Fuß der südfranzösischen Pyrenäen, einer der wichtigsten Wallfahrtsorte der katholischen Kirche, hauptsächlich bekannt für seine Wunder, wo Blinde plötzlich wieder sehen und Lahme gehen können ... Das Wasser hat Heilkraft ...« Pater Dominics Augen verengten sich zu schmalen Schlitzen. »War sie krank?«

»Sie war vollkommen gesund, wie es aussieht, es sei denn, die Gewebeproben, die ich zur Analyse eingeschickt habe, ergeben noch etwas Unerwartetes«, antwortete Henry.

Der Priester rieb sich kräftig mit den Händen über das Gesicht.

»Was war die Todesursache?«

»Stumpfe Gewalt gegen den Kopf«, antwortete Josefine.

Der Priester nickte bedächtig mit gequältem Gesichtsausdruck.

»Auf der Brust wurden Schnitte gefunden ... eine Art Zeichen ... möglicherweise ein Kreuz. Wir würden Ihnen gerne die Fotos zeigen. Ich muss Sie aber warnen, dass sie schockierend aussehen ...«

»Der Tod ist Teil meiner Arbeit ... Obgleich ich vorrangig mit natürlichen Todesfällen zu tun habe ...«

Er seufzte.

Josefine gab ihm die Bilder.

Der Adamsapfel des Priesters rutschte nach unten.

»Hm, ja, das sieht in der Tat aus wie ein Kreuz«, sagte er langsam. »Aber warten Sie, da stimmt was nicht ...«

»Wie meinen Sie das?«, fragte Henry neugierig.

Der Priester starrte die Bilder an.

»Wie wurden die Schnitte ausgeführt?«

Josefine sah ihn fragend an.

»In welcher Richtung wurde das Messer geführt?«, präzisierte er.

Henry wunderte sich über die Frage, die aber offenbar von entscheidender Bedeutung war.

Er sah sich die Schnitte noch einmal genau an, jedes winzige Detail an den Wundrändern.

»Von unten nach oben«, sagte er. »Und danach von rechts nach links.«

Henry bemerkte eine pochende Ader an der Schläfe des Priesters.

»Entschuldigen Sie«, sagte der Priester wie aus einer Ohnmacht erwacht. »Das ist vielleicht eine merkwürdige Frage.«

»Völlig in Ordnung«, beruhigte Henry ihn, der ungewöhnliche Fragen von Angehörigen gewohnt war.

»Beim Bekreuzigen führt man die rechte Hand von der Stirn an die Brust, danach von der linken an die rechte Schulter, wobei man sagt: *Im Namen des Vaters, des Sohnes und des Heiligen Geistes, Amen.* Der Mörder hat es umgekehrt gemacht«, sagte der Priester.

»Umgekehrt?«, wiederholte Henry.

»Sehen Sie, der Balken liegt verkehrt … zu weit unten. Das Kreuz hat zwei Balken, einen senkrechten und einen waagerechten. Der senkrechte gemahnt die Katholiken an ihr Verhältnis zu Gott, der waagerechte an ihr Verhältnis untereinander …«

Es entstand eine längere Pause.

»Darf ich?«

Henry nickte.

Der Priester trat an die Bahre und beugte sich über die Leiche.

Der Pathologe zog sich dezent zurück und lauschte der

Stimme des Priesters. Der zeichnete mit dem Zeigefinger ein kleines Kreuz auf die Stirn der Toten.

Nachdem er die Leiche der jungen Frau noch eine Weile betrachtet hatte, verließ er den Abschiedsraum.

Kapitel 21

Isabella wusch sich die Hände und legte ihren Schmuck an. Danach zündete sie sich eine Zigarette an und starrte aus dem Fenster. Sie war gespannt, wie es Belinda ging, und zugleich besorgt, dass sie so schnell wieder aus der Klinik Bispebjerg entlassen worden war. Sie hatte mit dem Oberarzt gesprochen, der sie untersucht und ihren Zustand für nicht kritisch genug eingestuft hatte, um einen Platz in der ohnehin schon völlig überfüllten Abteilung zu belegen. Isabella seufzte leise und fühlte eine frustrierende Ohnmacht gegenüber dem System.

Die Eingangstür ging. Sie drückte die Zigarette aus, versteckte die Schachtel in einer Schublade und ging ins Wartezimmer, um Belinda und ihre Mutter zu begrüßen. Danach begaben sie sich ins Behandlungszimmer. Den Massenmord an den Fischen übergingen sie alle schweigend.

Nachdem Isabella das Becken noch einmal gereinigt hatte, schwamm im Aquarium nun ein neu gekaufter Schwarm Fische, als wäre nichts gewesen.

Sie musterte Belinda auf Spuren der Besserung, aber im besten Fall war ihr Zustand unverändert. Sie wirkte unruhig. Die Mutter war ein Schatten ihrer selbst. Isabella war gedanklich das gesamte Diagnoseregister durchgegangen, von Autismus bis Schizophrenie, ohne auf die Diagnose zu stoßen, die den Zustand des Mädchens umfassend beschrieb. Dissoziative Identitätsstörung war wohl die genaueste Annäherung an eine Diagnose – ein Zustand innerer Zerrissenheit, in der der Patient zwischen verschiedenen Persönlichkeiten hin und her pendelt. Sie hatte bisher nur mit einem Fall zu tun gehabt, wo der Patient mit verschiedenen Stimmen sprach und sich nicht an die anderen Personen erinnerte. Es war unheimlich gewesen, den jungen Mann mit der Stimme einer reifen Frau sprechen zu hören. Vielleicht hatte Belinda ja eine böse innere Doppelgängerin, die Tiere tötete? Einen niederträchtigen Zwilling, der ihre finstersten Fantasien auslebte? Bei der Vorstellung schauderte es sie. Weil sie wusste, wohin das führen konnte. Das konnte die Türen zu etwas noch viel Furchtbarerem öffnen, nämlich der äußersten Konsequenz, dem Mord an einem Menschen.

Und dann war da noch dieser leise nagende Zweifel, ob sie dieser Aufgabe überhaupt gewachsen war. War sie in der Lage, dem Mädchen zu helfen, das jetzt blass und zusammengesunken vor ihr saß und sich so fest auf die Lippe biss, dass dort ein perlengroßer Blutstropfen wuchs, platzte und über ihr Kinn lief. Die Mutter war sofort zur

Stelle und wischte das Blut mit einem Papiertaschentuch weg. Die Tochter starrte vor sich hin.

»Und«, sagte Isabella. »Wie geht es?«

»Ich bin mir nicht sicher …«, antwortete die Mutter. »Ich finde, es ist wie vorher …«

Isabella ließ den Blick zu Belinda wandern, die abgehackt atmete, als wäre sie gerannt, und in regelmäßigen Abständen hustete.

»Hat sie Fieber?«

»Nein, wir haben heute Morgen gemessen. 35,6.«

»Hm, ich denke, ich höre sie trotzdem mal ab.«

Isabella überlegte, ob Belinda sich möglicherweise eine kalte Lungenentzündung eingefangen hatte.

Sie holte ihr Stethoskop und ging zu Belinda.

»Hast du Atemnot, Belinda?«

Sie signalisierte Belinda, dass sie ihr Oberteil hochziehen sollte, und wärmte den Schallkopf zwischen den Händen. Das Mädchen gab ein tiefes Knurren von sich.

»Nimm das weg, du Miststück!«, schrie Belinda mit einer um mindestens eine Oktave gesunkenen Stimme.

Isabella sah die Mutter fragend an, die zur Salzsäule erstarrt dasaß.

»Du machst uns nichts vor!«, rief Belinda.

Ein leises, bedrohliches Lachen stieg aus ihrem Bauchraum empor. Ihr Brustkorb pumpte wie ein Blasebalg.

»Belinda, ich muss dich abhören …«

Isabella machte einen neuen Anlauf, sich Belinda zu nähern.

»Nimm das verdammte Kreuz weg!«, schrie die tiefe Stimme. Die Hände des Mädchens hatten sich zu Krallen zusammengerollt. Isabella nahm eine hastige Bewegung wahr, im nächsten Augenblick riss die Kette ihres Armbandes. Mit einem leisen Klirren fielen die goldenen Anhänger auf den Boden. Einer davon war ein Kreuz. Genauer ein Dagmarkreuz. Sie hatte es zur Taufe von ihrer Großmutter bekommen.

Isabella sah Belinda in die Augen und senkte den Blick. Es war, wie in zwei tiefe Abgründe zu schauen.

Belinda beugte sich zu Isabella vor und zischte:

»Fotze!«

Sie zog die Lippen in der Karikatur eines Lächelns zurück. Ihr Mundgeruch war entsetzlich.

»Hure!«, schrie sie unvermittelt so laut, dass der Schrei ein helles Pfeifen in den Ohren hinterließ. Danach sackte sie in sich zusammen und wurde von einer neuen Hustenattacke geschüttelt.

»Entschuldigung, so schlimm ist es sonst nicht«, flüsterte die Mutter.

»Sie müssen unbedingt mit ihr zu ihrem Hausarzt«, sagte Isabella nachdrücklich. »Sie muss gründlich untersucht werden … Möglicherweise hat sie sich eine ernste Infektion eingefangen …«

Die Mutter nickte.

»Das werde ich tun.«

Isabella navigierte vorsichtig durch die Rushhour. Das Radio lief. Die Moderatoren lachten gegenseitig über ihre Witze, als wären ihnen die Zuhörer völlig egal. Genervt schaltete sie um auf Radio P1, wo gerade ein Interview lief.

Mit halbem Ohr hörte sie einer sonoren, sanften Männerstimme zu, die es ganz offensichtlich gewohnt war, öffentlich zu kommunizieren. Der Moderator versuchte immer wieder, den Interviewten vorzuführen, was ihm allerdings nicht gelang. Es war schnell klar, dass der Interviewte dem Moderator intellektuell und menschlich weit überlegen war.

»Aber Sie glauben nicht wirklich an den Teufel?«, kam die Frage des Moderators etwas von oben herab.

»Doch, das tue ich«, antwortete der Mann ruhig. »Wenn man an Gott glaubt, akzeptiert man auch die Gegenwart des Bösen.«

»Ernsthaft?«

»Ja«, kam die felsenfeste Antwort.

Es entstand eine für eine Radiosendung ziemlich lange, knisternde Pause.

»Und der Papst hat Sie also zum Exorzisten ernannt ...«

»Ja«, lautete die kurze Antwort.

Papiergeraschel.

»Und wie beweisen Sie die Existenz des Bösen?«

»Das sollten Sie als Journalist eigentlich wissen ... Fragen Sie doch einfach Ihre Kollegen aus der Redaktion, was in der Welt alles so passiert ...«

»Aber wie erkennen Sie, ob eine Person besessen ist?«

»Na ja, die Betreffenden leiden generell an diffusen Symptomen wie Schlaflosigkeit, innerer Unruhe, Schmerzen, beispielsweise im Bauch, und hartnäckigem Husten. Gewichtsabnahme ist nicht ungewöhnlich. Und sie benutzen stark blasphemische Ausdrücke.«

»Kann das nicht auch ein Zeichen für eine psychische Erkrankung sein?«, fragte der Moderator.

»Ja, durchaus.«

»Aber wie entscheiden Sie da, ob es sich um echte Besessenheit handelt?«

»Das ist natürlich eine Herausforderung, aber ich blicke auf mehr als zwanzig Jahre Erfahrung zurück und irre mich selten …«

Das Gespräch ging weiter, und der Priester kam zu ein paar Details, die Isabella veranlassten, aus dem Verkehr auszuscheren und mit einer Vollbremsung am Straßenrand anzuhalten. Sie ignorierte die unzweideutige Geste eines Radfahrers, der ihr grottenschlechtes Verkehrsverhalten kommentierte. Sie war nur dankbar, dass sie bei ihrem überstürzten Manöver niemanden angefahren hatte. Ihr Herz begann zu hämmern, als ihr klar wurde, dass der Mann im Radio ihr gerade eine treffende Charakteristik des Falles Belinda geliefert hatte.

Sie sammelte sich noch einen Moment, ehe sie den Blinker setzte und sich wieder in den Verkehr einfädelte.

Kapitel 22

Am nächsten Morgen trat Jørgen mit einem Räuspern in Xanders Büro.

Der schaute von seinen Unterlagen auf.

»Ja?«

»Ich wollte nur sagen …« Er suchte nach den richtigen Worten. »Wir erwarten Nachwuchs. Christina und ich. Im Frühjahr.«

Xander konnte sich nicht erinnern, dass er die Frau seines Lebens je anders als seine *Liebste* genannt hatte, und fand es gut, endlich einen Namen für die Auserkorene zu haben.

»Glückwunsch«, sagte Xander mit einem Lächeln.

»Danke.«

»Wisst ihr schon, was es wird? Junge oder Mädchen?«

»Es ist ein Junge. Ich hab ihn auf einem Ultraschallbild gesehen …«

Xander dachte an die typischen Ultraschallbilder der dunklen Silhouette eines winzigen Menschen in einer dunklen Grotte.

Jørgens Augen strahlten, und Xander spürte einen kleinen Stich Neid bei der Erkenntnis, dass er vermutlich nie Kinder haben würde.

Er riss sich zusammen und konzentrierte sich auf seinen Kollegen. Er freute sich wirklich aufrichtig für Jørgen, obgleich ihn kurz der Gedanke streifte, dass er vermutlich Elternzeit in Anspruch nehmen würde.

»Wir haben ein Briefing«, sagte Xander. »Trommelst du die anderen zusammen?«

Jørgen nickte und verschwand.

Kurz darauf waren alle in Xanders Büro versammelt. Es roch nach Kaffee, Schweiß und gerade beendeter Mittagspause. Er räusperte sich und sah in die Runde.

»Ich war bei der Obduktion von Luisa Fernandez dabei. Mehrere Dinge deuten auf einen Zusammenhang mit dem Mord an Rita Magnussen hin. Svend Jacobsen hat ein Alibi. Er ist mit dem Bus nach Hause gefahren, wie bei der Vernehmung angegeben. Das wird von den Überwachungsfilmen der Movia Transportgesellschaft bestätigt.«

Unruhiges Murmeln unter den Kollegen.

»Die Leute von der Rechtsmedizin meinen, dass das vom Mörder in die Brust geritzte Kreuz auf dieselbe Art ausgeführt wurde wie das, das wir in Rita Magnussens Schädel eingeritzt gefunden haben. Ich würde es als eine Art Signatur des Täters bezeichnen«, fügte er nachdenklich hinzu. »Es war ein katholischer Priester da, um für Luisa Fernandez zu beten … Sie war Katholikin … und der meinte, dass das Kreuz *verkehrt herum* ausgeführt sei, wie er es formulierte. Ich bin mir nicht ganz sicher, was das zu bedeuten hat, aber dem werde ich noch auf den Grund gehen. Der Täter hat für die … Gravur vermutlich ein Skalpell benutzt. Und in der Nähe des Opfers wurde eine leere Plastikflasche sichergestellt, wie sie für Weihwasser benutzt wird, meint der Priester. Die Flasche ist identisch mit der, die neben Rita Magnussen im Grab gefunden wurde. Wir müssen noch abwarten, was die Techniker zu dem Wasser sagen. Wenn du das weiterverfolgen würdest, Jørgen«, sagte Xander.

Jørgen nickte.

»Ihr anderen putzt die Klinken in der Umgebung um den Königlichen Garten und überprüft die Überwachungskameras.«

Kapitel 23

Zu Hause angekommen starrte Isabella lange auf die Telefonnummer, die sie im Internet herausgesucht hatte. Sie war sich unsicher über den Schritt, den sie zu gehen vorhatte, wusste sich aber keinen anderen Rat mehr. Sie fühlte sich machtlos. An ihrer Grenze. Das Wort Inkompetenz tauchte in ihrem Bewusstsein auf. Sie schluckte und tippte die Nummer ein. Sie erkannte die Stimme aus der Radiosendung wieder.

»Ich bräuchte den Rat eines Menschen … der sich in geistlichen Dingen auskennt«, sagte sie, nachdem sie sich kurz vorgestellt hatte.

»Wie meinen Sie das?«

»Ich glaube, es geht um eine Art Besessenheit … etwas Böses«, fügte sie hinzu.

»Da sind Sie bei dem Richtigen gelandet. Geht es um Sie?«

»Nein, um ein junges Mädchen. Ich … habe sie im Radio gehört. Sie, also meine Patientin … So etwas habe ich noch nie erlebt. Sie sagt fürchterliche, haarsträubende Dinge … Und sie hat ihre Katze zu Tode gefoltert. Die von mir verschriebenen Medikamente zeigen keine Wirkung. Ich befürchte, dass sie stark suizidgefährdet ist.«

Es wurde still.

»Könnten Sie heute Abend noch vorbeikommen? Ich habe gerade eine Absage bekommen. Um sieben Uhr?«

»Ich denke, das lässt sich einrichten.«

Erleichterung machte sich in ihr breit.

*

Wenige Stunden später stand Isabella auf der Stelle stampfend in der Kronprinsessegade, um die Wärme zu halten. Eine matschige Mischung aus Regen und Schnee bedeckte den Bürgersteig, und sie merkte, wie sie mit jeder Sekunde mehr durchweichte. Es ging ein eisiger Wind, und sie zitterte vor Kälte. Sie zündete sich eine Zigarette an und sah irritiert auf die Handyuhr. Belinda und ihre Mutter waren verspätet. Isabella hatte mehrmals versucht, sie anzurufen, war aber immer direkt zur Mailbox weitergeleitet worden. Vor wenigen Stunden hatte sie telefonisch mit der Mutter über ihre Überlegungen gesprochen, den Priester aufzusuchen. Sie hatte sich überreden lassen, dem Ganzen eine Chance zu geben, auch wenn ihr deutlich anzumerken war, dass sie wenig davon überzeugt war, dass es helfen würde.

Schließlich sah sie ein Auto blinken und an den Straßenrand fahren. Hinter dem Steuer erkannte sie Belindas Mutter, daneben auf dem Beifahrersitz das bleiche

Gesichtsoval von Belinda. Sie kurbelte die Scheibe herunter und starrte Isabella wortlos an. Im Schein der Straßenlaterne sah sie totenblass aus, die Augen waren so schwarz, als wären Pupille und Iris eins. Isabella warf die halb gerauchte Zigarette in den Rinnstein und blies hitzig den Rauch aus.

»Beeil dich ein bisschen, Belinda, wir kommen zu spät.«

Belinda machte eine unmissverständliche Geste mit dem Mittelfinger. Ihre Mutter schien nichts mitbekommen zu haben. Das Mädchen entblößte die Zähne in einem freudlosen Lächeln.

»Ich muss nur noch einen Parkplatz suchen«, sagte die Mutter mit einem erschöpften Blick auf Isabella. »Was denken Sie … Soll ich mit reinkommen?«

Isabella überlegte einen Augenblick, was sie antworten sollte.

»Das müssen Sie nicht. Ich bin ja da.«

Die Mutter nickte sichtlich erleichtert.

»Gut, ich warte dann im Auto.«

Isabella nickte.

»Komm, Belinda!«

Das Mädchen stieg mit steifen Bewegungen aus dem Auto und ging vorsichtig, als hätte es Angst zu stürzen.

Isabella suchte den richtigen Klingelknopf auf der Messingtafel und drückte darauf. Der Türsummer ging, und sie traten in das hübsche Treppenhaus. Es roch nach frisch gebohnertem Linoleum, als sie die breiten Stufen hinaufgingen. Die Tür war angelehnt, und Isabella klopfte vorsichtig an das sandgestrahlte Glas. Ein großer Mann erschien im Türrahmen. Die Augen, die sie ansahen, waren dunkelbraun. Es lag eine spezielle Glut in ihnen, die ihr sagte, dass er schon alles gesehen hatte, sogar das Böse selbst.

»Willkommen«, sagte der bis auf den weißen Priesterkragen ganz in Schwarz gekleidete Mann. »Du musst Belinda sein. Ich bin Pater Dominic.«

Er streckte die Hand aus.

Das Mädchen stand merkwürdig versteinert und mit gesenktem Blick da.

»Danke, dass wir so kurzfristig kommen konnten«, sagte Isabella und griff nach seiner Hand, die sich kühl anfühlte.

»Treten Sie ein.« Er führte sie in eine große Wohnung, in der es nach Büchern roch wie in einer Bibliothek.

»Hier entlang«, sagte er und brachte sie in einen fast kahlen Raum. Die Wände waren dunkelgrau, und die große Fensterpartie war mit schwarzen schweren Vorhängen verhüllt. An der Wand hing ein schlichtes Kruzifix.

Belinda schwieg, den Blick aufs Fischgrätparkett geheftet. Der Priester zog Isabella ein wenig beiseite und sagte gedämpft:

»Egal was passiert, verhalten Sie sich bitte ruhig. Möglicherweise brauche ich Ihre Unterstützung.«

Isabella nickte. Ihr Magen zog sich unruhig zusammen.

»Ich vermute, dass sie unter einer dissoziativen Persönlichkeitsstörung leidet und es eine oder auch mehrere Persönlichkeiten gibt, in die sie sich flüchtet, wenn sie unter Druck steht. Sie hat eine extrem aggressive und blasphemische Seite und spricht mit unterschiedlichen Stimmen.«

Der Priester sah Belinda an.

»Obwohl das natürlich eine äußerst seltene Störung ist …«

Er nickte nachdenklich.

»Es könnte auch eine ausgeprägte Form vom Tourette-Syndrom sein, wo man die schrecklichsten Dinge sagt«, führte Isabella weiter aus.

Pater Dominic schob einen Stuhl so vor die Wand, dass er direkt unter dem Kruzifix stand, und forderte Belinda auf, sich zu setzen. Er stellte sich vor sie und nahm etwas aus der Tasche. Isabella konnte nicht genau erkennen, was es war. Er vollführte eine schnelle Bewegung und warf den Gegenstand auf den Boden. Eine kleine Plastikflasche mit einem blauen Kreuz, stellte Isabella verwundert fest.

Was danach passierte, würde Isabella niemals vergessen.

Mit Belinda, die bis dahin ruhig gewesen war, ging eine schockierende Veränderung vor sich. Sie sprang wie eine Katze von dem Stuhl auf und stürzte sich auf den Priester, der sich aus ihrem Griff zu befreien versuchte. Er zwang sie zurück auf den Stuhl und presste seine rechte Hand von oben gegen ihre Stirn. Mit der anderen Hand zog er eine zweite Plastikflasche aus der Tasche und schraubte den blauen Verschluss ab. Isabella sah, wie er ein paar klare, farblose Tropfen auf das Gesicht des Mädchens träufelte und auf ihren Wangen verrieb.

Isabella vernahm ein Knurren, das von Belinda zu kommen schien, aber ihre Lippen bewegten sich nicht. Dafür war ihr Körper angespannt wie ein Flitzebogen.

»Was machen Sie da?«

»Das ist Weihwasser«, flüsterte der Priester ihr über die Schulter zu.

Das Knurren wurde zu einem gutturalen Gurgeln wie bei einem Hund kurz vorm Angriff.

Pater Dominic stand über das Mädchen gebeugt da, die Hand immer noch auf ihre Stirn gepresst. Er machte ein Kreuzzeichen, drückte ihren Kopf zur Seite und träufelte ein paar Tropfen Weihwasser in ihr Ohr.

Ohne Vorwarnung richtete das Mädchen sich halb auf und verpasste dem Priester einen Kopfstoß.

»Finger weg, verfickter Priester!«, ertönte eine Isabella unbekannte Stimme, tief, fast männlich.

Der Priester schüttelte den Kopf und zwang Belinda wieder auf den Stuhl. Ein Streifen Blut zeichnete eine langsame Linie von der Augenbraue zum Kinn.

Isabella wollte eingreifen, aber er signalisierte ihr, dass sie stehen bleiben sollte.

»Gott, himmlischer Vater«, murmelte er. »Verleih ihr durch den Heiligen Geist die Kraft zu kämpfen und zu beten …«

»Halt die Fresse!«, brüllte die Stimme.

Trotz des gut geheizten Raumes sah sie Belindas Atem als weiße Wolke vor der dunklen Wand.

Und wieder änderte die Stimme ihren Charakter.

Belinda begann, still zu weinen und den Kopf langsam hin und her zu wiegen. Der Anblick ihres Gesichtes, das unbegreifliches Leid ausdrückte, verursachte Isabella nahezu körperliche Schmerzen.

Der Priester zog ein schwarzes Büchlein hervor und schlug es auf.

»Hör mich an, Heiliger Vater«, sagte er jetzt lauter, »und hilf ihr, die besessen ist vom Vater aller Lügen ...«

Belinda knirschte hörbar mit den Zähnen.

Pater Dominic fuhr unverdrossen fort.

»Hör, Gott, der liebende Erlöser, hör die Gebete der Apostel Peter und Paul, die durch deine Gnade das Böse besiegt haben ...«

Das Mädchen wedelte mit den Armen im Versuch, sich von der Hand des Priesters auf ihrer Stirn zu befreien. Er parierte geschickt, als hätte er damit gerechnet.

»Nein, nein!«, schrie Belinda.

Isabella biss sich so fest auf die Innenseite der Wange, dass sie Blut schmeckte. Und wieder musste sie gegen das Bedürfnis ankämpfen, den Priester aufzuhalten.

»*Adiuro, te, Satan, princeps huius mundi: agnosce potentitiam et virtutem Iesu Christi ...*«

Isabella kniff die Augen zu.

»Damit rufe ich den Weltregenten Teufel an, Jesu Christi Macht und Herrschaft anzuerkennen«, übersetzte er.

»Ich glaube nicht, dass Belinda Latein versteht«, gab Isabella zu bedenken.

»Ich spreche nicht zu Belinda«, sagte der Priester

mit dem Rücken zu ihr. »Ich wende mich direkt an den Dämon.«

Es fand eine spürbare Veränderung im Raum statt, und ein Pochen ertönte. Das Kruzifix an der Wand über Belindas Kopf begann, sich im Takt mit dem rhythmischen Klopfen zu bewegen. Erst jetzt sah Isabella, dass Belinda ihren Kopf gegen die Wand schlug.

»Helfen Sie mir, sie zu halten!«, rief der Priester.

Isabella lief zu Belinda. Auf der Wand waren bereits blutige Flecken zu sehen. In dem Augenblick ging das Kruzifix lärmend zu Boden. Sie konnten das Mädchen kaum halten, solche Kräfte entwickelte es.

»Verpiss dich, Alte«, fauchte Belinda mit geschlossenen Augen.

»*Recede ergo, Satan, in nomine Patris et Filii et Spiritus Sancti*. Ich befehle dem Dämon, sie im Namen des Vaters, des Sohnes und des Heiligen Geistes zu verlassen«, flüsterte er.

Isabella schluckte. Ihr Herz raste. Sie hatte noch nie solche Angst verspürt.

»Fick mich!«, schrie das Mädchen, wand sich aus ihrem Griff und begann, sich im Schritt zu massieren.

Der Gesichtsausdruck des Priesters war trotz der Situation neutral.

Ohne Vorwarnung erbrach sich das Mädchen. Explosiv und ausdauernd. Stinkende braune Masse spritzte überallhin.

Der Gestank des Erbrochenen war überwältigend.

»Wischen Sie ihr Gesicht ab!«

Er zeigte mit einem Nicken zu einem Regal, in dem eine Schachtel Kleenex stand.

Isabella holte die Papiertücher. Ihre Beine zitterten. Sie wischte Belindas Gesicht ab, so gut es ging.

»Denken Sie nicht, es wäre besser, das Ganze abzubrechen? Sie leidet …«

»Dazu ist es zu spät. Ich muss weitermachen … sonst ist sie verloren.«

Isabella nickte.

»Sie haben eine Platzwunde«, sagte sie. »Soll ich …?«

»Später.«

Der Priester nahm ein kleines Kruzifix und berührte damit den Kopf des Mädchens.

Belinda stieß einen markerschütternden Schrei aus, und ihr Körper formte fast eine Brücke. Die Bewegung war so abrupt, als hätte ein Stromschlag sie durchzuckt.

Danach sackte sie auf dem Stuhl zusammen wie eine Stoffpuppe.

»Ist es … überstanden?«

»Nein«, antwortete Pater Dominic. »Da sind noch mehr Dämonen. Sie verstecken sich hartnäckig.«

»Was meinen Sie mit verstecken?«

»Sie geben sich nicht zu erkennen.«

Sie beobachteten Belinda, die wie in Trance wirkte. Ihre Augen waren fest zusammengekniffen, aber sie schien ruhiger zu werden.

Der Priester zog ein Augenlid nach oben. Isabella

zuckte zusammen. Der Blick, der ihnen begegnete, war nicht von dieser Welt. Die Augäpfel leuchteten weiß wie Magermilch.

»Das ist der Selbstschutz der Dämonen.«

»Aber warum?«

»Weil sie nichts Heiliges oder Geweihtes sehen wollen, in diesem Fall mich.« Er seufzte. »Ich glaube nicht, dass wir heute noch weiterkommen. Vielleicht beim nächsten Mal …«

Belinda erwachte aus ihrer Trance und hatte es eilig, aus dem dunklen Raum herauszukommen. Ihr Verhalten war anders, sie sah weniger blass aus.

Sie gingen ins Bad, wo Belinda ihr Gesicht wusch und die schlimmsten Flecken auf ihrem Kleid säuberte. Isabella untersuchte und reinigte den Kratzer an Belindas Kopf. Er war nur oberflächlich, aber sie hatte eine ordentliche Beule.

Isabella ging schon mal vor, weil Belinda darum gebeten hatte, mit Pater Dominic unter vier Augen zu sprechen.

Der Priester und Belinda standen im Eingangsflur.

»Was willst du mir sagen, Belinda?«

Belinda antwortete nicht, hielt nur seinen Blick fest. Sie stand an die Tür gelehnt da und starrte Pater Dominic an, während sie die Hände unter die Bluse schob und mit vielsagendem Blick ihre Brüste massierte. Die Bluse war aufgeknöpft, und sie zog den BH über die hellroten Brustwarzen herunter, die hart vorstanden. Belindas Fingerspitzen liebkosten weiter die Brustwarzen, die sie in rhythmisch melkenden Bewegungen kniff.

»Was sagt dein Gott dazu, dass du mehrmals am Tag onanierst?«, fragte sie glucksend, ihre hellrosa Zungenspitze spielte im Mundwinkel. Die Stimme war wieder tief und das Lächeln bedrohlich.

Sie schüttelte das Haar, und süßer Shampooduft schlug ihm entgegen. Sie griff nach seiner Hand und führte sie an ihre Wange, und ehe er reagieren konnte, schob sie seinen Daumen fest in den Mund und ließ die Zunge saugend und lüstern darum kreisen.

Mit einer Kraftanstrengung zog er die Hand weg und starrte Belinda zornig an, die durch die Tür schlüpfte und leichten Schrittes die Treppe hinunterlief.

»Ich komme!«, rief sie mit heller Mädchenstimme.

Pater Dominic stand reglos da, während Belindas Schritte auf der Treppe verhallten. Dann schob er die Tür zu und ging in Richtung Küche, hinter deren verschlossener Tür gedämpfte Geräusche zu hören waren. Es meldeten sich leise Gewissensbisse, dass seine Haushälterin immer noch arbeitete.

Aber der Gedanke an eine Tasse Abendkaffee war zu verlockend.

Kapitel 24

Jørgen erkannte Kenneth' wassergekämmte, frisch rasierte Ausgabe kaum wieder, als der mit feierlicher Miene in Teglholmen anmarschiert kam und Jørgen eine mit Gummiband zusammengehaltene Aktenmappe überreichte.

»Hier ist alles, was es über das Wasser zu wissen gibt«, teilte er mit.

»Danke.« Jørgen lächelte, als er die Mappe entgegennahm. »Und gut siehst du aus. Neue Klamotten?«

»Ich war in der Kirche, um Wasserproben zu nehmen«, erklärte Kenneth.

»Na dann«, sagte Jørgen. »Und was hast du rausgefunden?«

»Wir haben noch mal eine umfassendere Analyse des Wassers durchgeführt, das in der Nähe der zwei Mordopfer gefunden wurde. Perfektes Match. Außerdem … Die Spuren von Calciumcarbonat im Wasser haben mir keine Ruhe gelassen, und ich bin zu dem Schluss gekommen, dass es was mit Kirche zu tun haben könnte. Nun wohne ich ganz in der Nähe der Sankt-Ansgar-Kirche, da dachte ich, ich könnte ja mal überprüfen, ob das Wasser vielleicht von dort stammt.« Er zog eine große Kunststoffspritze aus einer Tasche und hielt sie gegen das Licht. »Also habe ich eine Probe aus der Schale mit Weihwasser gezogen.«

Jørgen unterdrückte ein Lachen. Er sah die pomadisierte Ausgabe von Kenneth bei seinem Weihwasserraubzug förmlich vor sich.

»Die erweiterte Analyse der Wasserproben ergab, dass es ein ganz spezielles Mineral enthält, das wir zuerst für Marmor gehalten haben, das sich im Nachhinein nun aber als feineres und nahezu semitransparentes Material erwiesen hat, wie es für Kunstgegenstände wie kleine Behältnisse, Figuren oder in diesem Fall ein Weihwasserbecken verwendet wird. Man nennt es auch Alabaster«, beendete er seine Ausführungen.

Er schlug die Mappe auf und zeigte Jørgen einen Ausdruck mit Messwerten, die ihm überhaupt nichts sagten, aber etwas verständlicher wurden, als er zu ein paar Grafiken mit identischen hohen Figuren weiterblätterte, die an spitze Zähne erinnerten.

»Super Arbeit, Kenneth.«

Kenneth deutete ein Lächeln an.

»Gerne wieder«, sagte er. »Aber das mit der Kirche lasse ich nächstes Mal aus. Ich bin mir ziemlich sicher, dass eine der Nonnen mitbekommen hat, was ich getan hab, da bin ich Hals über Kopf geflüchtet.«

Jørgen grinste breit.

»Glaubst du nicht, dass unser Herr dir das vergibt?

Immerhin ist es ja im Dienst einer größeren Sache geschehen …«

Kenneth sah skeptisch aus.

»Weihwasser ist doch heilig, oder?«, fragte Jørgen.

»Ja, korrekt, das Weihen von Wasser ist eine sehr alte katholische Tradition.«

»Und eure feine Maschinerie hat nicht aufgedeckt, dass das Wasser geweiht war?«

»Nein, aber daran arbeiten wir«, sagte Kenneth grinsend und machte Anstalten zu gehen. »Also … ich hab noch einen Berg zu erledigen …«

»Danke für den Einsatz«, sagte Jørgen und begab sich in Xanders Büro, um ihn über die neuen Resultate zu informieren.

Kapitel 25

Das Wartezimmer war ansonsten leer. Nur das leise Brummen der die bunten Aquariumfische mit Sauerstoff versorgenden Pumpe war zu hören. Die Person legte die Obdachlosenzeitung weg und blätterte danach in einem Exemplar *Illustrierte Wissenschaft* mit der Nahaufnahme einer Mumie auf dem Cover. Ein Bericht schien die Aufmerksamkeit zu fangen, aber bei genauerem Hinsehen sah man, dass sich die Augen nicht bewegten. Die Lippen formten lautlose Worte, der Blick war abgrundtief. Aus einem unangerührten Pappbecher stieg Dampf auf. Ein Fuß tippte rastlos auf einen weißen Läufer, der einen hellen Kontrast zu dem grau melierten Linoleum darstellte.

Das Wartezimmer war ein Klon aller Wartezimmer, der missglückte Versuch heimeliger Gemütlichkeit in einem institutionellen Rahmen. Es roch nach feuchten Mänteln und Jacken, chlorhaltigen Reinigungsmitteln und ungewaschener Haut. Alle Wartenden waren sich peinlich bewusst, dass hinter der Tür eine Fachärztin der Psychiatrie wartete, und man vergeudete nicht zum Vergnügen seine Zeit mit dem Lesen zerfledderter Magazine.

In den Mundwinkeln zuckte ein Lächeln, als führte die Person einen amüsanten inneren Dialog.

Die Praxistür ging auf, und ein junges Mädchen zeigte sich in der Türöffnung. Das eigentlich hübsche Gesicht war wie von Schmerz verzerrt. Die Haut war bleich und glänzend, als würde es den winterlichen Temperaturen zum Trotz schwitzen. Die Augen waren schwarze Schächte. Das Mädchen lächelte, aber kein unschuldig freundliches Lächeln, wie man es von einem jungen Mädchen erwartete. Nein, es hatte etwas Raubtierhaftes, wie sie ihre Zähne bleckte. Wie eine Karikatur. Ihre Bewegungen waren ruckartig, und sie ging auf Zehenspitzen, als hätte ihr Balancepunkt sich verschoben.

Die Person legte die Zeitschrift weg und schickte ein freundliches Lächeln in Richtung des Mädchens, das sich auf die Stuhlkante setzte und vor sich hin starrte. Ihr Atem ging stoßweise und flach. Man sah den Pulsschlag in der Hauptschlagader am Hals. Die Bluse war aufgeknöpft und überließ nicht viel der Fantasie. Ein roter Spitzen-BH hob die blassen gewölbten Brüste an.

Die Person nahm eine Tüte Bonbons aus der Tasche und hielt sie dem Mädchen hin, das gierig hineingriff.

»Wie heißt du?«

»Belinda«, antwortete das Mädchen.

»Was für ein schöner Name!«

Das Mädchen nickte stumm.

Kapitel 26

Isabella war zum Schlussverkauf ins Einkaufszentrum Lyngby gefahren, um ein paar Sachen für die Praxis zu kaufen. Es war rappelvoll, und sie hatte beinahe eine halbe Stunde damit vergeudet, einen Parkplatz zu finden. Jetzt stand sie in einer Endlosschlange beim Möbelhaus Imerco, das Aggressionsniveau war hoch, und selbst anständige Familienväter drängelten sich vor, sobald sich die Gelegenheit ergab. Isabella beobachtete die Kunden im Laden und dachte, dass die Menschen sich in solchen Situationen von ihrer schlechtesten sozialen Seite zeigten. Und wie schon so oft zuvor wurde ihr klar, dass der Schein oftmals trog. In dem Augenblick entdeckte sie auf der anderen Seite des Schaufensters Belinda. Sie erkannte das ordentlich aussehende Mädchen kaum wieder, das richtig Farbe im Gesicht bekommen hatte. Isabella zog kurz in Erwägung, ihren Platz in der Schlange und damit das Sonderangebot der begehrten Kähler Jubiläumsvasen aufzugeben, eine Trophäe, die selbst die friedfertigsten Menschen veranlasste, ihren inneren Schweinehund rauszukehren.

Sie entschied sich für ihren Platz in der Schlange und für die Vase, die sich hübsch auf ihrem Fensterbrett machen würde, ein Zeichen, dass die Praxis gut lief, dachte sie.

Belinda unterhielt sich mit jemandem, der von einer Säule verdeckt war. Dann sah Isabella, wie die Person Belindas Wange streichelte. Ein Kind fing an zu schreien, und in der Schlange kam Unruhe auf. Als Isabella das nächste Mal zu Belinda hinsah, erhaschte sie einen kurzen Blick auf die Person, mit der sie sprach, und glaubte, sie wiederzuerkennen, was sie augenblicklich vergaß, als sie von hinten geschubst wurde und im Stillen bis zehn zählen musste, um sich nicht von der negativen Stimmung anstecken zu lassen.

Als sie endlich die Vase bezahlt hatte, ging es weiter in die Tierhandlung mit dem beißenden Geruch nach feuchten Sägespänen und Tierexkrementen. Sie suchte sich ein paar hübsche Wasserpflanzen für das Aquarium aus und bat einen Verkäufer, sie ihr in eine mit Wasser gefüllte Tüte zu verpacken.

Kapitel 27

Josefine hatte die Fotos der Opfer mitsamt einer Vergrößerung der eingeritzten Kreuze an ihrer Pinnwand aufgehängt und ging nun davor auf und ab, um sie aus verschiedenen Blickwinkeln zu betrachten. Sie hatte Ritas Schädel unter dem Mikroskop untersucht und zweifelte nicht mehr an einem Treffer. Die beiden Kreuze stammten von ein und derselben Person, auch unter Berücksichtigung der Tatsache, dass das eine in hartem Schädelmaterial und das andere in weicher Haut ausgeführt worden war. Josefine hatte die Kreuze mit einem Computerprogramm auf die gleiche Größe skaliert, und die Übereinstimmung war erschreckend.

Dem Priester war die ungewöhnliche Ausführung der Kreuze aufgefallen, und sie nahm sich vor, mehr über die Symbolik herauszufinden. Sie verließ das Büro und zog sich einen Kaffee am Automaten. Es war später Nachmittag, und es würde nicht mehr lange dauern, bis sie die Abteilung für sich hätte, was ihr ausgezeichnet in den Kram passte.

Es war elf, als sie endlich beschloss, Feierabend zu machen. Sie wusste jetzt eine Menge mehr über die Symbolik des Kreuzes, genug, um Xander in groben Zügen einzuweihen. Aber das konnte auch bis zum nächsten Tag warten. Sie gähnte, als sie den Laptop zuklappte und das Licht im Büro löschte. Wenig später war sie auf dem Parkplatz im Fredriks Vej und erkannte die kantigen Konturen ihres Volvos.

Sie freute sich, nach Hause und unter die warme Bettdecke zu kommen.

*

Am nächsten Tag erwischte sie Xander zwischen zwei Besprechungen. Er klang gestresst und fragte sie, ob sie nach Teglholmen kommen könnte.

Josefine wunderte sich über die vielen freien Parkplätze auf dem Weg zum Polizeipräsidium in der Teglholms Allé. Als abgebrühte Kopenhagener Autofahrerin war sie es gewohnt, um die lächerlich wenigen freien Plätze zu kämpfen. Sie überlegte, ob sie am richtigen Ort war, und suchte vergeblich nach einem Polizeischild an dem anonymen Gebäude, als vor ihr ein Polizeimotorrad parkte. Dann war sie wohl doch richtig.

Sie wurde durch eine Glastür eingelassen und bekam nach Vorzeigen ihres Lichtbildausweises einen Aufkleber ausgehändigt, den sie an ihrem Pullover befestigte. Kurz darauf erschien Xander und lächelte sie an, was sein Gesicht total veränderte. Er sollte öfter lächeln, dachte Josefine.

»Hier versteckt ihr euch also«, sagte sie. »Seid ihr frisch eingezogen?«

»Ist tatsächlich noch nicht so lange her … Und wer im Verborgenen lebt, lebt gut, heißt es doch.«

»Ernsthaft??«

»Wir haben hier keine Laufkundschaft, sozusagen, darum gibt es auch keinen Grund, unsere Existenz auszuschildern – das wirkt wie ein Magnet auf alle Dorftrottel und Saufkumpane …«

Sie gingen ein paar anthrazitfarbene Treppenstufen hoch und durch einen Flur, von dem Türen mit sandgestrahltem Glas abgingen, die die Büros abschirmten. Sehr elegant, dachte Josefine. Xander führte sie in ein großes Büro und verschwand noch einmal, um Kaffee zu holen.

»Und, Josefine, was haben Sie herausgefunden?«, fragte er wenig später und drückte Kaffeesahne aus einem kleinen pyramidenförmigen Karton in seinen Becher.

»Na ja, nichts direkt Epochales«, seufzte Josefine und ließ sich Kaffee einschenken. »Ein Kreuz ist, nicht weiter überraschend, eine Figur, bei der zwei gerade Linien sich rechtwinklig überschneiden, das zentrale Symbol des Christentums, das Zeichen für Leiden und Tod, aber auch für Erlösung und Wiederauferstehung.«

»Amen!«

»Das Symbol für den gekreuzigten Jesus«, fuhr Josefine fort. »Im Übrigen eine richtig brutale Hinrichtungsmethode …«

»Ja, heute würde das sicher Amnesty auf die Barrikaden

rufen«, sagte Xander mit einem Seufzer. »Aber was hat es denn nun mit dem umgedrehten Kreuz auf sich? Was kann Pater Dominic damit gemeint haben?«

»Ich denke, er meinte damit, dass es das Symbol für das Gegenteil des Christentums ist, also ein satanisches Zeichen«, sagte Josefine. »Eine Art antichristliche Manifestation. Es kommt beispielsweise in der *Offenbarung des Johannes*, der *Apokalypse* vor.«

»Ein satanistischer Mörder?«

»Durchaus möglich«, Josefine nickte und trank einen Schluck Kaffee, »aber ich habe das Gefühl, dass wir erst an der Oberfläche kratzen … Und die Informationen bringen uns wenig weiter, solange wir unseren Gegner nicht kennen.«

»Meinen Sie den Teufel?«, fragte Xander grinsend.

»Ja, das könnte man so sagen. Es ist ein Haufen Symbolik mit den Morden verbunden, deren Aussage uns noch nicht ganz klar ist. Wir denken, dass wir den Wink mit dem Teufel verstanden haben, aber vielleicht ist das nur die obere Spitze des Eisbergs.«

»Möglicherweise haben Sie recht. Wir sollten besser den Experten fragen.«

Kapitel 28

Am nächsten Tag verabredete Xander sich mit dem Priester, der allerdings erst am Abend Zeit hatte. Josefine wollte mitkommen.

Er startete den Motor und fuhr Richtung Innenstadt. Gegen acht Uhr klingelte er bei Pater Dominic in der Kronprinsessegade und bewunderte den pompösen Eingangsbereich, während er überlegte, wie viel so ein Priester eigentlich verdiente. Sein Blick streifte die Stelle auf dem Asphalt, wo Luisa Fernandez' Leiche gefunden worden war. Es durchrieselte ihn kalt.

Pater Dominic sah blass und müde aus. Er trug ein schwarzes Hemd und eine dazu passende schwarze Hose.

Der Priester ließ ihn eintreten und bat ihn, auf einem dunklen Ledersofa Platz zu nehmen. In einem schlichten Kerzenständer auf dem Couchtisch brannte eine Kerze.

Josefine kam wenig später.

»Was für ein Wetter«, sagte Pater Dominic mit starrem Blick durch die Palastfenster, die im Schein der Straßenlaternen wie mit durchsichtigen Pinselstrichen übermalt wirkten. Die Kittfugen knackten leise bei jeder kräftigen Windbö.

»Kaffee?« Der Priester hielt eine Thermoskanne hoch.

»Ja gerne«, antwortete Xander.

Josefine hob abwehrend die Hand.

»Wir hoffen, dass Sie uns ein paar Fragen beantworten können. Es gibt eine Menge Dinge, die uns in Verbindung mit der Kreuzsymbolik nicht ganz klar sind …«, leitete Josefine das Gespräch ein.

»So ging es Sokrates auch häufiger«, sagte Pater Dominic lächelnd.

Sie sah ihn fragend an.

»*Ich weiß, dass ich nichts weiß*. Eine vernünftige Sichtweise, finde ich. Da bleibt man immer offen, Neues zu lernen.«

Er machte eine Pause.

»Haben Sie schon mal etwas von der Organisation IAE gehört?«

Josefine und Xander schüttelten den Kopf.

»Ich war vor Kurzem in Rom bei einem Internationalen Kongress, an dem auch der neue Papst Franziskus teilgenommen hat. Ein echter Meilenstein«, fügte er in verträumtem Tonfall hinzu. »Viele von uns auf der ganzen Welt haben für den päpstlichen Segen unserer Organisation gekämpft, und nun endlich haben wir ihn bekommen.«

»Segen wofür?«, fragte Xander.

»Für eins der ältesten Gewerbe der Menschheit«, antwortete der Priester. »Der Papst hat die IAE kanonisiert, die *International Association of Exorcists.*«

»Sie sind Exorzist?«, platzte Xander heraus, vor dessen innerem Auge eine Reihe Bilder aus einem Film aus den Siebzigern vorbeiglitt. Besonders an eine Szene mit einem vom Teufel besessenen Mädchen in einem Bett erinnerte er sich, das unaussprechliche Dinge mit einem Kruzifix gemacht hatte. Xander errötete bei dem Gedanken und räusperte sich.

»Glauben Sie an die Existenz des Teufels?«, fragte er.

»Man akzeptiert die Anwesenheit des Bösen, wenn man an Gott glaubt. Verstehen Sie, es vollzieht sich ein ewiger Kampf zwischen Gut und Böse, und ich habe unzählige Male Zeugnisse seiner Existenz gesehen.«

Ohne es willentlich beeinflussen zu können, schüttelte es Xander innerlich bei dem abgrundtiefen, todernsten Blick des Mannes, was durch die schwarze Kleidung noch verstärkt wurde.

»Über eine Milliarde Katholiken können sich wohl kaum irren«, fuhr der Priester trocken fort. »Aber in Ihrer Staatskirche wird das Glaubensbekenntnis ja mit der Absage an den Teufel eingeleitet. Es war Grundtvig, der darauf bestand, dem Glaubensbekenntnis die Entsagung voranzustellen. Was durchaus ein kluger Schachzug ist, dem Bösen zu entsagen, ehe man seinen Glauben an Gott bekennt. Auf diese Weise schließt man im Voraus das Böse aus …«

Darüber hatte Xander bis jetzt noch nie nachgedacht, aber immerhin war sein Konfirmandenunterricht so erfolgreich gewesen, dass er das Glaubensbekenntnis heute noch auswendig konnte.

»Die wenigsten Menschen machen sich klar, dass der Exorzismus historisch betrachtet Hexenverbrennungen verhindert hat, indem er die Dämonen ausgetrieben und die betreffende Person am Leben gelassen hat. Und das nicht wie Christian der Vierte, der die Angeklagten fesseln und ins Wasser werfen ließ. Wer oben trieb, war schuldig, wer unterging, war unschuldig …«

»Wo findet so eine Teufelsaustreibung statt?«, fragte Xander neugierig.

»Hier in meiner Wohnung, zum Beispiel«, antwortete der Priester, als wäre es das Natürlichste auf der Welt.

Xander saß überrumpelt da. Seine lange Polizeikarriere hatte viele Überraschungen parat gehabt, aber er hatte noch nie einem waschechten Teufelsaustreiber gegenübergesessen, noch dazu mit einem Zertifikat vom Papst persönlich.

Der Priester schien Xanders Starren nicht zu bemerken.

»Aber wie können Sie sicher sein, dass jemand … besessen ist?«, fragte Josefine.

»Tja, das lässt sich nicht immer mit Sicherheit sagen, aber ich habe im Laufe der Zeit einiges an Erfahrung gesammelt und kann ziemlich schnell entscheiden, ob der Betreffende besessen ist oder nicht.«

»Und wie kommen Sie in Kontakt mit Ihren …«

»Klienten?«, schlug der Priester vor. »Sie suchen mich in der Kirche auf. Oder rufen mich an, nachdem sie mich im Fernsehen gesehen haben. Ich bin seit der offiziellen Anerkennung durch die IAE ziemlich häufig in den Medien zu sehen, werde oft auf der Straße wiedererkannt. Das finde ich persönlich eher lästig, aber daran ist wohl kaum etwas zu ändern. Es kommt vor, dass ich von privat praktizierenden Psychiatern oder Psychologen kontaktiert werde, die keinen anderen Ausweg mehr sehen, als mich aufzusuchen, nachdem sie mit ihren Gesprächstherapien und Psychopharmaka an ihre Grenzen gestoßen sind. In der Medizin sind Religion und Gebete keine anerkannten Therapien, ganz zu schweigen von Exorzismus.«

»Meine Kollegin, mit der ich im Rahmen der ethischen Räumung auf dem Assistens Kirkegård zusammengearbeitet habe … die ermordet wurde … Der Mörder hat ein auf den Kopf gestelltes Kreuz eingeritzt …«

»Wie bei Luisa?«

Josefine nickte.

»In den Schädelknochen …«

Pater Dominic wurde blass.

»Eine okkulte Signatur«, sagte er mit starrem Blick. »Was genau ist das für ein Projekt auf dem Friedhof?«

»Die Räumung der Grabstellen in Verbindung mit dem U-Bahn-Bau. Das Stadtmuseum und die Anthropologische Abteilung haben eine Untersuchung der Volksgesundheit im 19. Jahrhundert und danach durchgeführt. In dem Zusammenhang waren wir für die Räumung des nördlichen Friedhofsbereiches zuständig. Wir haben die Gelegenheit genutzt, so viel Knochenmaterial wie möglich zu katalogisieren und zu untersuchen, ehe es an anderer Stelle wieder beerdigt wird. Das nennt sich ethische Räumung.«

»Ethische Räumung?«, wiederholte der Priester.

»Ja.«

»Ist das nicht auf großen Widerstand gestoßen?«

»Ja, die Empörung war groß, als die Arbeiten eingeleitet wurden. Aber die Genehmigungen waren alle durch …«

»Was sagt die Kirche dazu?«

Josefine zögerte einen Augenblick.

»Das … weiß ich tatsächlich nicht«, räumte sie ein. »Meine Aufgabe bestand nur darin, die Knochen zu katalogisieren und zu untersuchen und Material für einen abschließenden Bericht zu sammeln.«

»Ist das keine riskante Sache? Ich meine, von wegen Grabfrieden und …«

Xander schoss durch den Kopf, dass der Totengräber Svend Jacobsen beinahe die gleiche Formulierung verwendet hatte.

»Laut Metro-AG wurden alle Regeln bis auf den letzten Punkt befolgt«, sagte Josefine.

»Was weiß denn die Metro-AG schon von diesen Dingen?«, stellte der Priester die rhetorische Frage. »Na ja … Ist ja nicht Ihre Schuld, Sie tun ja nur Ihre Arbeit. Aber wenn Sie meine Meinung hören wollen, hat die Metro-AG damit eine Pforte zum Bösen aufgestoßen.«

»Was meinen Sie damit?«

»Ich meine damit, dass der Grabfrieden gestört wurde …«

Josefine lehnte sich auf dem Sofa zurück.

»Wollen Sie andeuten, dass der Teufel losgelassen wurde?«

»Im besten Fall ist Ihr Unterfangen äußerst bedenklich«, antwortete der Priester und hielt ihren Blick fest. »Und das auf dem Kopf stehende Kreuz könnte bedeuten, dass irgendeine Teufelei am Werk ist.«

»Was symbolisiert das umgedrehte Kreuz eigentlich?«, fragte Josefine.

»Ursprünglich wurde es das Petruskreuz genannt, nach dem Apostel Petrus, der in Rom hingerichtet wurde. Er bat darum, mit dem Kopf nach unten gekreuzigt zu werden, weil er sich nicht würdig fühlte, auf die gleiche Weise wie Jesus zu sterben. Das Petruskreuz wurde als Symbol von Satanisten auf der ganzen Welt annektiert ... Mit dem auf den Kopf gedrehten Kreuz drücken sie ihre Verachtung für alles Christliche aus und dass sie als Satanisten für das Gegenteil des Christentums stehen. Mein Gefühl sagt mir, dass solche Typen hier ihre Finger im Spiel haben ...«

»Aber wie fügt sich da das Weihwasser ein?«, fragte Xander.

»Gute Frage«, seufzte der Priester. »Der Täter ist möglicherweise innerlich zerrissen. Auf der einen Seite macht er sich des schlimmsten Verbrechens von allen schuldig, indem er einem anderen Menschen das Leben nimmt ... Auf der anderen Seite wird er von einem schlechten Gewissen geplagt. Der Mensch ist ein zusammengesetztes Wesen ... Vielleicht dient das Weihwasser der Läuterung seiner Opfer.«

»Läuterung?«

»Ja, er reinigt sie vom Bösen, von dem sie seiner Meinung nach besessen sind. Und das Mittel dazu ist das Weihwasser.«

Es war still, während sie die Worte des Priesters sacken ließen.

»Satanisten missbrauchen viele christliche Symbole und verwenden meistens die Farbe Schwarz, die für Trauer, Tod und Antichrist steht, also den Teufel …« Er faltete die Hände, als würde er beten, und fuhr fort: »Schwarz ist die Abwesenheit von Farben und reflektiert kein Licht. Wenn man etwas Schwarzes betrachtet, registriert das Gehirn nichts …«

»Wie ist es dann zu deuten, dass der Talar oder die Priestersoutane schwarz sind?«, merkte Josefine an.

»Interessanter Gedanke.« Der Priester lächelte. »Genauso interessant wie die Tatsache, dass die Bibel, die die Satanisten bei ihren okkulten Ritualen verwenden, violett ist. Wie die Kappen der Bischöfe im Vatikan. Aber dafür haben diese Leute bestimmt eine clevere Erklärung.«

Hier entstand eine Pause. Xander räusperte sich.

»Glauben Sie, dass die Opfer besessen waren?«

»Nein, aber das hat der Mörder vielleicht gedacht«, antwortete der Priester.

»Wie äußert sich Besessenheit?«, fragte Josefine.

»Oft in Form einer Reihe von physischen Symptomen, an denen viele Menschen leiden wie zum Beispiel Magenschmerzen, Depressionen und Gliederschmerzen.

Die Besessenen haben gemeinsam, dass kein Medikament anschlägt, und oft sind sie über lange Zeiträume Versuchskaninchen im Gesundheitssystem, bis sie oder die Angehörigen irgendwann beschließen, neue Wege einzuschlagen. Sie geben die obszönsten Dinge von sich, die man sich vorstellen kann, und haben offenbar selber keine Ahnung, woher die Worte kommen. Besonders Frauen benehmen sich plötzlich promiskuitiv … pervers. Diese Art Besessenheit befällt so gut wie ausschließlich Frauen. Man weiß nicht genau, warum …«

»Ist das so?«, platzte Josefine heraus.

»Ja.«

»Aber Sie können vermutlich nicht gänzlich ausschließen, dass Ihre Klienten an einer psychischen Störung leiden?«, wollte sie wissen.

»Nein, weil die Symptome heimtückisch sind. Darum habe ich einige Kurse am *Ateneo Pontificio Regina Apostolorum* absolviert …«

»Was ist das?«, fragte sie.

»Das Institut, in dem Exorzisten ausgebildet werden. Es befindet sich in Rom. Psychiater lehren den Unterschied zwischen einer psychischen Störung und wahrer Besessenheit.«

»Aber wie können Sie mit Sicherheit feststellen, ob ein Mensch besessen ist?«, fragte Xander.

»Wir haben da unsere Tests. Wir bespritzen den Betreffenden mit Weihwasser, und wenn einer besessen ist, kann die Reaktion recht heftig ausfallen …«

Josefine und Xander sahen den Priester sprachlos an.

»Eine besessene Person empfindet starkes Unbehagen, wenn sie mit Weihwasser in Berührung kommt. Manche Betroffene beschreiben es wie ätzende Säure.«

»Aber … das ist doch bloß Wasser«, sagte Josefine.

»Geweihtes Wasser«, korrigierte sie der Priester. »In einem uralten Ritual wird das Wasser gereinigt, in geistigem Sinne … und wir vollziehen tatsächlich einen Exorzismus des Wassers …«

»Aber warum?«, wollte Xander wissen.

»Weil Wasser nicht einfach Wasser ist. Es kann auch böse sein. Denken Sie an die Naturkatastrophen, bei denen Menschen ertrinken. Wasser kann töten, und wenn wir einen Dämon austreiben wollen, müssen wir dafür sorgen, dass das Böse verschwindet. Der zweite Test besteht darin, ein Kruzifix zu halten. Eine besessene Person versucht deutlich sichtbar, die Berührung mit dem Kruzifix zu vermeiden. Manche Besessene sprechen mit unterschiedlichen Stimmen in Sprachen, von denen niemand wusste, dass sie sie beherrschen. Ich sehe mich selber als eine Art Schmerzlinderer – oder vielleicht eher Seelsorger – für die Menschen, die aus dem etablierten psychiatrischen System ausgeschlossen wurden. Ich helfe auch Menschen, die nicht katholisch sind. Jeder Mensch hat das Recht, dass für ihn gebetet wird. Und glauben Sie mir, das verschafft Linderung. Aber es hat den Anschein, als würde man lieber Glückspillen verschreiben.«

»Aber was führt zu einer Besessenheit?«, erkundigte sich Xander.

»Gute Frage. Eine einfache Antwort wäre, dass man selber die Tür für die Besessenheit öffnet. Wir haben gefehlt, dafür bestraft Gott uns. Ein Trend unserer Zeit ist es, aus lauter Jux und Tollerei den Hinduismus zu verehren – die Erforschung des Geistlichen, wie es so schön heißt –, dabei liegt der Teufel die ganze Zeit auf der Lauer. Typischerweise sind es oft die jungen, wurzellosen Menschen, die auf Abwege geraten, und selbst ein so harmloses Spiel wie das Hexenbrett kann der Besessenheit Tür und Tor öffnen. Sie spielen mit dem Feuer. Der Flirt mit dem Okkulten in Séancen ist kein harmloses Gesellschaftsspiel. Viele Menschen interessieren sich für Schwarze Magie. Mir ist schleierhaft, woher sie den Mut nehmen. Der Teufel hat heutzutage ein leichtes Spiel, weil wir nur wenige Klicks von satanischen Webseiten entfernt sind, die so gestaltet sind, dass sie einem genau das geben, was man sucht: einen Kick vergleichbar mit dem nach Drogenkonsum …«

»Aber beschützt Gott uns nicht vor dem Bösen?«, fragte Josefine.

»Gott lässt es geschehen, weil wir einen freien Willen haben. Es ist ein permanenter Kampf bis zur Erschöpfung zwischen dem Guten und dem Bösen.«

»Beten Sie für die Besessenen?«, fragte Josefine.

»Ja«, sagte Pater Dominic, stand auf und holte ein in Leder gebundenes Buch.

»Ich benutze dieses Buch. *De Exorcismus et Supplicantionibus Quisbusdam*. Ein lateinisches Gebetbuch. Der

Vorteil, Latein anzuwenden, ist der, dass der Klient oft nicht versteht, was gesagt wird. Manche Menschen wollen sich interessant machen, indem sie Besessenheit vortäuschen, aber die Dämonen verstehen alle Sprachen. Ich möchte Sie nicht mit dem eigentlichen Ritual ermüden, aber es ist ein langer und bisweilen erschöpfender Prozess.«

»Haben Sie schon mal erlebt, dass Gegenstände durch die Luft geflogen sind wie bei … *Poltergeist* heißt der Film, glaube ich?«

»Nein, aber merkwürdige Dinge sind mir schon untergekommen. Zum Beispiel, als ich einmal auf dem Weg zu einer vermutlich besessenen Person war und mein Auto nicht ansprang, obwohl es gerade erst in der Werkstatt gewesen war. In der Gegenwart von Besessenen habe ich auch schon mal erlebt, dass das Licht zu flackern beginnt oder ganz ausgeht, aber das kann natürlich auch reiner Zufall sein.«

Pater Dominic sah auf die Uhr, was Xander zum Anlass nahm, sich für die Informationen zu bedanken.

Sie erhoben sich, und der Priester begleitete sie in den Eingangsbereich. Er reichte Josefine seine Visitenkarte.

»Rufen Sie mich an, wenn Sie noch weitere Fragen haben …«

Unten auf der Straße standen sie eine Weile schweigend nebeneinander.

»Puh«, stöhnte Xander und füllte seine Lunge gierig mit der kühlen Luft.

»Der ist ja total abgedreht!«, platzte Josefine heraus.

»Möglich.«

»So was hab ich überhaupt noch nie gehört«, presste sie hervor und ballte ihre Hände zu Fäusten. »*Diese Art von Besessenheit befällt so gut wie ausschließlich Frauen!* Es würde mich überhaupt nicht wundern, wenn einige seiner sogenannten Klienten zügellose Jungfrauen mit Hörnern auf der Stirn und Katzenaugen sind!«

Xander sah Josefine an. Und zum ersten Mal fiel ihm auf, was für ein Temperament sich hinter der attraktiven Fassade verbarg.

*

Der Wagen sprang nur zögernd an. Josefine fröstelte in der feuchtkalten Luft, die sich augenblicklich als milchige Schicht innen auf die Scheiben legte. Sie wischte notdürftig mit dem Ärmel über das beschlagene Glas und drehte das Gebläse auf die höchste Stufe. Die Sicht war trotzdem verzerrt und zerfloss wie ein rotblaues Aquarell. Sie schaltete das Radio ein, gähnte und setzte den Blinker. Eine halbe Stunde später bog sie in die kleine, von Villen gesäumte Straße in Valby ein, in die ihre Familie gezogen war, als Josefine ungefähr zehn Jahre alt gewesen war.

William Jespersens gelbe Backsteinvilla aus den 1930ern sah alles andere als gepflegt aus, der Garten war die reinste Wildnis. Drinnen an der Flurwand stapelten sich Kartons mit Elefantenwindeln XXL, und es roch nach süßlichem Pilz gemischt mit Urin.

Solange wie möglich im eigenen Zuhause, dachte Josefine sarkastisch, als sie die Balance wiederzugewinnen versuchte, nachdem sie um Haaresbreite über den flachen Saugroboter gestolpert wäre, der im dunklen Eingangsflur auf sie gelauert hatte. Für sie symbolisierte das Ding einen neuerlichen Tiefpunkt in der Seniorenpolitik – eine Art Manifestation der Tatsache, dass heutzutage die kalten Hände herrschten. Der nächste Schritt war vermutlich, dass ihr eigener Vater demnächst von einem Badroboter gewaschen wurde.

»Papa«, rief sie. »Ich bin's.«

Es kam keine Antwort. Im Wohnzimmer lief der Fernseher auf voller Lautstärke. Als sie den Raum betrat, sah sie ihren Vater schnarchend im Sessel sitzen. Die Reste des Abendessens standen kaum angerührt in einem schwarzen Kunststoffbehälter mit Fächeraufteilung auf dem Tisch.

Der Saugroboter hatte offensichtlich vor der Türschwelle ins Wohnzimmer kapituliert, wie sie aus den vielen Staubmäusen in den Ecken folgerte.

Josefine stöhnte innerlich.

»Papa?«

Sie legte eine Hand auf seinen Arm.

Ihr Vater öffnete langsam die Augen und lächelte.

»Josefine …«, sagte er stockend.

Sie suchte die Fernbedienung, die verschmiert und voller Krümel war, und schaltete den Lärm aus.

»Wie geht es dir?«, fragte sie.

Ihr Vater schien über die Frage nachzudenken, als wäre sie schwer zu beantworten.

»Mir geht es wohl sehr gut … Aber du bist dünn geworden.«

»Das glaube ich nicht«, sagte sie, obgleich er recht hatte.

»Noch immer keinen Freund?«

Eine seiner Standardfragen, trotzdem war sie ein bisschen genervt.

»Soll eben nicht sein«, murmelte sie. »Das weißt du doch: Lange Arbeitstage, Stress und ich, das ist keine optimale Kombi für eine Beziehung. Ganz davon abgesehen stehen in der Rechtsmedizin nicht gerade die unverheirateten, appetitlichen Kerle Schlange …«

»Pass bloß auf, dass du nicht irgendwann zu alt und hässlich bist und dich keiner mehr will«, warnte ihr Vater sie und wischte sich ein paar Krümel vom Bauch. »Du brauchst ein bisschen Fleisch auf den Rippen. Männer mögen keine Klappergestelle. Du wirst deiner Mutter immer ähnlicher … kurz vor ihrem Tod …«

Gegen ihren Willen bildete sich ein Kloß in ihrem Hals. Bilder vom Gesicht ihrer Mutter zogen an ihrem inneren Auge vorbei. Sie war am Ende so abgemagert gewesen, dass man unter der straffen Haut jede Kontur des Schädels erkennen konnte. Josefine war bis zum Schluss bei ihr gewesen und hatte ihre Hand gehalten, als sie den letzten Atemzug tat. Noch immer nagte das Gefühl von Unzulänglichkeit und letztendlich auch von Schuld an ihrem

Tod in ihr. Vielleicht bildete sie es sich ja nur ein, aber ab dem Zeitpunkt, als klar war, dass es keine Rettung mehr gab, hatte sie in dem fiebrigen Blick ihrer Mutter einen Vorwurf gesehen. Josefine versuchte, die Bilder wegzublinzeln, und wischte sich verstohlen eine Träne aus dem Auge. Die Zeit heilte eben nicht alle Wunden, musste sie wieder einmal feststellen. Manche platzten auf, wenn man sie antickte. Ihre Mutter war jetzt schon viele Jahre tot, aber offensichtlich waren sie und ihr Vater noch immer nicht über den Verlust hinweg. Die Krebsdiagnose hatte sich wie ein dunkler Schatten in ihr Elternhaus eingenistet. Die Krankheit wurde kurz nach dem Tod ihres kleinen Bruders diagnostiziert, wie ein böses Omen, dass der Sensenmann schon wieder mit seinem Knochenfinger auf die Familie zeigte. Nach dem Tod ihres Sohnes hatte ihre Mutter keine Kraft mehr zum Kämpfen gehabt, und nur wenige Monate später mussten sie auch sie zu Grabe tragen.

»Soll ich Kaffee machen?«

»Ach nein, für mich lieber ein Bier«, sagte ihr Vater. »Du kochst ihn immer zu stark«, fügte er hinzu. »Außerdem kommt Danielle.« Er lächelte. »Sie bringt Kuchen mit. Die kocht einen Kaffee, dass die Engel singen«, sagte er hingerissen.

Josefine ging in die Küche, warf einen Blick in den Kühlschrank und seufzte. Die Stapel vakuumverpackter Mahlzeiten von der Heimpflege der Kopenhagener Stadtverwaltung sprengten den Kühlschrank. Sie müssten nur in den funkelnagelneuen Mikrowellenherd geschoben werden, den ihr Vater sich weigerte zu benutzen, als wäre er ein Voodoozauber oder anderes Teufelswerk. Er zog seinen alten Ofen vor, den er immer mal wieder auszumachen vergaß, was regelmäßig *Eltern-Kind-Gespräche* nach sich zog, wie Josefine sie nannte. Dazu kamen unglaublich miesepetrige Madames aus der Heimpflege und hielten Vorträge über Pflegeheime und so weiter. Wundersamerweise führte das jedes Mal zu einer Persönlichkeitswandlung bei ihrem Vater, der plötzlich wieder alles allein konnte. Sein ansatzweise dementes Verhalten verdampfte wie Nebel in der Sonne, und Josefine sah für Momente wieder den Vater aus ihrer Kindheit durchschimmern. Hinterher führte er sich auf, als hätte er den Jackpot geknackt.

Josefine nahm einen schwarzen Müllsack und sortierte abgelaufene Essensportionen aus. Die Kartoffeln hatten Einheitsgröße, die Erbsen waren hellgrün gekocht und die Möhren in exakt gleich dicke Scheiben gehobelt. Dazu gab es weiße, braune oder gelbe Soße über fleischigen Stücken, denen nicht anzusehen war, ob es sich um Geflügel, Vierbeiner oder Fisch handelte. Josefine entsorgte ein paar Milchkartons und einen pelzigen Schimmelkäse und nahm ein Bier aus dem Kühlschrank. Dabei entdeckte sie die Zuckerschale aus dem guten Porzellan und stellte sie zurück an ihren Platz im Küchenschrank. Das war einer von vielen Gegenständen, die verschwanden und irgendwann an den merkwürdigsten Stellen wieder auftauchten.

Ihre Bluse blieb an einem Haken vom Schlüsselbord

hängen, an dem auch eine Kopie ihres Wohnungsschlüssels hing. Der Haken riss ein kleines Loch in den Stoff. Sie machte das Bier auf und ging zurück ins Wohnzimmer.

»Es tut dir nicht gut, so viel allein zu sein«, sagte Josefine.

»Das musst du grade sagen. Du bist doch auch allein.«

»Aber ich habe meine Arbeit«, konterte Josefine.

»Hm«, sagte ihr Vater und presste die dünnen Lippen aufeinander.

Sie stutzte, als sie auf dem Sofatisch neben einer Broschüre der Gemeinde einen Plan mit angekreuzten Kästchen entdeckte. Nach einem zweiten Blick war ihr klar, dass auf dem Plan verschiedene Formen von Stuhlgang aufgeführt waren, aufgelistet nach Konsistenz und Menge. Die Kreuze wiesen mehr als eindeutig auf eine heftige Verstopfung ihres Vaters hin.

»Hast du Probleme mit der Verdauung?«

»Na ja, wie das im Alter eben so ist«, seufzte ihr Vater. »Aber darum kümmert Danielle sich auch. Sie bringt Klyx mit, das wirkt wenigstens.«

»Ist Danielle neu?«

»Ja. Aber sie kommt unregelmäßig«, sagte der Vater. »Wenn die anderen schwänzen!«

Der Gedanke schien ihn zu beleben. Diese Danielle scheint ein echtes Gottesgeschenk zu sein, dachte Josefine.

»Und sie hat den tollsten Hintern … und Katzenaugen …«

Der Vater hatte die Bierflasche geleert und schwenkte

sie hin und her, um zu signalisieren, dass Josefine ihm noch eine bringen sollte.

Sie holte noch ein Bier aus dem Kühlschrank und war froh, dass ihr Vater wenigstens eine der Pflegekräfte zu mögen schien.

»Papa, wir müssen uns noch einmal darüber unterhalten, ob du nicht doch bald in betreutes Wohnen umziehst. So kann das nicht ewig weitergehen.«

»Gott bewahre!« William verdrehte die Augen. »Willst du mich ins Grab bringen?«, sagte er in gereiztem Ton.

Josefine schüttelte den Kopf.

»Irgendwann geht es schief, und du fackelst die ganze Hütte ab. Du vergisst immer wieder, den Ofen auszustellen … Und denk an den Tag mit dem Bügeleisen …«

»So ein Unsinn!«, fiel der Vater ihr kopfschüttelnd ins Wort. »An meinem Gedächtnis ist nichts auszusetzen.«

Kapitel 29

Die tiefe, fauchende Stimme in ihrem Kopf hatte Belinda im Laufe des Tages fast in den Wahnsinn getrieben, und für einen kurzen Augenblick war ihr Blick an der geheimen Schublade hängen geblieben. Sie hatte sie aufgezogen und die Rasierklingen herausgenommen, eine aus der Packung gezogen und die Lichtreflexe auf der Klinge betrachtet. Scharfer Schmerz konnte die Stimmen verdrängen, aber sobald er abklang, füllten sie wieder ihren Kopf, bis er fast platzte. Sie legte die Rasierklinge auf die Kommode, schraubte den Verschluss von der Wodkaflasche und setzte sie an den Mund. Ein Brennen ätzte sich die Speiseröhre hinunter, hinterließ eine butterweiche Wärme im Magen, und die Stimmen verstummten augenblicklich. Nach einem weiteren veritablen Schluck schob sie die Flasche in die Tasche und versteckte die Rasierklingen wieder in der Schublade. Ein Blick auf ihre Handyuhr sagte ihr, dass sie sich sputen musste, wenn sie rechtzeitig zu ihrer Verabredung kommen wollte.

Ihr Pferdeschwanz schwang hin und her, als sie aus der S-Bahn stieg. Sie warf die halb leere Wodkaflasche in den Abfalleimer auf dem Bahnsteig. Ihre Bewegungen waren geschmeidig, energisch und vom Alkohol entspannt.

Ein erwartungsvolles Lächeln zog ihre Mundwinkel nach oben. Sie hatten sich ein paar Mal geschrieben, und sie hatte von Anfang an gewusst, dass er der Richtige war. Die Art, wie er schrieb, löste ein Kribbeln im Bauch aus. Sie war sicher, dieses Mal nicht enttäuscht zu werden. Wenn er nur halb so attraktiv war wie auf dem Foto, wäre er der absolute Knaller. Nicht wie die Loser in ihrem Alter. Nein, der hier war ein richtiger Mann.

»*Hammergeil*«, sagte sie leise und ließ sich das Wort auf der Zunge zergehen.

Sie hatten sich an der Station Taastrup verabredet. Dort wollten sie entscheiden, ob sie in die Stadt fahren oder einen Spaziergang machen wollten. Sie hatte neue Klamotten gekauft, ihr Konto war jetzt leer, weshalb sie hoffte, dass er bezahlte. Er hieß Anders. Anders Lyngså. Schöner Name. Sie wusste, dass er in Taastrup wohnte, aber die Adresse hatte sie vergessen. Was hatte er noch gleich gesagt? Egal.

Sie schraubte den Verschluss von ihrem neuen Lipgloss mit Vanilleduft, verteilte die seidenweiche Fettmasse auf den Lippen und wechselte das Kaugummi. Sie wollte genau richtig duften und schmecken. Bei H&M hatte sie mintfarbene Spitzenunterwäsche gekauft, und sie war in das Solarium gegangen, wo sie immer mit neuen Röhren warben. Ihre Haut duftete nach Sommer, war ansprechend gerötet und straff über den Wangenknochen. Sie hatte sich die rausgewachsenen dunklen Haaransätze vorgenommen, der Ammoniakgeruch war noch nicht ganz verflogen, aber die Farbe war perfekt, skandinavisch ultrablond.

Vom Bahnsteig führten ein paar graue Betonstufen in einen Tunnel, der ihr so dunkel vorkam wie ein Abwasserrohr, obwohl er durch funzelige Lichter beleuchtet wurde. Die Wände waren mit qualitativ stark variierenden Graffiti verziert. Der Tunnel schloss sich geheimnisvoll um sie, während ihre Schritte hart von den Wänden widerhallten. Die neuen Schuhe scheuerten, aber sie unterdrückte den Schmerz.

Wie gewohnt sah sie sich nicht um, als ob das Unglück bedeuten würde. Belinda hielt die Luft an, weil es so nach Pisse stank, und konzentrierte sich auf die kreisrunde Öffnung am Ende des Tunnels, die sie an ein blauschwarzes Auge erinnerte.

Das Geräusch eines fast identischen Echos ihrer eigenen Schritte ließ sie dann doch nach hinten schauen.

Ein dunkler Schatten näherte sich. Die Person trug eine Kapuze. Belinda drehte sich ganz um und zwang sich zur Ruhe. Das musste Anders sein. Er war groß, schlank und energisch, registrierte sie in Sekundenschnelle. Sie wollte das Kaugummi hinunterschlucken, das plötzlich im Mund wuchs. Ihr Magen zog sich nervös zusammen. Ausspucken kam nicht in Frage, das wäre ihr peinlich gewesen.

»Anders?«

Die kunstvoll spinnwebenverzierte Perlenkette aus Lampen unter der Tunneldecke verströmte trübes Licht.

»Schöne Belinda …«

Die Stimme war heller als erwartet.

Die unter der Decke angebrachte Beleuchtung warf einen Schatten über das Gesicht in der großen Kapuze. Sie fühlte sich mit einem Mal so glücklich. Sie fand es gut, dass er groß war. Männer mussten groß sein. Er war wenigstens nicht so schlaksig wie die anderen Jungs.

Sie sah hinunter auf den dreckig verschmierten Boden und nahm gleichzeitig eine Bewegung wahr. Im Bruchteil einer Sekunde registrierte sie, wie Anders sich streckte und ruckartig zusammenkrümmte. Die Dunkelheit bekam Risse, und das enge Universum war schlagartig auf den Kopf gestellt. Der widerwärtige Uringestank brannte in der Nase. Ein eisiger Schmerzkeil bohrte sich in ihren Schädel, und ein Schwall Blut schoss ihr in den Mund. Sie merkte, dass sie sich gleich übergeben musste, war aber nicht in der Lage, den Kopf zu heben.

*

Normalerweise wäre der Frührentnerin nicht eingefallen, die Abkürzung durch die unheimliche Unterführung zu nehmen, die den Marktplatz mit der Station Taastrup verband, aber sie war spät dran, und um diese Zeit fuhr die S-Bahn nur noch alle zwanzig Minuten.

Sie war gut gelaunt, weil sie gerade vom Bingo-Banko

kam, wo sie etwas gewonnen hatte. Sie ließ die Gedanken schweifen und überlegte, was sie mit dem Geld machen wollte.

Sie zögerte kurz vor dem dunklen Tunneleingang, der vor ihr lag wie ein offener Mund, der einen lautlosen Schrei formte.

Sobald sie den Tunnel betrat, hüllte das schummrige Licht sie ein. Die Einkaufstasche mit den Rädern rumpelte über den unebenen Boden. Das Hinweisschild zum Gleis 1 kam ihr unendlich weit weg vor.

In dem Augenblick nahm sie einen flackernden Schatten wie von dunklen Engelsflügeln wahr, der über die Wände tanzte. Instinktiv blieb sie stehen und spürte einen kalten Luftzug, als wäre die Temperatur mit einem Mal um mehrere Grade gesunken.

Das Schattenwesen drehte sich zu ihr um. Die Schritte hallten kalt von den gewölbten Wänden wider. Sie stand wie angewurzelt da. Ihre Beine verweigerten ihr den Dienst. Die dunkle Gestalt war groß und bewegte sich schnell auf sie zu, und sie spürte einen harten Stoß gegen die Schulter, als sie an ihr vorbeilief. Eine große Kapuze bedeckte das Gesicht.

Fast wäre die Frührentnerin gestürzt, sie stöhnte, aber der Schmerz in der Schulter verebbte schnell. Sie sammelte sich einen Augenblick, rückte die Brille zurecht und setzte sich wieder in Bewegung. Als das rhythmische Dröhnen der einfahrenden Bahn sie erreichte, konnte sie im schummrigen Schein der Deckenbeleuchtung die dunklen

Konturen eines, wie sie zuerst glaubte, Stoffbündels auf dem Boden erahnen, was sie allerdings schnell revidierte. Wahrscheinlich ein Obdachloser, der dort ein Nickerchen machte. Sie wollte gerade auf die Treppe zum Bahnsteig hoch abbiegen, als ihr Unterbewusstes sich meldete. Ein flachsblonder Haarfächer auf dem dunklen Untergrund. Die Bahn kam mit quietschenden Bremsen zum Stehen, aber das war jetzt völlig unwesentlich.

Sie lehnte den Einkaufswagen an die Wand und ging zu dem Bündel auf dem Boden. Erst ganz aus der Nähe sah sie das Blut, das rote Inseln in dem blonden Haar der jungen Frau bildete.

Die Augen waren aufgerissen, und ein Geruch von Eisen und Erbrochenem schwappte ihr entgegen.

Kapitel 30

Josefine hatte die Musik aufgedreht, während sie in der Küche etwas zu essen vorbereitete. Der Duft von gebratenem Rindfleisch breitete sich in der Küche aus. Sie hatte sich fest vorgenommen, sich bewusster zu ernähren, und wollte diesen Beschluss mit einem guten Steak vom Metzger feiern, was dazu geführt hatte, dass einem ihrer Kollegen neidisch das Wasser im Mund zusammengelaufen war, der ihr gerade anvertraut hatte, dass er seiner Frau zuliebe nur gebratenes Wurzelgemüse aß und sich nicht traute, ihr zu sagen, dass ihm davon schlecht wurde. Und dass er ihr selbstgebackenes Steinzeitbrot aus unter dem Vogelhäuschen zusammengefegten Körnern, einem gefühlten halben Liter Öl und einer Palette Eier widerlich fand. Davon kriegte er höllischen Durchfall, hatte er ihr beim gemeinsamen Frühstück in der Kantine gebeichtet. Josefine hatte kichernd geantwortet, dass man sich besser um das Innere seiner Koronararterien und den Cholesterinwert sorgen sollte, was der Kochbuchautor mit Sternestatus vor lauter Begeisterung wohl übersehen hatte.

Als ihr Handy zu klingeln begann, ärgerte Josefine sich, dass sie es nicht auf lautlos gestellt hatte. Sie drehte die Musik leiser.

»Tut mir leid, Sie so spät noch zu stören«, sagte Xander. »Aber an der Station Taastrup ist ein Mord passiert. Die Polizei von Vestegnen meint, es hätte was von einer Halal-Schlachtung zu Allahs Ehren«, fuhr er fort. »Ich habe mit Henry gesprochen, der meinte, dass ich Sie anrufen solle, weil er auf seinem abgelegenen Hof ist ... Können Sie zum Fundort kommen?«

Josefine wischte sich mit einer müden Bewegung durchs Gesicht.

»Ja, kann ich. Schicken Sie mir eine SMS mit der Adresse?«

»Umgehend«, versprach Xander. »Aber stellen Sie sich auf ein heftiges Szenario ein. Ich habe ein paar Fotos bekommen ... Das ist mit das Grausamste, was ich je gesehen habe. Eine junge Frau.«

»Ich bin hart im Nehmen«, sagte Josefine, aber etwas in Xanders Stimme ließ sie beunruhigt aufhorchen.

Sie beendete das Gespräch, schaltete den Herd aus und stieg in ihre ältesten Gummistiefel. Sie zog den Anorak über den Kopf, schnappte sich den Schultergurt der Ledertasche und überprüfte, dass sie Geldbeutel und Handy eingesteckt hatte.

Unterwegs hielt sie an einer Shell-Tankstelle, tankte und kaufte sich einen Kaffee. Ein beißender, nach Frost riechender Wind kroch unter ihre Kleider, und sie bereute, dass sie keinen wärmeren Pullover unter dem Anorak angezogen hatte.

Josefine spürte die Wirkung des starken Kaffees als Vibrieren hinter den Augenlidern. Das gewohnte Klopfen aus dem Motor, das schon so lange dort war, wie sie sich erinnern konnte, war wie ein nervöser Pulsschlag. Als sie Kopenhagens Zentrum verließ, spürte sie fast den physischen Druck der Dunkelheit auf ihr Auto, und die Randbereiche der Scheinwerferkegel kamen ihr schwärzer vor als sonst.

Xander war nicht der Typ für Übertreibungen, weshalb sie sich innerlich auf das denkbar schlimmste Szenario einstellte. Egal wie viel Erfahrung man hatte und wie oft man dem Tod von Angesicht zu Angesicht gegenübergestanden hatte, drängte sich in solchen Situationen unweigerlich die Gewissheit der eigenen Vergänglichkeit auf. Alles hatte ein Ende, und der Tod lauerte irgendwo da draußen als Unbekannte X in der Lebensgleichung. Sie hatte längst die letzten Reste ihres Kinderglaubens verloren, und das Einzige, woran sie tatsächlich glaubte, war die Unabwendbarkeit des Todes. Etwas, worin sie tagtäglich bestätigt wurde.

Sie registrierte eine Bewegung aus den Augenwinkeln. Ein dunkler Schatten schoss auf dem Seitenstreifen an der Scheibe vorbei, sie riss das Steuer herum und hatte einen Augenblick keine Kontrolle mehr über den

Wagen – dann befand sie sich wieder auf der richtigen Fahrbahn und nahm den Fuß vom Gas. Die zwei neongelben Lichtpunkte glühten ein paar Sekunden auf ihrer Netzhaut nach, nachdem sie den Fuchs oder die große Katze passiert hatte. Sie atmete ein paar Mal tief ein und aus und versuchte mit aller Macht, die Panikattacke zurückzudrängen, die für einen Moment jeden klaren Gedanken blockierte.

Als sie die diversen Scheinwerfer der unterschiedlichen Repräsentanten der Ordnungsgewalt sah, war Josefine erleichtert. Ein Krankenwagen stand im Leerlauf da, herbeigerufen im Zuge der Kettenreaktion, die bei der Meldung eines verdächtigen Todesfalles in Gang gesetzt wurde für den Fall, dass es Verletzte gab.

Josefine parkte das Auto, ging in Richtung eines Lieferwagens, in dem sie die Techniker vermutete, und nahm Augenkontakt mit einem Mann im Einwegschutzanzug auf. Sie wies sich aus, und ihr wurden ein ebensolcher Anzug ausgehändigt, Schuhüberzieher und ein Mundschutz.

»Furchtbar«, sagte der Techniker und starrte ihr in die Augen. Sie glaubte, ihm bei einer früheren Gelegenheit schon einmal begegnet zu sein, konnte sich aber nicht an seinen Namen erinnern.

»Damgaard hat mich vorgewarnt«, antwortete sie leise und stützte sich am Lieferwagen ab, um in den Overall zu steigen. Als sie den Vorschriften gemäß gekleidet war, steuerte sie auf den weißen Lichtzirkel im Tunnel zu. Der aufwendige Aufbau verhieß nichts Gutes. Josefine entdeckte die *Eiskönigin*, die sie mürrisch musterte. Ein großer, breitschultriger Mann baute sich hinter ihr auf.

»Hallo, Josefine.«

Xander zog sie ein Stück beiseite.

»Danke, dass Sie so kurzfristig gekommen sind … Das ist bestialisch … schockierend. Massive Schädelverletzungen. Ich habe mit dem Ermittlungsleiter der Polizei Vestegnen abgesprochen, dass wir in diesem Fall ruhig ein wenig vorgreifen und Sie gleich von Anfang an hinzuziehen können …«

Ein anderer Mann im Einweganzug ging an ihnen vorbei. Josefine erkannte in ihm die kreidebleiche Ausgabe von Xanders Mitarbeiter Jørgen, der aussah, als müsste er sich übergeben. Beim Anblick seines Chefs inhalierte er ein paar Mal tief, was etwas zu helfen schien.

»Kein Problem«, log Josefine. »Gehen wir?«, fragte sie, um es hinter sich zu bringen.

»Ja.«

Sie achtete darauf, den Markierungen zu folgen, die den Weg anzeigten, auf dem alle Spuren von technischer Relevanz bereits gesichert waren und keine Gefahr bestand, dass sie oder einer der anderen die Fundstelle mit eigener DNA verunreinigte oder wichtige Spuren zerstörte.

Die Stimmung in der Unterführung war durch die starken Scheinwerfer, die vielen arbeitenden Menschen und nicht zuletzt den Geruch von Tod aufgeheizt und verdichtet. Der scharf metallische Geruch versetzte Josefine in den Augenblick des Mordes zurück. Vor ihrem inneren Auge sah sie eine fliehende Gestalt in dem dunklen Tunnel.

Sie kniff die Augen vor dem grellen Licht zusammen.

Die Fundstelle war ein summender Bienenkorb mit identisch gekleideten Menschen, von denen jeder seiner speziellen Aufgabe nachging. Der Tunnelboden war an einigen Stellen schlammig und schwarz wie Torf. Der aufdringliche Blutgeruch wurde intensiver, als sie sich der auf dem Rücken liegenden Gestalt näherten. Die weit aufgerissenen Augen starrten ihnen entgegen, als hätte genau dort der Mörder gestanden, das Letzte, was sie gesehen hatten. Die Mascara war um die Augen schwarz verlaufen, was diese unnatürlich groß wirken ließ. Der Kontrast des roten, noch hellen und flüssigen Blutes auf den flachsblonden Haaren konnte größer kaum sein.

»Es ist gerade erst passiert«, murmelte Josefine.

Ihr Blick wurde von den Augen angezogen, deren beunruhigende Klarheit das Licht des Scheinwerfers wie meerblaues Glas reflektierte.

Eine Fliege prallte gegen Josefines Stirn. Sie wedelte sie weg und schüttelte sich.

Josefine hatte Fliegen schon immer abstoßend gefunden, obgleich sie sie inzwischen als Teil einer unverbrüchlichen Nahrungskette ohne moralische Skrupel akzeptierte wie auch die Tatsache, dass sie sich in manchen Zusammenhängen als sehr wertvoll für die Ermittlungen erwiesen. Nach Eintreten des Todes legten sie ihre Eier in das tote Fleisch, aus den Eiern wurden Larven, und die Verpuppung dieser Larven folgte einem exakten zeitlichen Rhythmus, abhängig von Jahreszeit, Wind, Wetter und nicht zuletzt Temperatur. Sie fungierten sozusagen als eine Natur-Uhr, an der man sich in den rechtsmedizinischen Untersuchungen ausrichtete, da es für die Ermittler entscheidend war, den Todeszeitpunkt so genau wie möglich zu bestimmen.

Josefine ging in die Hocke und nahm verwundert etwas auf der Erde genauer in Augenschein, das durch einen kleinen roten Tatortpfeil angezeigt wurde: ein blutiges Stück Fleisch.

»Sie hat sich ein Stück von der Zunge abgebissen«, sagte sie langsam. »Vermutlich beim ersten Schlag.«

Sie wandte sich der Leiche zu, um sie genauer zu untersuchen. Der Schädel war weich und nachgiebig. Aus einem langen Riss am Hinterkopf war das Blut aus dem Körper pulsiert und hatte einen roten glänzenden See um das Mädchen gebildet.

Sie bewegten sich mit dem Rücken zu der von Graffiti übersäten Betonwand von der Leiche weg.

Xander nahm eine Taschenlampe, deren Lichtkegel von ein paar purpurroten Strichen auf der Wand reflektiert wurde. Josefine identifizierte das charakteristische, auf dem Kopf stehende Kreuz, das neben den knalligen Graffiti eine noch größere Schockwirkung entfaltete. Rote Tropfen suchten sich einen Weg nach unten wie flüssige Malerfarbe. Die Gerinnung hatte noch nicht eingesetzt, und der Gesamteindruck war der einer schlampig ausgeführten Arbeit, als wäre der Täter in Eile gewesen. Für einen Augenblick spürte sie die physische Nähe des Mörders. Ihr Magen zog sich zusammen. Josefine legte die Hände vor den Mund und betrachtete das Kreuz. Sie fühlte ein paar Spasmen in der Speiseröhre und befürchtete, sich übergeben zu müssen, schaffte es aber, den Reflex mit ein paar tiefen Atemzügen zu unterdrücken.

Sie suchte Xanders Blick.

»Scheint derselbe Täter zu sein wie …«

Xander nickte.

Josefine sah die *Eiskönigin* und ging ihr entgegen.

»Lassen Sie ein CT-Scanning des Schädels machen«, sagte sie leise. »Und sagen Sie gerne dazu, dass es eilt.«

»Sie wissen doch, dass wir momentan unterbesetzt sind«, antwortete die *Eiskönigin*.

»Da draußen läuft ein Mörder frei herum, und Henry würde es sicher begrüßen, diesen Fall zu priorisieren.«

Josefine machte auf dem Absatz kehrt. Sie hatte schon lange mal Lust gehabt, die *Eiskönigin* in die Schranken zu weisen, und es war ein gutes Gefühl, es getan zu haben. Auch wenn es auf professioneller Ebene sicher nicht zuträglich war, eher im Gegenteil. Die *Eiskönigin* war ein echter Karrieretyp, die in beeindruckend kurzer Zeit kometenhaft sowohl intern in der Rechtsmedizin als auch extern über die Veröffentlichung mehrerer Artikel in angesehenen Fachmagazinen in der Hierarchie aufgestiegen war, was sie nicht müde wurde, zu jeder passenden und unpassenden Gelegenheit zu erwähnen.

*

Im grellen Licht der Scheinwerfer zeichnete sich Jørgens schlaksiger, knochiger Körper dunkel unter dem halb transparenten Schutzanzug ab. Die hellen Augen glänzten.

»Die Zeugin ist jetzt vernehmungsfähig. Hast du Zeit?«

Die Stimme klang mechanisch, und Xander ahnte, dass der Kollege kämpfte, sich nicht anmerken zu lassen, wie sehr der grauenvolle Tatort ihn mitnahm.

Xander verließ die Unterführung. Davor stand ein Krankenwagen. Der Schein der blau blinkenden Lichter blendete ihn einen kurzen Moment. Er rieb sich die Augen, während er auf das Fahrzeug zuging. Ein Sanitäter stieg aus und kam ihm entgegen.

»Sie ist in der Unterführung hart von einer Person angerempelt worden«, sagte er.

»Ist sie verletzt?«

»Nein, aber sie steht unter Schock. Wir haben ihr was Beruhigendes gegeben.«

Der Sanitäter öffnete die Tür zur Patientenkabine. Weißes Neonlicht fiel auf den Asphalt.

Xander stieg in den Krankenwagen. Eine Frau mittleren Alters, deren Gesichtsfarbe fast mit den Wänden der Kabine verschmolz, lag auf einer Pritsche, deren Kopfteil hochgestellt war. Hinter den Lichtreflexen auf den Brillengläsern waren die Augen nicht zu sehen.

Ihre Hand klammerte sich um den Griff ihres Einkaufstrolleys, dessen Räder schlammverschmiert waren.

»Wie heißt sie?«, erkundigte sich Xander diskret beim Sanitäter.

»Emma Jensen«, antwortete er. »Frührentnerin.«

»Hallo, Frau Jensen«, sagte Xander mit der Andeutung eines Lächelns. »Kriminalhauptkommissar Alexander Damgaard von der Polizei Kopenhagen. Ich würde Ihnen gerne ein paar Fragen stellen, wenn Sie sich dazu in der Lage fühlen.«

Die Frau räusperte sich.

»Ist sie tot … Die Frau in der Unterführung?«

»Ja.«

Der Sanitäter nahm einen kleinen Aluminiumhocker von der Wandhalterung, damit Xander sich setzen konnte. Er befand sich jetzt auf Augenhöhe mit der Zeugin.

Die Frau schluckte beschwerlich, ohne seinen Blick loszulassen.

»Ich war auf dem Heimweg vom Bingo-Banko … Einmal in der Woche treffe ich mich dort mit meiner Schwester. Ich lebe allein, darum ist es nett, ab und zu mal unter Leute zu kommen. Ich war spät dran für meine Bahn … Um diese Zeit fährt sie nur noch alle zwanzig Minuten, und es ist nicht schön, am Bahnhof zu warten …«

»Was ist passiert?«

»Ich habe jemanden in der Unterführung gesehen.«

»Können Sie die Person beschreiben?«

Die Frau dachte eine Weile nach.

»Er war groß«, sagte sie.

»Wie groß ungefähr? Ich weiß, dass das aus der Entfernung und in dem schummrigen Licht nicht einfach ist.«

»Vielleicht so groß wie Sie?«

Xander machte eine Notiz auf seinem Block.

»Eher kräftig oder schmächtig gebaut?«

»Schmächtig«, antwortete sie, ohne zu zögern.

»Haben Sie sein Gesicht gesehen?«

»Nein, er hatte eine große Kapuze auf, die das Gesicht verborgen hat.«

»Wie war er ansonsten gekleidet?«

»Enge Jeans und Gummischuhe …«

»Erinnern Sie sich an die Farbe der Gummischuhe?«

»Hell«, antwortete sie nach kurzer Bedenkzeit.

»Und er hat Sie gestoßen?«

Die Frau nickte langsam.

»Mit den Händen?«

»Nein, er hat mich im Vorbeilaufen mit dem Körper angerempelt … beinahe, als hätte er mich nicht gesehen …«

Sie seufzte und verschränkte die Hände über dem Bauch, während ihr Blick auf einen Punkt an der Kabinendecke fixiert war. Xander hatte das Gefühl, dass sie sich gerade innerlich zurückzog. Die Kiefermuskeln arbeiteten unter der Gesichtshaut.

»Frau Jensen«, sagte Xander eindringlich, »wenn Ihnen

noch irgendetwas einfällt, ist es ganz wichtig, dass Sie mich sofort informieren.«

Emma Jensens Brillengläser beschlugen.

Er reichte ihr seine Visitenkarte. Als sie nicht reagierte, legte er sie auf die Decke.

»Ich werde dafür sorgen, dass Sie nach Hause gebracht werden«, versprach Xander. »Sollen wir Ihre Schwester anrufen, oder gibt es sonst jemanden, der bei Ihnen sein kann?«

»Das ist nicht nötig. Ich bin es gewohnt, allein zurechtzukommen. Ich … muss mich nur noch ein bisschen beruhigen.«

»Wenn Sie das Bedürfnis haben, mit jemandem über das Erlebte zu reden, hat die Polizei …«

»Ich … glaube nicht. Ich möchte das Ganze am liebsten so schnell wie möglich vergessen.«

»Melden Sie sich einfach«, sagte Xander und stand auf.

Vor dem Krankenwagen gönnte er sich erst einmal ein paar Züge aus einer Zigarette, ehe er sich wieder in die Unterführung begab.

Er sah auf den S-Bahn-Fahrplan und danach auf seine Armbanduhr. Dann suchte er im Gewimmel Maria Holeby und nahm sie beiseite.

»Gibt es schon eine Einschätzung in Bezug auf den Todeszeitpunkt?«

»Weniger als eine Stunde«, antwortete sie. »Sie war bei unserem Eintreffen noch warm, Körpertemperatur 36,8 Grad, und das Blut war noch nicht geronnen. Vermutlich sogar weniger als eine Dreiviertelstunde«, fasste sie zusammen.

Ein beunruhigendes Gefühl machte sich im Magen breit, während Xander die Informationen sacken ließ, und ein Gedanke schoss ihm durch den Kopf. Möglicherweise war Emma Jensen eine noch viel wichtigere Zeugin als bisher angenommen, wenn es der Mörder war, der an ihr vorbeigelaufen war und sie angerempelt hatte.

»Jørgen!«, rief er.

Sein Ruf hallte durch die Unterführung. Eine weiß gekleidete Gestalt kam auf ihn zu.

»Ja?«

»Ich habe gerade mit der Zeugin gesprochen, die das Opfer gefunden und die Polizei alarmiert hat. Ich bin ziemlich sicher, dass sie den Mörder gesehen hat. Sichere ihren Mantel und gib ihn den Technikern. Vielleicht ist ausreichend DNA daran zu finden«, sagte er versonnen, fast mehr zu sich selbst als zu seinem Kollegen.

Jørgen nickte und verschwand.

Xander entdeckte Josefine, die auf ihn zukam.

»Das Opfer wird jetzt in die Rechtsmedizin gebracht«, sagte sie. »Sie hat einen großen offenen Schädelbruch, ein abgesplittertes Stück vom Knochen hat vermutlich die Halsschlagader durchlöchert. Das würde den großen Blutverlust erklären.«

»Verdammt«, murmelte Xander und starrte auf seine Schuhüberzieher.

»Der Schlag wurde mit großer Kraft und einem stumpfen Instrument ausgeführt … Ich muss die Bruchflächen noch unter dem Mikroskop untersuchen. Ich sehe mir den CT-Scan gleich morgen früh an.«

Xander bedankte sich kurz für ihre Hilfe, wandte sich ab und ging zu den Scheinwerfern, wo er Kenneth entdeckte, der Fingerabdrücke sicherte.

»Was gefunden?«, fragte er.

Kenneth schüttelte den Kopf.

»An der Wand sind Millionen Abdrücke. Ganz schön unübersichtlich das Ganze …«

»Er muss ziemlich groß gewesen sein, um bis dort obenhin zu reichen«, stellte Xander mit einem Blick auf die bluttriefende Zeichnung fest.

Kenneth nickte stumm.

»Ich tippe, er hat das Kreuz mit den Fingern gemalt. Sieh dir das an«, sagte Kenneth und zeigte auf den oberen Teil des Kreuzes, wo deutlich verwischte Streifen in Fingerbreite zu sehen waren.

Xander stellte sich vor, wie der Täter sich auf Zehenspitzen nach oben gestreckt hatte, und dachte an die Aussage der Zeugin, laut derer er und der Mörder sich das eine Merkmal teilten: nämlich dass sie gleich groß waren. Xander durchrieselte es kalt. Der Mörder musste extrem kaltblütig sein, weil er von beiden Enden der Unterführung zu sehen gewesen war, wo jederzeit potenzielle Zeugen hätten auftauchen können.

»Gibt es Überwachungskameras in der Unterführung?«, fragte Xander.

»Ja. Die eine ist zerschlagen«, sagte Kenneth. »Bei der anderen ist die Linse mit Kaugummi verklebt.«

»Vom Täter?«

»Nein, das klebt da mindestens schon eine Woche. Ich habe den Verantwortlichen der Dänischen Bahn ausfindig gemacht. Sie haben die Reparaturen für nächste Woche geplant.«

»Was ist mit den Kameras vor der Unterführung, auf den Bahnsteigen und in der Bahn?«

»Alle intakt«, sagte Kenneth, und seine Stimmlage hob sich ein wenig. »Die Verantwortlichen der Dänischen Bahn waren erstaunlich schnell und haben uns bereits die Dateien geschickt. Eine Kollegin ist gerade dabei, sie zu sichten. Sie sitzt draußen im Wagen.«

Xander schob die Seitentür des diskret aussehenden Technikerwagens auf und erkannte das Profil von Karen Madsen. Das Wageninnere war bis auf den letzten Millimeter mit allen möglichen teuren Gerätschaften ausgestattet.

Karen drehte den Kopf zur Seite und begrüßte Xander. Sie trug einen beigen Rollkragenpullover, eine schwarze Hose und robuste Schnürschuhe. Das fahle Gesicht wirkte noch blasser im bläulichen Schein der Monitore, als würde sie ihr gesamtes Dasein hinter abgedunkelten Scheiben fristen. Dabei strahlte sie eine freundliche Sanftheit aus. Wenn man ihr auf der Straße begegnete, würde man sie wahrscheinlich als Hausfrau alten Schlages einordnen, die immer selbstgebackene Kekse und frisch gebrühten Kaffee dahatte, falls unangemeldet Gäste vor der Tür standen.

»Ist etwas auf den Aufnahmen zu sehen?«, fragte er.

»Ja. Das Opfer ist mit der Bahn gekommen«, antwortete Karen.

Xander stellte sich hinter Karen, und es durchrieselte ihn kalt, als er das Opfer allein in der S-Bahn sitzen sah, und das Wissen, dass in der Unterführung ein brutaler Mörder auf sie wartete, war kaum zu ertragen. Das Mädchen erhob sich, und die Türen glitten langsam auf. Sie verschwand in der Dunkelheit. Karen tippte etwas auf der Tastatur, und Xander erkannte den dunklen Eingang der Unterführung wieder. Im Hintergrund waren wie kleine Monde ein paar Straßenlaternen zu sehen, die aber nichts gegen die Dunkelheit auszurichten vermochten.

»Könnte der Mörder ebenfalls mit der Bahn gekommen sein oder den Tatort auf diesem Wege verlassen haben?«, fragte er.

»Das habe ich überprüft.« Sie schaufelte einen Block unter einem Haufen Blätter frei. »In den Stunden vor dem Mord sind keine Männer in der Bahn gewesen, auf die die Beschreibung passen würde, und auch nicht auf dem Bahnsteig.«

»Spul ein bisschen vor«, bat Xander sie.

Karen drückte eine Taste, und der Zähler in der Ecke begann schneller zu schnurren. Kurz darauf wurden die Konturen eines Lieferwagens sichtbar, der in einer langsam gleitenden Bewegung aus der Dunkelheit zu schwimmen schien. Der Chauffeur vollzog ein Wendemanöver, das auf einen routinierten Fahrer schließen ließ, und parkte den Wagen schließlich so, dass er die Tunnelöffnung verdeckte.

Xander fluchte.

»Scheiße! Er hat die Stelle offensichtlich im Voraus ausgekundschaftet!«

»Du könntest recht haben«, sagte Karen zögerlich.

»Stell fest, wann genau die Kameras im Tunnel sabotiert wurden. Ich kann mir nicht vorstellen, dass das Zufall ist!«

Er starrte angespannt auf die glänzende Front des Wagens. Das Kennzeichen war natürlich nicht zu erkennen. Ob das an der schlechten Auflösung der Überwachungsaufzeichnung lag oder ein bewusster Schachzug des Fahrers war, wusste er nicht, aber er vermutete, dass Letzteres der Fall war.

»Karen, kannst du Wunder vollbringen, was das Kennzeichen betrifft?«

»Ich fürchte, nein, die Kamera ist von lausiger Qualität. Man könnte meinen, die stamme aus einem Spielwarenladen. Völlig unbrauchbar.«

Etwas weckte Xanders Aufmerksamkeit. Während ihrer Unterhaltung hatte sich eine Veränderung in dem dunklen Stillleben vollzogen.

»Spul ein Stück zurück!«

Karen drehte einen Knopf.

Xander beugte sich vor. Die Front des Wagens sackte in einer leichten Wellenbewegung ab, gleich darauf war hinter der Windschutzscheibe die Andeutung einer Silhouette zu sehen. Das Gesicht des Fahrers war von einer Kapuze verdeckt, als wüsste der Betreffende exakt, wie er den Kopf halten musste, damit sein Gesicht nicht zu erkennen war. Der Wagen setzte sich langsam in Bewegung. Die Scheinwerfer waren ausgeschaltet. Gleich darauf war das Auto verschwunden, und sie starrten auf einen leeren schwarzen Kreis.

»Verflixt und zugenäht«, fluchte er.

Das Schicksal schien sich mit dem Mörder verbündet zu haben.

Xander blieb vor dem Technikerwagen stehen, um die neuen Informationen sacken zu lassen. Etwas an der Personenbeschreibung der aufgewühlten Frührentnerin veranlasste ihn, in Teglholmen anzurufen, wo er sich zu Birthe durchstellen ließ und sie bat herauszufinden, wo der geistig verwirrte Mann vom Assistens Kirkegård sich befand. Der Friedhofsgräber Svend hatte ihn als Vogelscheuche beschrieben. Xander sah das schmale, hohlwangige Gesicht vor sich. Wie ein Raubvogel, hatte er gedacht. Mit einer besonderen Glut in den Augen. Ob Wahnsinn oder wilde Aggression konnte er nicht sagen, aber er hatte einen Anflug von Angst verspürt, als ihre Blicke sich im Verhörraum begegnet waren.

Die Arme und Beine der Vogelscheuche waren streichholzdünn, aber unter der ungewaschenen Haut hatten seine Muskeln energisch gezuckt.

*

»Bitte«, sagte Xander wenig später und verzog das Gesicht. Er hielt zwei bis zum Rand mit braunem dampfendem Kaffee gefüllte Plastikbecher in den Händen. Josefine und er hatten sich ein wenig aus der Betriebsamkeit und dem grellen Scheinwerferlicht in der Unterführung zurückgezogen.

Sie schenkte ihm ein dankbares Lächeln. Sie konnte jetzt wirklich etwas Aufmunterndes brauchen. Über das grausame Szenario hinaus hatte eine bleischwere Erschöpfung sie befallen.

Sie nahm ihm vorsichtig einen Becher aus der Hand, pustete kurz und trank dann einen Schluck Kaffee, der überraschend gut schmeckte.

»Ich hatte im Gefühl, dass noch mehr Morde passieren würden«, sagte Xander.

Er starrte mit nach innen gewandtem Blick in die Dunkelheit und drehte sich dann zu ihr um. Sein Blick war finster, die Falten an den Augenwinkeln bildeten feine Spinnweben. Lachfalten am Tag, dachte Josefine. Und Kummerfalten in der Nacht.

Kapitel 31

Das Mehrfamilienhaus in Nørrebro erinnerte an einen Ostberliner Wohnblock mit den typischen metallenen Laubengängen, die sich in grellen Farben um das rote Backsteingebäude wanden, das ein wenig abseits in einer kleineren, sparsam beleuchteten Seitenstraße lag. Xander fand den Ort ein wenig düster. Er suchte den Nachnamen von Belindas Mutter auf der unübersichtlich großen Namenstafel, die vermuten ließ, dass der Wohnkomplex nicht nur von außen riesig wirkte. Jemand hatte sich mit einem Edding auf der Tafel verkünstelt mit dem Resultat, dass die kleinen Namensschilder hinter der Kunststoffabdeckung schwer bis gar nicht mehr zu entziffern waren. Nach langer Suche fand er den Namen und holte noch einmal tief Luft, ehe er die Klingel drückte. Es begann im Lautsprecher zu rauschen, als hätte die Bewohnerin an der Gegensprechanlage gewartet, obwohl es mitten in der Nacht war.

Er stellte sich kurz vor, und ein leises Klicken verriet, dass die Tür jetzt offen war. Der Treppenaufgang schien, wenn überhaupt möglich, noch hässlicher als die Fassade und verstärkte das ohnehin schon tiefe Unbehagen, das ihn jedes Mal überkam, wenn er Eltern die schrecklichste aller Botschaften überbringen musste. Dass ein Kind nicht nur tot, sondern ermordet worden war. In diesem Fall auf unbeschreiblich brutale Weise. An diesen Teil seiner Arbeit würde er sich niemals gewöhnen. Trotzdem zwang er sich, die Treppen bis in den dritten Stock hochzugehen. Die Tür war angelehnt. Der Geruch von Nikotin und einem starken Putzmittel stieg ihm in die Nase, als er die Wohnung betrat. Die Mutter stand mit dem Rücken zu ihm im Wohnzimmer, und bereits aus der Entfernung sah er, dass sie zitterte.

»Ist … Belinda etwas zugestoßen?«, fragte sie, ohne sich umzudrehen.

Xander sah zu Boden und merkte, wie sein Hals sich zuschnürte.

»Ja«, antwortete er und räusperte sich.

Sie drehte sich zu ihm um, und er hatte das Gefühl, dass sie die Nachricht in seinem Gesicht ablesen konnte.

»Ist sie … ist sie tot?«

Ihre Stimme brach.

Xander nickte langsam.

Er machte einen Schritt auf sie zu, unterließ es aber, sie zu berühren, weil er befürchtete, dass sie dann zusammenklappen würde.

Die Mutter trug schwarze Stulpen und ein schwarzes T-Shirt, als hätte sie den Bescheid über den Tod ihrer

Tochter erwartet. Reste von Make-up waren unter ihren Augen gelandet, obgleich deutlich zu sehen war, dass sie normalerweise auf ihr Äußeres achtete. Sie war schlank, sonnengebräunt und knochig. Er schätzte sie auf irgendwo zwischen vierzig und fünfzig.

»Sie muss noch identifiziert werden ... Denken Sie, dass Sie das schaffen?«

Sie nickte.

»Aber ... wie ...?«

Sie brach den Satz ab und starrte auf den Boden, die Arme krampfhaft um den Oberkörper geschlungen. Die Knöchel ihrer Hände leuchteten weiß.

»Wollen wir uns nicht erst einmal setzen?«, schlug Xander vor, nachdem er sich noch einmal geräuspert hatte.

»Ja ...«

Sie zeigte kraftlos zu einem Sofa, auf das sie sich setzten, und steckte sich eine Zigarette an.

»Was verschweigen Sie mir?«, fragte sie in plötzlich aggressivem Tonfall.

Xander starrte auf seine Hände.

»Ich muss Ihnen leider mitteilen ... dass Belinda ermordet wurde ...«

Sie sah ihn mit schneidendem Blick an. Das Weiße in den Augen wurde rot, als hielte sie die Luft an. Ansonsten war sie bis auf ein Zittern der Kinnpartie verblüffend ruhig.

Xander sah sich im Wohnzimmer um, wo gerahmte Fotos an den Wänden die Entwicklung der Tochter vom strahlenden Säugling bis zum Teenager mit Zahnspange zeigten. Das letzte Bild in der Serie war eine blutjunge Frau mit wissendem Blick.

»Wie … ist sie gestorben?«

Die Stimme war scharf.

»Sie wurde erschlagen«, sagte Xander. »Die vorläufige Untersuchung gibt an, dass der Tod als Folge stumpfer Gewalteinwirkung auf den Schädel eingetreten ist.«

Xander fluchte im Stillen über die plumpe Formulierung, aber gab es überhaupt eine schonendere Beschreibung für das, was in der Unterführung geschehen war? Er wartete auf eine Reaktion, die nicht kam. Die Frau war wie versteinert. Das war irgendwie beklemmender, als wenn sie geschrien hätte, dachte er.

»Wissen Sie, ob sie heute mit jemandem verabredet war?«, fragte er nachdrücklich.

»Belinda hat mir nichts mehr erzählt«, sagte die Mutter. »Sie hat sich völlig verändert. Wir haben früher über alles gesprochen, aber in den letzten Monaten ist sie mir immer fremder geworden … Als hätte sich irgendetwas zwischen uns geschoben. Ich bin überzeugt davon, dass es nicht um die üblichen Probleme zwischen Töchtern und Müttern ging … Ich habe mir ernsthaft Sorgen um sie gemacht.«

»Inwiefern?«

»Irgendwas war da ganz und gar nicht in Ordnung«, sagte die Mutter, ohne ihn anzusehen. »Ich hatte Angst, dass sie sich selber etwas antun könnte. Sie war für eine kurze Phase in der geschlossenen Abteilung der Psychiatrie, aber die haben sie wieder nach Hause geschickt, weil es ihr besser zu gehen schien.« Die Asche rieselte von ihrer Zigarettenspitze auf den Boden. Sie bemerkte es nicht. »Ich war völlig verzweifelt«, sprach sie weiter. »Ich hätte alles getan, um ihr zu helfen.«

»Was fehlte ihr?«

»Das konnte keiner sagen. Sie hat sich total verändert und wurde krank. Konnte nicht essen … war aggressiv … und schlief nachts nicht mehr. Sie hat Selbstgespräche in Sprachen geführt, die ich nicht kannte. Einmal habe ich in ihrem Zimmer eine tiefe Männerstimme gehört, aber als ich nachgesehen habe, war sie allein in ihrem Zimmer. Und sie hat hässliche Dinge zu mir gesagt … richtig hässliche Dinge. Sie können sich nicht vorstellen, was für Worte aus ihr herauskamen. Ich habe alles versucht … Eines Tages hat sie unsere Katze getötet. Das war so furchtbar. Sie hat so grauenvoll geschrien, und überall war Blut. Wir sind mehrmals deswegen zum Arzt gegangen, und vor Kurzem haben wir eine Psychiaterin aufgesucht. Sie hat ihr Tabletten verschrieben, aber nichts hat geholfen … Am Ende sind wir zu einem Priester gegangen …«

»Zu was für einem Priester?«

»Pater Dominic.«

Die Antwort erstaunte Xander nicht wirklich, als er sich die sehr spezielle Atmosphäre in der Wohnung des Priesters ins Gedächtnis rief.

»Er wohnt in der Kronprinsessegade«, fuhr sie fort. »Die Psychiaterin hat den Besuch vorgeschlagen. Ihr Name ist

Isabella Mont-Petersen. Sie meinte, es könne nicht schaden, einen Geistlichen aufzusuchen. Ich glaube aber, dass sie einfach keine Idee mehr hatte, was sie sonst noch tun sollte.«

Es entstand eine Pause.

»Darf ich Belindas Zimmer sehen?«

Die Frau sah zu einer Tür und drückte ihre Zigarette in einem überquellenden Aschenbecher aus.

Xander stand auf und ging zu der Tür, auf der ein Schild mit dem Namen der Tochter klebte.

Das Zimmer war der Prototyp aller Mädchenzimmer mit Postern von hübschen männlichen Schauspielern, Bergen von Klamotten, die auf dem Boden verteilt lagen, und einer Batterie an Parfums, Cremes und Make-up. Das Bett war nicht gemacht. Xander untersuchte den Inhalt der Schubladen einer kleineren Kommode und stutzte, als er auf eine Packung Rasierklingen stieß.

»Wir hatten abgemacht, dass sie ihr Zimmer aufräumt«, sagte die Mutter tonlos und stellte sich in den Türrahmen. Ihr Blick war noch immer starr und erschütternd tot.

»Machen Sie sich keine Sorgen, das stört mich nicht«, versicherte Xander.

Sein Blick fiel auf einen Laptop, der halb unter der Bettdecke verborgen war.

»Ist es in Ordnung, wenn ich den Laptop zur näheren Untersuchung mitnehme? Sie bekommen ihn danach zurück, und ich verspreche, gut auf ihn aufzupassen.«

Sie nickte.

Das Gerät hatte eine hellrote Hülle und war mit Klebebildchen übersät. Xander klemmte ihn vorsichtig unter den Arm.

»Wann kann ich sie sehen?«

»Ich rufe Sie an, sobald ich Genaueres weiß. Sie müssen sich aber auf ein paar Tage einrichten, weil …«

»… sie obduziert werden muss«, beendete die Mutter den Satz.

»Ja …«

Sie schluckte.

»Haben Sie jemanden, der zu Ihnen kommen kann? Vielleicht Belindas Vater?«

»Wir haben keinen Kontakt. Er ist aus unserem Leben verschwunden, als sie noch ein Säugling war. Aber wenn Sie meine Schwester informieren könnten. Sie heißt Mette.«

Die Frau schrieb eine Nummer auf einen Zettel und reichte ihn Xander.

»Natürlich.«

Xander verließ die Wohnung, kurz nachdem die Schwester gekommen war, ein fast hundertprozentiger Klon der unglücklichen Frau, die jetzt zusammengesunken auf dem Sofa lag und ins Leere starrte. Als er die Treppen hinunterging, hallte ein langgezogener Schrei durchs Treppenhaus. Er verharrte kurz, ehe er weiterging. Nicht selten setzte die Reaktion auf eine Todesnachricht verzögert ein, und jeder Mensch reagierte unterschiedlich. Darum war nur schwer vorherzusagen, wie Menschen die Katastrophe verarbeiteten. Er schloss den Wagen auf und legte den Laptop auf den Beifahrersitz. Dann steckte er sich eine Zigarette an und stand einen Augenblick in der Dunkelheit, um sich zu sammeln. Nach ein paar Zügen schnipste er die halb gerauchte Zigarette aus und setzte sich hinters Steuer.

Das waren die Momente, in denen er seine Arbeit hasste.

Kapitel 32

Xander lauschte der synthetischen Frauenstimme auf Isabella Mont-Petersens Anrufbeantworter. Die Praxis öffnete erst um elf Uhr, für akute, unaufschiebbare Fälle war die Nummer einer psychiatrischen Notaufnahme angegeben. Xander dachte, dass es vermutlich nicht die ressourcenstärkste Klientel war, die solche Notaufnahmen aufsuchte, und dass das, was ihnen fehlte, für die Umwelt unsichtbar war. Er dachte an die Vogelscheuche, deren starrer Blick sich auf seiner Netzhaut eingebrannt hatte. Birthe hatte herausgefunden, dass er sich seit dem Verhör in der Geschlossenen befand und somit als Verdächtiger nicht in Frage kam.

Im Laufe des Tages erreichte er die Psychiaterin und vereinbarte ein Treffen.

Er checkte seinen Kalender und befürchtete, dass ihm ein paar ungemütliche Stunden in den kühlen Räumen der Pathologie im Rechtsmedizinischen Institut bevorstanden.

Xander schnappte seine Jacke, die über einem Stuhl hing, und verließ das Büro.

Den größten Eindruck machte Belindas Gesicht auf ihn. Es war von Blut und Make-up gereinigt. In der Unterführung hatte sie mit den harten Lidstrichen erwachsen gewirkt, aber jetzt sah sie aus wie ein Kind. Es gab keine nennenswerten Gerüche, nur ab und zu eine schwache Chlorwolke, die sie umgab. Maria Holeby räusperte sich, ehe sie zu sprechen begann.

»Vorweg die Bemerkung, dass der Mord unmittelbar vor unserem Eintreffen geschehen ist. Das Blut war noch nicht geronnen, in den Augen stand vermeintlich Tränenflüssigkeit, die sich bei näherer Untersuchung als Weihwasser entpuppt hat, im Übrigen von der gleichen Sorte wie bei den anderen Opfern. Die Techniker haben eine kleine Plastikflasche mit dem gleichen Wasserprofil am Tatort gefunden. Darüber hinaus hatte sie ordentlich Alkohol im Blut.«

Josefine betrat den Sektionssaal und nickte Xander zu.

Ihm wurde schwindelig, als Josefine ihren Vortrag über die Zerstörungen des Schädels begann, den er schon einmal gehört hatte. Ein albtraumhaftes Déjà-vu. Er rieb sich die Augen und nahm den Geruch der Latexhandschuhe wahr. Spucke sammelte sich in seinem Mund. Noch übler wurde ihm bei der Erwähnung der Tatsache, dass das Opfer sich ein Stück der Zunge abgebissen hatte – eins der grauenvollen Details am Tatort, die er fast erfolgreich verdrängt hatte. Er spürte Josefines Seitenblick, während er sich ganz auf die beigen Bodenfliesen konzentrierte. Er zählte sie, um sich abzulenken. Noch nie war er bei einer

Obduktion so kurz davor gewesen, sich zu übergeben. Es war nicht die massive Schädelverletzung, sondern die Vorstellung, dass das Opfer im Grunde genommen noch ein Kind war. Altersmäßig und rein theoretisch hätte es seine eigene Tochter sein können, wenn er sich denn mit einer seiner Freundinnen hätte vorstellen können, eine Familie zu gründen.

Nach beendeter Obduktion stand er noch eine Weile auf dem Flur, um sich zu sammeln.

»Alles okay?«

Josefines Stimme.

»Ja … einigermaßen«, stammelte er.

»Ich dachte schon, Sie würden aus den Latschen kippen.«

Sie kam zu ihm und legte ihre Hand auf seine Schulter.

»Das erwischt zwischendurch jeden von uns«, sagte sie. »Der ganze Dreck, die sinnlose Gewalt, die weggeworfenen Leben … Manchmal komme ich mir vor wie ein Müllmann. Haben Sie jemanden, mit dem Sie über solche Sachen reden können?«

»Ähm, nein«, antwortete Xander langsam. »Ich versuche einfach, an etwas anderes zu denken.«

»Entschuldigung, wenn ich das sage, aber das hört sich nicht nach einer guten Strategie an. Das staut sich alles auf, hier drinnen«, sagte sie und tippte sich mit dem Zeigefinger an die hellblaue OP-Haube. »Typisch Mann, mit allem allein fertigwerden zu wollen!«

»Und wie machen Sie das?«

»Wir brauchen uns hier drinnen gegenseitig«, sagte sie. »Zum Abladen, sonst wird man ja irgendwann gaga …«

*

Der Türsummer ging, und er stieg die Treppe in den zweiten Stock, wo die Psychiaterin ihre Praxis hatte.

Er konnte nicht sagen, was für Patiententypen er im Wartezimmer erwartet hatte, aber die zwei, die dort saßen, machten einen komplett normalen Eindruck auf ihn. Das hätte ebenso gut eine konventionelle Arztpraxis sein können, in die man mit seinen körperlichen Wehwehchen kam.

Xander blätterte in einem Magazin, als er im Hintergrund registrierte, dass jemand seinen Namen sagte. Er hob den Blick und musterte die Psychiaterin. Sie begrüßten sich kurz, und er folgte ihr in ein nach frischer Farbe riechendes Büro.

»Ist es korrekt, dass Belinda Henriksen bei Ihnen in Behandlung ist?«

»Ja … Ist ihr etwas passiert?«

»Ja. Ich muss Ihnen leider mitteilen, dass sie gestern Abend ermordet worden ist.«

»Oh, mein Gott … Das arme Mädchen«, sagte die Psychiaterin leise.

»Wo sind Sie gestern zwischen neun und zehn Uhr gewesen?«

Ihr Blick verhärtete sich.

»Sie wollen damit nicht sagen, dass ich …«

»Ich muss sämtliche Personen aus Belindas Umfeld überprüfen und wo sie sich um den Mordzeitpunkt herum befunden haben. Und ob es Ihnen gefällt oder nicht, Sie gehören zu diesem Kreis.«

»Natürlich«, sagte die Psychiaterin und schien sich wieder gefasst zu haben.

»Ich habe gestern Abend zwei Gutachten geschrieben und bin erst spät damit fertig geworden«, erklärte sie. »Auf dem Heimweg habe ich mir in einem Takeaway was zu essen gekauft.« Die Psychiaterin notierte den Namen der Fast-Food-Kette auf einem Zettel, den sie Xander über den Tisch zuschob. »Keine Ahnung, ob die sich an mich erinnern. Danach bin ich direkt nach Hause gefahren und habe gegessen … allein …«

Xander machte sich eine Notiz.

»Warum ist sie zu Ihnen gekommen?«

»Ich war gerade dabei, eine psychiatrische Auswertung zu ihrem Fall zu schreiben. Aber ich muss ehrlich zugeben, dass ich keine wirkliche Idee habe, was ihr fehlt … Keine der klassischen Diagnosen kann gänzlich ihren Zustand beschreiben.«

»Was stimmte nicht mit ihr?«

»Also, zuerst bin ich von etwas Somatischem ausgegangen … einer physischen Störung. Sie war abgemagert, und ich hatte den Verdacht auf eine unentdeckte Lungenentzündung, aber ihr Hausarzt konnte keine Anzeichen für eine Infektion finden. Ich habe eine Antipsychotika-Therapie mit ihr begonnen, die offenbar keine Wirkung hatte. Wobei es nicht unbedingt ungewöhnlich ist, dass es eine Zeit dauert, bis die Präparate anschlagen.«

Sie verstummte.

»Wie ist sie gestorben?«

»Das kann ich Ihnen leider nicht sagen.«

»Okay, ich verstehe«, sagte die Psychiaterin und massierte sich kurz die Stirn. »Wie gesagt, ich war, was ihre Diagnose betrifft, etwas ratlos«, fuhr sie fort. Sie schien weit weg mit den Gedanken. »Sie hat Kommentare von sich gegeben ... mit stark sexuellen Untertönen ... blasphemische Schimpfwörter ... Das ließ mich an Tourette denken. Die Mutter konnte sich nicht erklären, wo sie die heftigen antichristlichen Ausdrücke herhatte. Ich war extrem unsicher, was zu tun ist, und dachte, dass es nicht schaden könne, einen Priester aufzusuchen. Belinda hat währenddessen weiter ihre Medikamente genommen. Ich war ernsthaft besorgt um sie. Sie sah zunehmend verlottert aus und hat die Schule geschwänzt ... Und es waren Anzeichen von selbstverletzendem Verhalten zu erkennen. Zum Beispiel habe ich entdeckt, dass sie Nadeln geschluckt hat. Eine dissoziative Identitätsstörung war auch nicht auszuschließen ... ein sehr selten vorkommender Zustand, bei der sich die Psyche des Patienten in mehrere Teilpersönlichkeiten aufspaltet, ohne dass sich derjenige hinterher daran erinnern kann. Das ist ziemlich unheimlich ... Die betreffenden Personen haben völlig unterschiedliche Stimmen und Verhaltensweisen.«

»Wie kommt es zu solchen Störungen?«

»Typischerweise nach sexuellem Missbrauch, aber auch andere grenzüberschreitende, traumatische Erlebnisse können den Zustand hervorrufen. Aber im Grunde genommen ist es für die Fachleute nach wie vor ein Rätsel, warum es passiert. Manche meinen, es könne sich um einen angeborenen Hirndefekt handeln …«

»Halten Sie es für möglich, dass es in der Familie sexuellen Missbrauch gegeben hat?«

»Ehrlich gesagt, nein … Aber man kann ja nie wissen.«

»Nein«, sagte Xander, der schon in etlichen Fällen ermittelt hatte, in denen sich hinter den glänzendsten Fassaden oft die grausamsten Familientragödien abspielten, in denen Inzest nur ein Teil der Lebenslüge war.

»Ich gehe davon aus, dass ein Psychiater seine Patienten eher selten an einen Priester überweist?«

»Das kann man getrost sagen. Aber ich hatte zufällig im Radio ein Interview mit einem katholischen Priester über seine Arbeit gehört. Und der ist etwas so Außergewöhnliches wie ein Teufelsaustreiber.

Etwas an der Art und Weise … wie soll ich das erklären … wie er über Besessenheit gesprochen hat, hat mich an Belindas Fall erinnert. Und da dachte ich, dass es als Ergänzung zu meiner Behandlung nicht schaden könne …«

»Der Priester heißt nicht zufällig Pater Dominic?«

»Ja …«

Sie sah ihn überrascht an.

»Nur eine Vermutung«, erklärte Xander lächelnd. »Haben Sie Kontakt zu ihm aufgenommen?«

»Ja. Und ich war mit Belinda bei ihm zu Hause, wo er eine … Teufelsaustreibung an ihr vorgenommen hat. Das werde ich mein Lebtag nicht vergessen. Sie hat extrem reagiert … hat mit einer Stimme gesprochen, wie ich sie noch nie gehört habe. Sie hat ihn angegriffen. In dem Moment war ich sicher, dass sie in der Lage wäre, ihn zu töten. Sie können sich nicht vorstellen, was da für Kräfte am Werk waren.«

Xander sah sie stumm an.

»Ich hoffe, das bleibt unter uns«, fuhr sie fort. »Sonst halten mich meine Kollegen noch selber für psychisch krank, weil ich Patienten an einen Exorzisten überweise. Das gäbe vermutlich eine Anzeige bei der obersten Gesundheitsbehörde, was weiß ich. In der Psychiatrie ist kein Platz für Glauben«, sagte sie schließlich. »Dort gelten allein naturwissenschaftliche Erklärungen. Aber ich muss gestehen, dass das nicht immer reicht. In manchen Fällen greift die Wissenschaft definitiv zu kurz, und um ganz ehrlich zu sein, wissen wir nicht immer, was wir tun. Zum Glück gibt es ein paar Präparate, denen eine physische Wirkung nachgewiesen werden kann. Aber das Gehirn ist nach wie vor eine *Black Box* und das am wenigsten erforschte Terrain in der Welt der Medizin, obgleich unter Hochdruck daran gearbeitet wird, die Milliarden Neuronen zu erkunden. Aber es wird immer ein paar Patienten geben, denen wir nicht helfen können und die durchs Netz fallen. Wir haben viel zu wenig Möglichkeiten, ihre Seelenpein zu lindern, denn sie leiden Höllenqualen – entschuldigen Sie den Ausdruck. Und die Politik innerhalb der psychiatrischen Institutionen trägt dazu bei, dass viele von ihnen auf der Straße enden, außerstande, für sich selbst zu sorgen. Aus unerfindlichen Gründen wirken die Medikamente bei ihnen nicht, oder sie sind fehldiagnostiziert. Die Zahl der Bettplätze ist historisch niedrig, was dem steigenden Bedürfnis an Einweisungen von Patienten für eine gründliche Untersuchung widerspricht. Das System ist mürbe … Und die Wartezeiten sind ewig lang.«

Sie seufzte.

»Entschuldigen Sie, ich langweile Sie sicher mit diesen internen Geschichten …«

»Keinesfalls, wir erleben sie bei der Polizei ja auch oft hautnah«, erwiderte er.

Als Xander nach dem Treffen die Treppen hinunterging, dachte er über die Informationen nach, die er von der Psychiaterin bekommen hatte. Auf der Fahrt nach Teglholmen rief er Jørgen an und bat ihn, das Alibi von Isabella Mont-Petersen zu überprüfen. Es dauerte nicht lange, bis er zurückrief und ihre Aussage bestätigte. Die Besitzer des Fast-Food-Lokals hatten die Quittung ihrer Dancard-Zahlung gefunden, mit Uhrzeit und Datum und so weiter. Sie hätte es unmöglich nach Taastrup schaffen können und konnte somit aus Xanders Kreis der Verdächtigen gestrichen werden. Er rief sie an, um ihr zu sagen, dass sie von seiner Seite nichts mehr zu befürchten hätte. Während ihres Gespräches formte sich ein Gedanke in seinem Hinterkopf, und er fragte sie, ob er sie noch einmal konsultieren dürfe zum Thema Triggermechanismen bei Serienmördern aus psychiatrischer Perspektive. Er hatte das Bedürfnis, mehr über die dunklen Seiten psychisch gestörter Menschen zu erfahren. Als sie einwilligte, schärfte er ihr ein, alle Details zu dem Fall mit höchster Diskretion zu behandeln.

*

Am folgenden Tag saßen sie in seinem Büro, wo er ihr die brutalen Details der Morde schilderte.

»Was wissen Sie über Serienmörder?«, fragte er sie. »In dänischen Zusammenhängen kommen sie ja eher selten vor …«

»Ich bin keine Expertin, und die Mechanismen sind schwer zu erkennen, selbst für Fachleute. Aber wenig überraschend haben alle eine Scheißkindheit gehabt … Viele sind in Heimen aufgewachsen, ihr Alltag ist meist von Gewalt geprägt gewesen, was dazu führt, dass das Kind Gewalt für eine akzeptierte Umgangsform hält. Addiert man Alkohol- und Drogenmissbrauch in den Familien hinzu, besteht das Risiko, dass sich das Kind zu einem Serienmörder entwickelt. Die Gewalt im Elternhaus zwingt das Kind, sich Freiräume zu suchen … Viele flüchten in eine Fantasiewelt, in der sie sich sicher fühlen. Die kriminelle Karriere wird schrittweise eingeleitet, zuerst mit kleineren Delikten, die irgendwann eskalieren … Manche quälen Tiere oder üben Gewalt an jüngeren Geschwistern aus. Einen Mord zu begehen ist ein zyklischer Prozess«, fuhr Isabella fort. »Eine Art Phase, in der sich ein dunkles, zynisches Ich entwickelt, die sogenannte Dissoziation – eine Katzenklappe im Bewusstsein, um schmerzlichen Erinnerungen und Gefühlen zu entkommen. Und in diesem Rückzugsraum entsteht eine Pseudoexistenz, die mit der Realität verbunden ist, und eine heimliche Identität, das Böse, wenn Sie so wollen – ein dunkler Schatten.« Sie machte eine kurze Pause, ehe sie zum Schlusssatz ansetzte: »Und wie Sie sehr wohl wissen, sagt die Statistik, dass Sie einen Mann suchen.«

Xander nickte.

»Mit der Zeit wird die dunkle Seite stärker als die helle, und die betreffende Person fühlt sich von ihrem dunklen Ego besessen. Gleichzeitig fühlt die gute Seite sich schuldig wegen der bösen Gedanken, die sie darum zu unterdrücken versucht. Böse Fantasien wecken den Appetit zu morden, aber in ihrem tiefsten Innern fühlt die Person möglicherweise Abscheu gegenüber der eigenen Tat. Eine Abscheu, die konstant gegen die gespannte Erregung ankämpft. Sie gelobt sich hoch und heilig, nie, nie wieder so weit zu gehen wie beim letzten Mal. Es vollzieht sich ein innerer Machtkampf zwischen Gut und Böse. Aber die Zeit wird kommen, in der die böse Seite neu erwacht und der Mörder der Mordlust ein weiteres Mal nachgibt. Und wieder wird er Schuld fühlen und schwören, das nie mehr zu tun, aber inzwischen hat sich seine Persönlichkeit drastisch verändert. Die dunkle Seite hat die Kontrolle übernommen. Er hasst und fürchtet sie, aber zugleich genießt er die Macht, die er hat. Das Böse hat gewonnen. Die Person hat es selbst freigelassen und damit sein persönliches Ungeheuer erschaffen, das immer von Neuem den Kick erleben will. Und für diesen Kick ist er gezwungen, wieder zu morden.«

Xander durchrieselte es kalt bei den Ausführungen der Psychiaterin. Es kam ihm plötzlich vor, als jagte er eine dunkle Macht und keinen Menschen. Er selbst vertrat die These, dass man ein Monster jagte, aber einen Menschen fing, wobei er gerade nicht mehr so sicher war, ob das stimmte.

Nachdem die Psychiaterin gegangen war, saß Xander mit den Füßen auf der Schreibtischplatte da und dachte über die bisherige Entwicklung des Falles nach. Pater Dominic und Isabella waren beide Experten menschlicher Abgründe. Sie kamen aus scheinbar völlig unterschiedlichen, durch wasserdichte Schotten getrennten Welten und behaupteten beide, gepeinigte Seelen heilen zu können. Beide hatten vergeblich versucht, Belinda zu helfen. Der eine mit Gebeten und religiösen Ritualen. Die andere mit Gesprächstherapie und Psychopharmaka.

Der Psychiaterin waren Zweifel gekommen, und sie war einen Schritt weiter gegangen, indem sie sich an den

Priester gewandt hatte. Ein mutiger Schritt, dachte Xander und überlegte, was es sie an Überwindung gekostet haben musste, sich für etwas zu entscheiden, das sie im Grunde aus tiefster Überzeugung als Hokuspokus abtat.

War die Psychiatrie an ihre Grenzen gelangt? War das Netz nicht feinmaschig genug, um alle Diagnosen einzufangen? Gab es wirklich böse, teuflische Kräfte, die anfällige Menschen befielen? Er wurde täglich mit dem Resultat der zerstörerischen Kraft des Bösen konfrontiert. Aber ob dafür Teufel, Dämonen oder ganz andere Kräfte verantwortlich waren, vermochte er nicht zu beantworten.

War man grundsätzlich böse, wenn man grausame Taten beging? War geistige Verwirrung bereits eine Form von Besessenheit und der Mensch in Wirklichkeit unschuldig?

Er seufzte und stand auf, um sich einen Becher Kaffee zu holen. Als er zurück ins Büro kam, klingelte das Telefon. Es war Karen aus der technischen Abteilung, die ihn informierte, dass sie ihm gerade ein Video geschickt hatte, das er sich unbedingt ansehen sollte.

Xander drückte die Playtaste. Karen hatte ihm in der Mail geschrieben, dass es sie eine schlaflose Nacht gekostet habe, das Bild so aufzuklaren, gefolgt von einem zufriedenen Smiley. Er starrte auf eine dunkle Fläche, auf der sich ein paar Schatten bewegten. Nach einer Weile erkannte Xander in einer kurzen Sequenz die Silhouette eines Menschen. Das Video stammte aus einer der funktionierenden

Überwachungskameras vor der Unterführung der Station Taastrup, in der Belinda ermordet worden war.

Leicht irritiert suchte er nach Karens Nummer. Sie nahm sofort ab, und seine Sinne schärften sich, als sie meinte, er solle einen Biometrik-Experten befragen. Es war ihr gelungen, die Bildsequenz eines einzelnen Schrittes sichtbar zu machen. Xander bedankte sich für ihren Einsatz und legte auf.

Er saugte nachdenklich an der Unterlippe, während er nach der nächsten Nummer suchte. Gleich darauf hatte er Josefines Stimme im Ohr.

»Sie haben einen ganzen Schritt rekonstruiert?«

»Eine Sequenz von etwa zwei Sekunden, nicht gerade viel …«

»Schicken Sie mir die Datei, ich sehe sie mir an. Ich kann sie durch unser Animationsprogramm schicken und vielleicht noch etwas mehr aus der Sequenz herausholen. Aber ich kann nicht versprechen, dass ich heute schon mit einem Ergebnis aufwarten kann.«

»Je mehr Sie herausfinden, desto besser«, sagte Xander. »Nehmen Sie sich die Zeit, die Sie brauchen.«

Nachdem er Josefine die Datei geschickt hatte, dachte er, dass das dunkle Video charakteristisch für die ganze Ermittlung war. Es war wie eine Gespensterjagd im Dunkeln. Jedes Mal, wenn er glaubte, ein Fadenende gefunden zu haben, zerbröselte es ihm zwischen den Fingern. Das Gefühl, dass der Mörder ihm die ganze Zeit ein paar

Schritte voraus war, verstärkte die Vorahnung, dass in nicht allzu ferner Zukunft wieder etwas Furchtbares geschehen würde. Als wäre das Ganze erst der Anfang.

Kapitel 33

Xander blätterte den vorläufigen Obduktionsbericht durch, den er soeben per Mail erhalten hatte. Mit den kurzen, nüchternen Beschreibungen stellten sich Flashbacks von Belindas starrem Blick auf der Netzhaut ein. Die Todesursache war, wie Josefine schon vermutet hatte, ein Knochensplitter vom Schädel, der sich als Folge stumpfer Gewalt tief in das Gehirn gebohrt hatte. Aber auch ohne den Knochensplitter wäre sie unmittelbar darauf an dem offenen Schädelbruch gestorben. Xander hatte gelernt, das Ärztelatein einigermaßen zu dechiffrieren, stockte aber, als er auf einen Begriff stieß, den er nicht einordnen konnte. Mit einem irritierten Seufzer tippte er Maria Holebys Nummer ein. Er musste etwas warten, weil sie gerade telefonierte.

»Hallo«, sagte Xander. »Ich lese gerade Ihren Bericht und wollte wissen, was *Dermatitis artefacta* bedeutet.«

»Selbstverletzung«, antwortete Maria. »Sie hat Schnittnarben an den Innenseiten der Handgelenke.«

»Und das können keine Abwehrverletzungen sein?«

»Nein, die Wunden sind fast verheilt. Und es liegen

keine anderen Schnittverletzungen vor. Außerdem sind sie oberflächlich und auf charakteristische Weise gleichmäßig … wie Rillen. Der Mensch ist von Natur aus nicht so veranlagt, sich selbst zu verletzen. Es ist wohl in unserem Wesen verankert, dass wir keine verunstaltenden Narben haben wollen«, sagte sie.

Es entstand eine leise rauschende Pause. Die Verbindung war schlecht, und es klang, als befände sich Maria auf einem anderen Kontinent.

Xander bedankte sich für die Aufklärung und beendete das Gespräch.

Er dachte an die Rasierklingen in Belindas Kommodenschublade und fröstelte bei dem Gedanken, was sie damit gemacht hatte.

Er tippte erneut eine Nummer ein und hatte gleich darauf Pater Dominics tiefe Stimme im Ohr.

»Sie haben eine Klientin namens Belinda …«

»Ja, das stimmt.«

»Ich habe mit ihrer Psychiaterin gesprochen, Isabella Mont-Petersen.«

»Ich kann leider keine Auskünfte über meine Klienten geben, wie Sie sicherlich verstehen.«

»Belinda ist tot«, sagte Xander ohne Umschweife.

»Gütiger Gott …«, sagte der Priester. »Wie?«

»Sie wurde ermordet. Die Psychiaterin hat mir gesagt, dass sie Kontakt zu Ihnen aufgenommen hat wegen einer …«

»Teufelsaustreibung«, vollendete Pater Dominic den Satz. »Ja, das ist richtig. Sie hatte ein Radiointerview mit mir gehört und einige der charakteristischen Symptome für echte Besessenheit wiedererkannt. Die Psychiaterin war extrem beunruhigt wegen ihrer Patientin … und das mit gutem Grund.«

»Könnten Sie das genauer ausführen?«

»Sie war stark angeschlagen. Ich bin überzeugt, dass ein oder sogar mehrere Dämonen involviert waren. Belinda hat ausgesprochen extrovertiert reagiert. Ich hatte Schwierigkeiten, die Séance durchzuführen. Sie hat unheimliche Kräfte mobilisiert … und das Weiße der Augen nach außen gewendet. Das habe ich bislang nur bei einer anderen Klientin erlebt.«

»Was haben Sie gestern Abend nach neun Uhr gemacht?«

»Ich war bei einem Sterbenden im Hospiz der Sankt-Lukas-Stiftung. Manchmal werde ich gerufen, wenn es aufs Ende zugeht. Ich war dort einige Stunden. Soll ich die Nummer raussuchen?«

»Danke, nicht nötig, ich schaue selbst im Netz nach.«

Kapitel 34

»Luisa Fernandez und Belinda wurden mit der gleichen Art Schlagwaffe ermordet«, sagte Josefine und drehte den Bildschirm in Xanders Richtung. Er war vorbeigekommen, um die neuesten Neuigkeiten über Bruchflächen und mehr über Biometrie zu erfahren.

»Weitere Vorschlaghammer-Morde?«

Sie schüttelte den Kopf und lehnte sich in ihrem Schreibtischstuhl zurück.

»Nein, hier handelt es sich eher um eine kompakte Version eines Vorschlaghammers … einen simplen Hammer. Handlicher und einfacher zu verstecken. Niemand schöpft Verdacht, wenn man beim Eisenwarenhändler oder im Supermarkt einen Hammer kauft.«

»Mit anderen Worten, unmöglich zurückzuverfolgen«, schob Xander ein.

»Ja, leider … Außerdem deutet die Platzierung des Schlagpunktes darauf hin, dass der Täter Rechtshänder ist …«

Xander stöhnte innerlich. Das schränkte die Zahl der

potenziellen Täter somit auf ungefähr fünfzig Prozent der erwachsenen männlichen Bevölkerung ein! Er schwieg und setzte sich auf einen Besucherstuhl.

»Sie wollten mir noch etwas über Biometrie erzählen?«

Sie nickte.

»Die Fähigkeit des Menschen, aufrecht zu gehen, ist in den Genen verankert, und die Charakteristika des individuellen Ganges werden bereits im Kindesalter von acht oder neun Jahren festgelegt und gelten das gesamte Leben lang. Erst im Alter verändert sich der Gang noch einmal, die Schrittlänge verkürzt sich, und die Körperhaltung wird gebeugter. Ein Kennzeichen der Gangart älterer Menschen ist unter anderem, dass sie breitspuriger gehen. Gangarten werden vererbt. Sehen Sie sich zum Beispiel Familien beim Spaziergang an – der Gang der Kinder ähnelt dem der Eltern. Ein einziger Schritt birgt eine ganze Geschichte.«

»Inwiefern?«

»Er kann etwas über Krankheiten verraten.« Josefine schob eine Locke hinters Ohr. »Es liegt in der Natur der Sache, dass eine Störung des Bewegungsapparates sich in der Gangart der betroffenen Person niederschlägt. Genauso können aber auch schwere Psychosen in der Gangart abgelesen werden.«

Xander sah Josefine fragend an.

»Menschen mit Psychosen haben einen auffälligen und unnatürlichen Gang, etwa weil sie versuchen, nicht auf die Fugen zwischen Fliesen zu treten, um Schreckliches zu vermeiden. Andere laufen im Passgang, was allerdings, wie ich glaube, auf eine Schädigung des Gehirns zurückzuführen ist …«

»Entschuldigung, hat der Passgang nicht eigentlich was mit Pferden zu tun?«

»Ja genau. Aber diese atypische und sehr auffällige Gangart ist in der Biometrie weit verbreitet. Dabei schwingt der Betreffende die Arme so, dass der linke Arm dem linken Bein folgt und so weiter. Normalerweise bewegen wir beim Gehen immer den dem jeweiligen Bein entgegengesetzten Arm nach vorn.«

»Was meinen Sie in diesem Zusammenhang zu unserem Täter?«, fragte Xander interessiert.

»Ein Schritt ist natürlich nicht viel«, murmelte Josefine und klickte mit der Maus verschiedene Punkte auf dem Bildschirm an. »Und im Dunkeln ist es schwer zu erkennen.« Sie stand auf, zog die Gardinen vor und setzte sich wieder auf ihren Schreibtischstuhl.

Der Bildschirm wurde schwarz.

»Ich habe die Sequenz durch unser Animationsprogramm geschickt und es auf Slow Motion runtergefahren«, erklärte Josefine.

Xander stand auf und stellte sich hinter sie, um besser sehen zu können. Ein Hauch ihres Parfums stieg ihm in die Nase, während er auf die schwarze Fläche starrte. Ein paar Lichtflecken blitzten auf, dann sah er etwas, das aussah wie ein sternenbesetzter Nachthimmel, über den sich Himmelskörper bewegten. Unmittelbar ergaben die Lichtflecken keinen Sinn für ihn, aber er spürte förmlich, dass Josefines Gehirn unter Hochdruck arbeitete.

»Was sehen Sie?«

»Tja, ich weiß nicht«, antwortete sie zögerlich. »Es sieht aus, als hätten wir es mit einer großen Person zu tun … mit einem energischen Gang.«

Sie gab wieder Befehle in die Tastatur ein und spulte die Sequenz zurück, um die Lichtpunkte diesmal in schnellerem Tempo abzuspielen, und jetzt konnte Xander die Bewegungen der Lichtpunkte auch zu einem Schritt zusammensetzen.

Josefine schob den Schreibtischstuhl zurück, ging zum Fenster und zog die Gardinen wieder auf.

»Ich versuche, die Aufnahme noch ein wenig zu bearbeiten«, sagte sie. »Aber dazu muss ich einen meiner Kollegen zu Rate ziehen, der Animationsspezialist ist.«

Xander war etwas enttäuscht, dass es keine bahnbrechenden neuen Erkenntnisse gab, was er sich aber nicht anmerken ließ, weil ihm klar war, dass Josefine viel Zeit mit der Auswertung der Bildsequenzen verbracht hatte. Er hoffte nur, dass sie die Enttäuschung nicht in seinen Bewegungen ablesen konnte, und bemühte sich, extra leichten Schrittes aus dem Büro zu gehen.

Kapitel 35

Isabellas Terminkalender füllte sich zunehmend. Heute waren die Patienten ausnahmsweise mal alle pünktlich, was längst nicht immer der Fall war. Menschen mit schwerwiegenden psychischen Problemen waren selten gut organisiert, und eine Verabredung zu einem festen Zeitpunkt stellte für einige von ihnen eine unüberwindbare Barriere dar. Viele blieben aus diesem Grund gleich ganz weg. Darüber hinaus hatten Patienten mit einer Sozialphobie zusätzlich damit zu kämpfen, ihre Angst vor der Anwesenheit anderer Menschen zu überwinden. Andere litten an Angst vor offenen Plätzen oder, im Gegenteil, vor kleinen geschlossenen Räumen wie beispielsweise Fahrstühlen.

Sie machte eine kurze Mittagspause und aß ein Sandwich an ihrem Schreibtisch. Isabella hatte die Nachmittagssprechzeit um eine Stunde nach hinten ausdehnen müssen, der letzte Patient war für Viertel nach fünf eingetragen. Ihr Blick fiel auf Belindas Krankenakte, und sie dachte an das gequälte Gesicht des Mädchens. Sie fühlte einen Stich von Unzulänglichkeit. Sie hätte sich stärker für Belinda einsetzen müssen. Aber dafür war es jetzt unwiderruflich zu spät. Sie erhob sich mit einem Seufzer, nahm die Akte und legte sie auf den Stapel der zu vernichtenden Unterlagen. Ein Zettel rutschte aus der Mappe und trudelte auf den Boden. Isabella hob ihn auf und starrte auf ihre eigene, kaum entzifferbare Schrift. Sie überlegte, was dort stand, als ihr einfiel, dass sie der Polizei eine wichtige Information vorenthalten hatte. Dass sie nämlich an dem hektischen Tag im Einkaufszentrum Belinda zusammen mit einer Person gesehen hatte, die sie niemals in einem Einkaufszentrum erwartet hätte, da es dort nur so von Menschen wimmelte und diese Person an einer extrem schweren Sozialphobie litt.

Isabella nahm sich vor, gleich am nächsten Morgen Alexander Damgaard anzurufen und ihm davon zu erzählen.

*

Nach dem letzten Patienten ging Isabella in die Küche, schenkte sich einen Becher Kaffee ein und rauchte eine Zigarette. Sie nippte an dem heißen Getränk und stöhnte leise bei der Aussicht auf weitere Stunden Papierkram. Über kurz oder lang würde sie eine Sekretärin einstellen müssen, wenn sie sich nicht totarbeiten wollte. Isabella begab sich zurück ins Sprechzimmer und stellte den Kaffeebecher auf einen freien Platz zwischen den Papierstapeln.

Die Außentür ging, und ihr fiel ein, dass sie vergessen hatte abzuschließen. Wahrscheinlich hatte einer der Nachbarn den späten Gast ins Haus gelassen. Es waren leichte Schritte zu hören, im nächsten Augenblick bewegte sich die Klinke, und ihre Bürotür wurde langsam aufgeschoben.

Isabella zuckte innerlich zusammen, als sie die Person auf der Türschwelle erkannte.

»Sie?«, sagte sie langsam. »Haben Sie sich im Tag geirrt …?«

Die Person antwortete nicht, schloss die Tür hinter sich und machte einen Schritt in den Raum hinein. Isabella spürte ein unruhiges Ziehen in der Magengegend, das mit explosiver Geschwindigkeit wuchs. Das war die Person, mit der Belinda im Einkaufszentrum gesprochen hatte. Jetzt bereute sie es noch mehr, Alexander Damgaard nichts von ihrer Beobachtung erzählt zu haben. Die Person durchbohrte Isabella mit dem Blick, während sich in ihrem Gesicht eine unheimliche Veränderung vollzog. Isabella war klar, dass die Situation sich zuspitzen und potenziell gefährlich werden konnte.

»Vertragen Sie Ihre Medikamente nicht?« Ihre Stimme zitterte leicht. »Setzen Sie sich, dann schaue ich gleich mal nach der Dosierung, wenn Sie schon mal hier sind.«

Sie gab den Nachnamen des Patienten in das Suchfeld ein und drückte auf Enter. Ihre Finger waren kalt und steif. Isabella spürte den glühenden Blick ihres Gegenübers auf sich, während sie sich Mühe gab, sich auf die Krankenakte zu konzentrieren. Es kam immer wieder vor, dass Patienten plötzlich aggressiv wurden – die Stimmung konnte im Bruchteil einer Sekunde kippen, wie wenn man einen Lichtschalter drückte.

Aus den Augenwinkeln registrierte sie einen Lichtreflex. Sie drehte das Gesicht zur Seite und begriff erst verzögert, dass ihr später Gast ein Skalpell auf sie gerichtet hatte.

»Wenn Sie schreien, bring ich Sie um«, warnte sie die ganz ruhige Stimme.

Die Person ging langsam auf Isabella zu, die ihren Blick nicht von dem Skalpell lösen konnte.

Kapitel 36

Josefine hatte den IT-Spezialisten Arne zu Rate gezogen. Seine Glatze schien frisch poliert und glänzte im Schein der Küchentischversion einer Poul-Henningsen-Lampe. Er hatte erzählt, dass er zu Hause alle Lampen des Lichtkünstlers habe, und ihr Fotos gezeigt. Josefine zog ihn immer wieder mit seinem Tick auf, womit er sich heroisch abfand. Arne trug die obligatorische Lederweste und ein kurzärmeliges erdbraunes Poloshirt. Das Einzige nicht Erdtönige an ihm waren seine Augen, die mit der Glatze um die Wette strahlten. Josefine hatte ihn noch nie unfreundlich oder grummelig erlebt, der Mann war schlicht und ergreifend auf sehr undänische Weise immer gut gelaunt. Arne hatte ein Faible für Josefine, und sie war immer die Erste auf der Liste, wenn etwas aktualisiert oder neu eingerichtet werden musste. Arne bestimmte souverän, wer wann einen neuen Computer bekam. Wer auf die Idee kam, ihn oder seinen Kollegen Mohammed herumzukommandieren, rutschte sehr schnell auf seiner Favoritenliste nach unten.

Josefine wusste nicht, was sie richtig gemacht hatte, dass Arne offensichtlich alles, womit er gerade beschäftigt war, fallen ließ, wenn sie ihn anrief oder eine Mail schickte etwas, das die *Eiskönigin* gehörig auf die Palme brachte, weil es häufig passierte, dass sie länger warten musste als ihrem Platz in der Hierarchie und dem Dienstalter angemessen.

Arnes Mondgesicht öffnete sich in einem freundlichen Lächeln, während er die Sonderbehandlung ihrer kurzen Bildsequenz erläuterte und das extra Aufpolieren der Schritte, also eine Erweiterung auf insgesamt drei Schritte in Folge. Das hörte sich nicht weltbewegend an, aber Josefine konnte sich sehr genau vorstellen, dass ihn das einige Überstunden gekostet hatte, was von Mohammeds eifrigem Nicken bestätigt wurde. Josefine war insgeheim fasziniert von seinem hübschen Äußeren und den kohlschwarzen funkelnden Augen. Er war immer in Arnes Kielwasser zu finden, die beiden waren wie siamesische Zwillinge.

»Ich habe das Gehirn des CT-Scanners ausgeborgt«, sagte Arne kryptisch.

Josefine vermutete, dass er damit auf die zwei Großrechner im Keller anspielte, die Bilddaten aus dem neu gekauften, hübsch geformten CT-Scanner bearbeiteten.

Arne herrschte wie ein Gott im Untergeschoss; er stellte Verbindungen her, führte kleinere Reparaturen aus und sorgte dafür, dass alles flutschte. Dafür nahm er sich zwischendurch ein paar Freiheiten heraus. Wie jetzt, wo er Kapazitäten der leistungsstarken Rechner für ganz andere Arbeiten abzweigte als von der Direktion vorgeschrieben.

Die in die Rechtsmedizin gebrachten Leichname wurden beim Eintreffen in ihrem Leichensack gescannt. Der Scanner war für die Pathologen eine entscheidende Hilfe, manche behaupteten sogar, er mache eine Obduktion überflüssig, weil die verfeinerte Technologie inzwischen so messerscharfe dreidimensionale Aufnahmen lieferte, dass man die Schlaftabletten darauf zählen konnte, die ein Selbstmörder geschluckt hatte.

»Was heißt geborgt?«, hakte Josefine nach.

»Sch«, flüsterte Arne und zwinkerte ihr zu. »Sir Henry würde ausrasten, wenn er wüsste …«

Josefine nickte wissend.

»Wir haben die Rechner höchstens ein paar Stunden geborgt, also die, die mit dem Scanner verbunden sind … So spät kommen ja selten Kunden rein«, sagte er und rieb sich mit dem Finger über den Nasenrücken. Er lächelte verschwörerisch. »Das machen wir hin und wieder, wenn wir ein paar extra Pferdestärken brauchen …«

»Ich will gar nicht mehr wissen!«, sagte Josefine.

Sie wollte sich nicht vorstellen, was Henry sagen würde, wenn er herausbekam, was hier nachts in seinem Keller vor sich ging. So friedlich er im Allgemeinen war, wusste sie, dass er explodieren würde, wenn er von den heimlichen Aktivitäten erführe.

»Willst du meinen neuen dreiarmigen Kronleuchter sehen?«, fragte Arne. Aus seinem Mund klang es wie ein unmoralisches Angebot. »Ein ganz seltenes Stück mit Schirmen aus gelbem Mattglas mit weißen Unterseiten, drei Unterschirmen aus einlagigem Opalglas … und einem Baldachin aus gebräuntem Messing. Und er ist höhenverstellbar. Leider ist am oberen Schirm ein Stück abgesplittert. Mohammed hat aber schon Ersatz im Netz gefunden«, fügte er mit hörbarer Erleichterung hinzu.

Er zeigte ihr eine Bildserie auf seinem iPhone mit dem gleichen Enthusiasmus, als ginge es um sein neugeborenes Enkelkind.

»Schick«, sagte Josefine und sah überrascht, dass Arne rot wurde. »Schauen wir uns jetzt die Bildsequenz an?«

Arne nickte.

»Ihr lasst euch nicht erwischen, okay?«

»Ganz ruhig. Mohammed und Jordan haben das im Griff. Das merkt keiner.«

Josefine hatte nicht gewusst, dass Jordan auch zu der geheimen Liga gehörte, aber irgendwie überraschte sie das nicht. Sie konnte sich die drei lebhaft vorstellen, wie sie bei Nacht und Nebel in geheimer Mission durch den Keller der Rechtsmedizin schlichen.

Arne tippte etwas auf der Tastatur und drehte dann den Bildschirm so, dass Josefine besser sehen konnte.

Sie erkannte die Lichtpunkte von dem Überwachungsfilm wieder. Arne spielte die Sequenz mehrmals in Slow Motion ab. Josefine starrte konzentriert auf die Bilder und versuchte, sich die charakteristischen Merkmale des Bewegungsablaufes einzuprägen. Der Gedanke, der gerade in ihrem Kopf Form anzunehmen begann, wurde zerschossen, als eine Falsettstimme durch das Büro gellte.

Keiner von ihnen hatte die *Eiskönigin* kommen hören.

»Wieso nimmt keiner das Telefon ab?«, fragte sie anklagend und stemmte die Hände in die Seiten ihres figurbetonenden Kittels. Ihre Augen funkelten. Selbst in wütendem Zustand sah sie umwerfend aus, aber sie verströmte etwas Bedrohliches. »Ich werde ständig aus dem PACS-System geworfen, und Muhammed hat offensichtlich sein Handy ausgeschaltet!«

»Er heißt Mohammed …«

»Whatever«, fiel sie ihm ins Wort. »Ich muss ins Bildarchiv, und das so schnell wie möglich. Die IT-Abteilung ist eine Serviceabteilung und kein Sozialamt!«

Mohammed materialisierte sich im Türrahmen, und Arne schickte ihm einen warnenden Blick.

»Mohammed geht mit Ihnen«, murmelte Arne.

Die *Eiskönigin* schritt aus dem Raum und hinterließ eine kühle Brise teuren Parfums.

»Wenn sie ihn noch einmal Muhammed nennt …«, sagte Arne leise und mit vor Wut funkelnden Augen.

Kapitel 37

Josefine zog den Kittel über den Kashmir-Rollkragenpullover. Ihre Kollegen hatten längst Feierabend gemacht, und sie war allein in der kühlen Stille des Labors, die nur durch ein hochfrequentes Summen der Neonröhre unterbrochen wurde, die zwischendurch flackerte und immer wieder aussetzte. Sie war bei der Katalogisierung der irdischen Überreste der neueren Gräber auf dem Assistens Kirkegård bis zu dem Kinderskelett aus der Grabstätte mit der schwarzen Marmorsäule vorgedrungen.

Sie seufzte, zog die Handschuhe aus und starrte auf die dunklen Knochen. Sie hatte Schwierigkeiten, sich auf die Arbeit zu konzentrieren. Der Junge vor ihr war genauso alt geworden wie ihr Bruder. Ihre Kehle schnürte sich zusammen, und ihr Blick war einen kurzen Moment durch einen Tränenschleier getrübt. Sie strich sich übers Kreuz und spürte den Nachhall eines Schmerzes, während ihre Gedanken in die Vergangenheit wanderten. Zu dem Chlorgeruch in der Klinik. Diesem schwindelerregenden Gefühl der Ohnmacht und Schuld. Zu den ausweichenden Blicken. Der Tod hatte Einzug gehalten, das war in die Gesichter der Klinikangestellten gemeißelt gewesen, auch wenn sie ihr Bestes getan hatten, das zu verbergen. All das Leid für nichts.

Josefine atmete tief ein und versuchte, sich zu sammeln. Die leeren Augenhöhlen des Schädels starrten sie an, und es durchrieselte sie kalt. Sie deckte die Knochen mit Luftpolsterfolie ab.

Die Neonröhre begann wieder zu sirren und zu blinken wie ein Morsealphabet. Es war ein flirrender Laut, ein bisschen wie ein Insekt. Kurz danach ging das Licht ganz aus.

Die Dunkelheit, die sie umhüllte, war so massiv, dass sie sich für einen Augenblick blind fühlte.

Josefine fröstelte und hoffte inständig, dass die elektronischen Schlösser nicht blockierten, wie sie es schon einmal erlebt hatte. Sie fühlte kein gesteigertes Bedürfnis, die Nacht in einem dunklen, engen Labor ohne Fenster zu verbringen.

Josefine bewegte sich vorsichtig auf die Stelle zu, wo sie die Tür vermutete. Sie legte die Hand auf die Klinke und spürte eine nahezu körperliche Erleichterung, als die Tür sich öffnen ließ, obgleich der dunkle Korridor auch nicht viel erhebender war. Langsam und mit steifen Schritten ging sie auf die wenigen Lichtflecken zu, die die Fenster von der Straßenbeleuchtung durchließen.

Am Ende des Korridors blieb sie stehen. Sie befand sich

vor Henrys großem Eckbüro und erkannte ihre eigene Silhouette in der Glasfassade, ehe sie im grünen Schein einer Notausgangslampe auf den Aufzug zusteuerte. Sie drückte den Knopf und hörte, wie sich der Fahrstuhl irgendwo unter ihr in Bewegung setzte. Dann war der Stromausfall offensichtlich lokal begrenzt, dachte sie.

Gleich darauf glitten die Türen geräuschlos auf, und sie trat in die Kabine, geblendet von dem grellen Licht. Die Türen brauchten eine halbe Ewigkeit, bis sie zugingen, und dann dauerte es noch eine Weile, bis der Fahrstuhl sich in Bewegung setzte. Nach unten. Sie hatte versehentlich K für Keller gedrückt. Fluchend tippte sie mehrmals auf E, aber die Abwärtsfahrt in die Kellerregionen ging unverdrossen weiter.

Ein kurzer Ruck verkündete das Erreichen der Endstation. Die Türen glitten erneut auf. Sie drückte energisch die E-Taste und wartete, dass es wieder nach oben ging.

Aus dem schummerigen Halbdunkel im Keller stieg ihr der beißende Geruch nach Desinfektionsmitteln in die Nase. Gegenüber vom Fahrstuhl war ein Kühlraum, in dem die Leichen verwahrt wurden – eine Art Warteraum zwischen Obduktion und Friedhof, kaltes Niemandsland auf dem Weg ins Nichts. Die Bezeichnung »Gottes Apothekerschrank« stammte noch aus den Zeiten, als die Leichen in separaten Kühlboxen lagen, die aussahen wie überdimensionale Stahlschubladen. Inzwischen wurden die Toten nach einem umfassenden Umbau auf Bahren in einem großen Kühlraum geparkt.

Nach einer neuerlich gefühlten halben Ewigkeit glitten die Türen zu, gerade als sie jemanden ihren Namen rufen hörte. Sie öffnete die Türen wieder, und die Dunkelheit sickerte in die Kabine wie schwarze kalte Luft.

Jetzt hörte sie die Stimme ganz deutlich ihren Namen rufen.

»Josefine …«

»Arne, bist du das?«, rief sie und trat einen Schritt aus dem Fahrstuhl heraus.

Was er um diese Zeit im Keller machte, war ihr schleierhaft, aber ihr war ja gerade erst demonstriert worden, dass nachts in der Rechtsmedizin Dinge vor sich gingen, die kein Tageslicht vertrugen. Josefine tastete nach einem Lichtschalter und wurde nach einer Weile fündig. Sie drückte alle, ohne dass sich etwas tat. Sie setzte sich in die Richtung in Bewegung, aus der die Stimme ihrer Meinung nach gekommen war.

Das schrille Quietschen ihrer Gummistiefelsohlen auf dem Linoleum hallte durch den langen Gang. Sie hatte den Blick auf den Boden gerichtet, wo auf dem glänzenden Belag normalerweise deutlich gelbe Streifen zu erkennen waren, die in der Dunkelheit aber nur graue Schatten ihrer selbst waren.

Josefine befand sich nun im Herzen des »Maschinenraums des Todes«. Ihr schoss durch den Kopf, dass, wenn ihr jetzt etwas zustoßen sollte, Henry garantiert herausfinden würde, was passiert war.

Das war ein beruhigender Trost in der Finsternis und die Erkenntnis, wie viel Henry ihr eigentlich bedeutete. Er war so viel mehr als ein verdammt guter Chef, fast eine Art Vaterfigur.

Sie selbst wurde immer mehr zur Mutter für ihren Vater.

Sie zuckte zusammen, als sie am Ende des Ganges eine große, reglos dastehende Gestalt sah.

»Arne, verflucht noch mal, du kannst mich doch nicht so zu Tode erschrecken …«

Es kam keine Antwort. Der Gedanke, dass das womöglich gar nicht Arne war, veranlasste sie stehen zu bleiben. In dem Moment ertönte dicht hinter ihr eine Stimme. Sie fuhr herum.

»Josefine?«

Sie erkannte den Hünen Jordan. Das Weiße seiner Augen blitzte kurz auf, bevor er eine Taschenlampe anknipste, deren Lichtkegel sich durch das dunkle Universum schnitt.

»Was um alles in der Welt machst du so spät hier unten?«

Ihre Stimme zitterte leicht und wurde von den gekachelten Wänden zurückgeworfen.

»Ich bin bei der Arbeit … versuche rauszufinden, was hier passiert ist. Scheint ein Kurzschluss irgendwo zu sein, weil nur stellenweise der Strom ausgefallen ist. Auf dem Klinikparkplatz brennt Licht, und der Fahrstuhl funktioniert. Hoffen wir mal, dass wir den Fehler schnell finden und es zu keiner Kettenreaktion kommt …«

In dem Augenblick brach ein ohrenbetäubender Alarm los.

»Das kommt aus dem Kühlraum«, stellte er fest.

»Wie kommst du darauf?«

»Der Alarm geht los, sobald die Temperatur über drei Grad ansteigt. Ich habe schon ein paar Techniker bestellt, aber viel zu spät. Das wird ein Vermögen kosten. In unserem System steckt gerade echt der Wurm drin.«

»Ich glaube, ich habe gerade Arne gesehen …«

»Das kann nicht sein.«

»Doch, am Ende des Ganges …«

»Bist du sicher?«

Sie nickte, bekam aber Zweifel. Die Dunkelheit war wirklich kompakt wie eine Wand.

»Arne hat Urlaub genommen. Er wollte auf einen Flohmarkt nach Jütland. Du weißt ja, dass er ständig auf der Suche nach ausgefallenen Ersatzteilen für seine vermaledeiten Lampen ist.«

»Aber … ich habe jemanden am Ende des Ganges gesehen …«

»Das will ich nicht hoffen«, sagte Jordan. »Weil es in dem Fall nur eine der Leichen aus dem Kühlraum sein kann …«

Er lachte. Josefine schluckte.

»Liebe Josefine, du arbeitest definitiv zu viel. Sieh zu, dass du nach Hause und ins Bett kommst.«

»Wahrscheinlich hast du recht …«

Mit einem festen Griff um die Schultern schob er sie zurück in den Fahrstuhl und drückte den Knopf ins Erdgeschoss. Bevor die Türen zuglitten, sagte er noch:

»Ich drehe noch eine Runde, sicherheitshalber. Schlaf gut, Schatz.«

Kapitel 38

Am nächsten Morgen lief Josefine wie aufgescheucht durch ihre Wohnung. Sie kam aus dem Bad und war spät dran. Die ganze Nacht hatte sie schreckliche Albträume gehabt, die ihr noch immer in den Knochen steckten. Die merkwürdige Stimmung im Keller der Rechtsmedizin schwappte immer wieder in ihr hoch. Sie nahm einen Becher aus dem Hängeschrank, der ihr aus der Hand fiel. Sie bückte sich fluchend, um die Scherben aufzusammeln. Dabei entdeckte sie etwas unter dem Kühlschrank. Mit Mühe bekam sie den Gegenstand zu fassen, der sich als Münze entpuppte. Sie schaltete das Licht über der Spüle ein und sah sich die Münze genauer an. Das Muster und die kurze Inschrift ließen ihr Herz erneut schneller schlagen wie an der Schwelle zum nächsten Albtraum. Die Gedanken mahlten in ihrem Kopf, als sie die Münze behutsam in einen Gefrierbeutel steckte und die restlichen Scherben aufsammelte.

Auf dem Weg zur Tür hinaus bemerkte sie in der Bauchtasche ihres Anoraks ein kleines eckiges Stück Pappe. Die

Visitenkarte des Priesters. Sie betrachtete die Karte einen Augenblick und legte sie dann auf ein Regalbrett im Eingangsflur.

*

»Xander«, leitete sie das Gespräch ein, »ich muss Ihnen etwas erzählen …«

Sie saß im Auto in einem endlosen Stau im Zentrum von Kopenhagen.

»Ja?«

»Ich habe zu Hause eine Münze gefunden. Unter dem Kühlschrank. Ich glaube nicht, dass sie dort schon lange liegt. Auf der Vorderseite ist das Motiv eines Teufels, auf der Rückseite steht *Lucifer.*«

»Irgendwelche Einbruchsspuren?«

»Nein.«

»Können Sie mit der Münze bei mir vorbeikommen? Möglicherweise sind Fingerabdrücke darauf.«

»Ja. Ich habe sie in einen Gefrierbeutel gepackt, aber natürlich vorher angefasst, als ich sie unter dem Kühlschrank vorgeholt habe.«

»Wenn andere Fingerabdrücke darauf zu finden sind, wird Kenneth sie finden, selbst wenn sie nicht komplett sind.«

Kapitel 39

Charlotte Scavenius' Hände waren schwielig wie die eines Arbeiters, die Fingernägel dick und rissig. Auf der Silbermünze, die Josefine unter ihrem Kühlschrank gefunden hatte, waren keine Fingerabdrücke gewesen. Xander hatte sofort die Techniker darangesetzt, sie zu untersuchen. Josefine hatte ihrerseits vorgeschlagen, Charlotte Scavenius für eine Begutachtung der Münze heranzuziehen, da sie eine Zeit lang in der Königlichen Münz- und Medaillensammlung angestellt gewesen war und als große Expertin in diesem Bereich galt.

Die Münze schimmerte im Licht der Architektenlampe, deren Schirm die Kollegin zu sich gedreht hatte. Wegen des Gewichtes und des dunkel angelaufenen Metalls war Josefine sicher, dass es sich um Silber handelte.

Sie waren im Arbeitscontainer auf dem Assistens Kirkegård.

Charlottes Gesichtsausdruck war konzentriert und ernst.

»Wo hast du sie gefunden?«

»Unter meinem Kühlschrank«, antwortete Josefine.

»Hm, das ist schon sehr, sehr merkwürdig«, murmelte Charlotte. »Kunstvolle Silberarbeit, übrigens«, fuhr sie fort. »Ausgewogene Harmonie von Motiv und Inskription. Es tut mir leid, aber die wirst du wohl als in Dänemark gefundenen archäologischen Gegenstand abgeben müssen …«

»Meinetwegen, ich hatte nicht vor, sie zu behalten.«

»Ich habe schon einige solcher Münzen gesehen«, sagte Charlotte und setzte die Lesebrille ab. »Vor ungefähr zehn Jahren hat mich der Vorsitzende des Gemeindekirchenrats der Kirche Unserer Lieben Frau wegen eines beunruhigenden Fundes kontaktiert. Ich musste unterschreiben, dass ich nicht damit an die Öffentlichkeit gehe.«

»Womit?«

»Sie waren dabei, die Kirche für die Hochzeit des Kronprinzenpaares vorzubereiten … Es herrschte nahezu hysterische Vorfreude auf das große Ereignis. Alles stand kopf. Als die Fernsehteams und sonstigen Medien ihren Gerätefuhrpark aufbauten, stellte sich heraus, dass Thorvaldsens wunderschöner *Taufengel* neben dem Altar im Weg stand. Du weißt schon, der Engel mit der Muschelschale, die als Taufbecken genutzt wird. Ein paar Kamerafuzzies meinten, die Statue würde die Sicht blockieren. Ich vermute, dass das Königshaus außerdem befürchtete, die lange Schleppe der Braut könne mit dem Engel ins Gehege kommen. Der Gemeinderat hat widerspruchslos zugestimmt, die Figur zu verschieben. Beim Umsetzen hat dann einer der Arbeiter eine Münze gefunden. Und nicht irgendeine

Münze, sondern eine Satansmünze. Genau wie diese hier. Unter die Statue geschoben. Es wurde spekuliert, ob derjenige, der die Münze dort deponiert hatte, möglicherweise die Taufe in dem Taufbecken ungültig machen oder eine Form von schwarzer Theologie ausführen wollte. Eine zweite und vielleicht naheliegendere Theorie war, dass jemand die bevorstehende königliche Hochzeit mit einem Fluch belegen wolle. Ich kann gut nachvollziehen, dass sie den Fund unter Verschluss gehalten haben. Stell dir nur mal vor, wie die Medien das ausgeschlachtet hätten.«

»Gehörig, kann ich mir denken«, räumte Josefine ein.

»Der Gemeinderatsvorsitzende war beunruhigt, weil es nicht das erste Mal war, dass in der Domkirche Münzen mit okkulten Gravuren gefunden worden waren. Bei einer Instandsetzung des Bodens 1995 wurde eine größere Anzahl Satansmünzen entdeckt, was vorsorglich unter den Teppich gekehrt wurde. Das Motiv auf den Münzen war ein Teufelskopf im Profil, mit Hörnern an der Stirn, eben genau so, wie man ihn sich traditionell vorstellt. Im Zusammenhang mit der Restaurierung alter Kirchen wurden überall im Land solche Münzen gefunden.«

»Weiß man, wer sie verteilt hat?«

Charlotte sah Josefine an.

»Ich glaube, sie hatten einen Sonderling im Verdacht, einen Münzsammler, meine ich mich zu erinnern. Den Namen habe ich vergessen. Bemerkenswert war die Menge der Münzen, fast vierhundert. Und sie wurden in verschiedenen Kirchen im ganzen Land gefunden. Darum ging man von mehreren Tätern aus – möglicherweise Mitglieder eines Kultes oder einer Freimaurerloge. Die Münzen waren jedenfalls sehr professionell und kunstvoll ausgeführt.«

»Aber was war das Motiv, die Münzen im ganzen Land zu verteilen?«

»Es ist eine historische Tradition, Münzen als Träger des Bösen einzusetzen. Man kann es Aberglauben nennen oder Hexerei. In früheren Zeiten glaubte man, mit Hilfe einer Münze das Böse heraufbeschwören zu können. Hatte man Geschwüre, strich man eine Münze über das entzündete Gewebe und sorgte dafür, dass der Mensch, dem man Böses wünschte, diese Münze bekam. Heute weiß man, dass Bakterien auf allen möglichen Oberflächen Krankheiten übertragen, aber dieses Wissen hatte man damals nicht. Darum glaubte man an Hexenwerk, wenn das Opfer an der gleichen Krankheit wie man selbst erkrankte.« Charlotte machte eine Pause. »Es kursierten damals einige an hochrangige Persönlichkeiten des kulturellen Betriebes adressierte Briefe, die sich auf die Satansmünzen bezogen, und soweit ich mich erinnere, haben die Zeitungen auch ein paar Leserbriefe gedruckt. Manche hielten es für einen bösartigen Scherz, andere waren ernsthaft aufgeschreckt.«

»Als Scherz würde ich das auch nicht gerade bezeichnen«, meinte Josefine.

»Na, wenn schon, dann zumindest von der gröberen Sorte«, stimmte Charlotte ihr zu. »Auffallend war, dass all diese deponierten Teufelsmünzen so gut versteckt waren, dass man sie unter normalen Umständen vermutlich niemals gefunden hätte. Und was ist heiliger als ein Taufbecken?«

Das war nicht nur böse, sondern geradezu abstoßend, dachte Josefine.

»Bis jetzt wurden, soweit mir bekannt, noch nie Münzen in Privatwohnungen entdeckt«, sagte Charlotte und sah Josefine an. »Was glaubst du, wie lange sie schon dort liegt?«

»Keine Ahnung«, sagte Josefine nachdenklich. »Als ich das letzte Mal bei einer Putzattacke den Kühlschrank von der Wand abgerückt habe, um den Boden darunter zu wischen, lag sie jedenfalls noch nicht da, das wäre mir aufgefallen.«

Bei dem Gedanken durchrieselte es sie kalt.

Josefine zuckte zusammen, als das Telefon auf ihrem Tisch klingelte. Sie erkannte die Nummer der Heimpflege der Kopenhagener Stadtverwaltung, und wie jedes Mal wurde sie nervös. Wenn ihrem Vater nur nichts passiert war. Ihr war gar nicht wohl, dass er allein in dem großen Haus lebte, obgleich er nach dem neuen Mantra des Selbstversorgungsprinzips durch die Heimpflege maximal versorgt war. Der Begriff Alltagsrehabilitation war offenbar ein weiteres neues Tier in der Offenbarung, und die Broschüre mit dem Titel *Deine kompetenten Eltern* zeigte Bilderbuchexemplare selbstständiger Eltern, die alle möglichen technischen Geräte bedienten, von der Mikrowelle bis zum Saugroboter.

Sie hoffte, dass es Whinston war, der anrief. Er kam von der Elfenbeinküste und hatte in den Jahren, seit er hier war, ein beeindruckendes Dänisch gelernt. Er las ihrem Vater gerne aus der Zeitung vor oder wechselte eine Glühbirne, auch wenn das streng genommen nicht zu den eng definierten Aufgaben eines Heimpflegers gehörte. Josefine hatte ihn außerdem im Verdacht, rezeptpflichtige Medikamente für ihren Vater zu besorgen, die der sich selbst ausstellte, was beide vehement abstritten. Interessanterweise waren alle Rezeptblöcke spurlos verschwunden. Ein paar Exemplare, die aus der Zeit ihres Vaters als praktizierender Arzt überlebt hatten, hatte sie konfisziert, trotzdem tauchten immer mal wieder Pillen auf, die definitiv nicht von seinen Ärzten verschrieben worden waren.

Whinston scherte sich nicht um die Registrierungstyrannei, die inzwischen auch in der Heimpflege Einzug gehalten hatte und die Aufgabenbereiche so eng kalkulierte, dass absolut keine Zeit mehr für soziales Miteinander blieb. Er arbeitete in einem Tempo, das besser in wärmere Breitengrade passte.

Leider war es nicht Whinston, der anrief, sondern Sonja, die die besondere Begabung besaß, Josefine ein schlechtes Gewissen zu machen.

»Es gibt schon wieder keine Sicherungen mehr«, sagte sie. »Sie sollten wirklich mal einen Elektriker die Leitungen überprüfen lassen, fast jeden zweiten Tag fällt der Strom aus …«

»Okay, ich probiere, heute noch vorbeizukommen.«

»Es ist Aufgabe der Angehörigen, dafür zu sorgen, dass alles funktioniert«, belehrte Sonja sie. »Vergessen Sie nicht, dass dies unser Arbeitsplatz ist und wir nicht dafür zuständig sind, Sie darauf aufmerksam zu machen. Um solche Sachen müssen Sie sich schon selbst kümmern …«

»Das weiß ich sehr wohl«, parierte Josefine. »Ich gehe durchs Haus und schaue, ob noch irgendwo was fehlt.«

»Und dann wollte ich Ihnen noch sagen, dass Ihr Vater sich weiterhin weigert, die Mikrowelle zu benutzen. Wenn Sie das bitte noch mal mit ihm besprechen. Ich habe das Gefühl, dass er das mit dem Selbsthilfeprinzip noch nicht ganz verstanden hat. Wenn das nicht bald besser wird, muss ich eine Überprüfung veranlassen …«

»Werde ich. Wie geht es ihm heute?«

»Sehr gut. Ach übrigens, Sie sollten den großen blanken Schrank im Wohnzimmer umstellen …«

»Die Anrichte?«

»Ja, den großen blanken Schrank«, beharrte Sonja. »Da kommt man nur schwer mit dem Rollator vorbei … Überhaupt sollten wir mal einen Physiotherapeuten kommen lassen und schauen, was überhaupt noch im Wohnzimmer bleiben kann. Ich merke langsam meinen Rücken …«

Josefine schloss im Stillen Wetten ab, wann Sonjas Krankschreibung folgen würde. Sie konnte die Pflegerin zwar nicht sonderlich leiden, aber es war immer schwieriger mit Vertretungen, auch wenn sie ihr Bestes gaben. Josefines Vater wurde immer unruhig bei neuen Gesichtern.

»Ich werde es mir ansehen«, versprach Josefine und zwang sich zu einem »Danke für den Anruf, und dem Rücken gute Besserung, Sonja«.

»Ja, mal sehen …«

Josefine schleppte die Einkaufstüten über den langen zugewucherten Steinweg, der zum Haus ihres Vaters führte. Die Platten waren völlig windschief und ragten verräterisch hoch, doch sie kannte die tückischen Stellen und sah sich vor, nicht zu stolpern. Vor der Haustür holte sie ein paar Mal tief Luft, ehe sie aufschloss. Whinstons weiße Zähne strahlten ihr aus dem dunklen Eingangsflur entgegen. Er wollte gerade den Müll nach draußen bringen.

»Ihr Vater hat mich grad niederschmetternd im Schach geschlagen«, sagte er, als er sich an ihr vorbeischob.

»Sie werden es überleben«, sagte Josefine lächelnd und freute sich im Stillen, dass Whinston den Intellekt ihres Vaters erkannte, der durch die beginnende Demenz immer mehr Schlagseite bekam. Aber in Allgemeinwissen und Schach glänzte er nach wie vor.

»Er amüsiert sich königlich und lässt es sich gut gehen. Wir haben um Bier gespielt, und er ist inzwischen beim zweiten.«

Whinston sorgte für die Bierversorgung ihres Vaters und ignorierte die erhobenen Zeigefinger der anderen Pflegekräfte, weil er meinte, dass man sich jenseits der fünfundachtzig ruhig solche kleinen Freuden gönnen durfte.

»Er sagt, dass er sich auf einen roten Wahlsieg vorbereiten muss.«

»Typisch«, sagte Josefine und nahm die Tüten wieder auf. Sie befürchtete, dass ihr Vater einen Herzstillstand bekam, wenn die Sozialdemokraten gewannen, und dachte bei sich, dass Whinstons prophylaktische Kur vermutlich sehr viel wirksamer war als all die Medikamente, mit denen sie ihn vollstopften.

Josefine begrüßte ihren Vater, der sehr zufrieden mit seinem Sieg zu sein schien.

»Da hat er seine Lektion gehabt!«

Ihr Vater leerte die Flasche, Josefine brachte sie in die Küche und begann aufzuräumen. Sie stellte die Geschirrspülmaschine an, suchte die Sicherungen heraus, ging in den Flur und öffnete die Kellertür. Vorsichtig stieg sie die steile Treppe hinunter, deren dunkles Holz mit einer dünnen Staubschicht von den weiß gekalkten Wänden überzogen war. Die Stufen knackten protestierend unter ihrem Gewicht. Josefine passierte einen Vorratsraum mit Fliegengittern vor den Fenstern, alten leeren Weckgläsern und ein paar Konserven, lauter Sachen, die ohne Verlust entsorgt werden konnten. Aber ihr Vater weigerte sich, irgendetwas wegzuschmeißen. Sie hatte es längst aufgegeben, darüber mit ihm zu diskutieren.

Josefine steuerte auf den antiquierten Stromkasten zu und legte die Sicherungen auf ein schmales Bord. Sie hatte fünf Packungen gekauft, damit es so schnell nicht wieder zu Engpässen kam. Eine der Pflegekräfte musste hier unten gewesen sein, weil auf dem Glas des Sicherungskastens kein Staub lag.

Es knirschte unter ihren Sohlen, als sie zurückging, und sie nahm sich vor, das nächste Mal ihren eigenen Miele-Staubsauger mitzubringen, um dem Dreck den Garaus zu machen. Der lahme Saugroboter würde sich daran nur verschlucken.

Als Nächstes nahm Josefine sich das Wohnzimmer vor und verrückte die Anrichte mit Mühe ein Stück.

Ungefähr eine Stunde später hörte sie die Haustür gehen. Eine Frau, die sie nicht kannte, betrat das Wohnzimmer. Sie stellte sich als Danielle vor. Sie war groß, schlank und gut aussehend, und Josefine wunderte sich über die hochhackigen, eleganten Stiefel. Das war also die Pflegerin mit den Katzenaugen und dem beachtlichen Hinterteil. Sie fühlte sich schnell überflüssig und saß kurz darauf in ihrem Auto, das nur widerstrebend und mit einem asthmatischen Röcheln ansprang.

*

Zu Hause angekommen ging sie direkt ins Bett und schlief auf der Stelle ein.

Irgendwann in der Nacht wurde sie vom Klingeln ihres Telefons geweckt. Ihr Herzschlag pochte im Hals, und er pochte noch heftiger, als sich herausstellte, dass die Polizei am Apparat war. Eine Frauenstimme erklärte ihr, dass im Haus ihres Vaters ein schlimmes Unglück geschehen wäre. Es dauerte weitere Sekunden, bis Josefine begriff, dass nicht ihrem Vater etwas passiert war, sondern der Abendpflege, die die Kellertreppe hinuntergestürzt und an den Folgen des Sturzes gestorben war.

Josefine massierte sich das Gesicht, um wach zu werden, und lag noch eine Weile auf dem Rücken, um sich zu sammeln, nachdem sie aufgelegt hatte. Sie spürte das Knacken der Kellertreppe noch unter den Fußsohlen, und ihr war peinlich bewusst, wie schnell man dort ins Stolpern geraten konnte. Es brauchte nur einen winzigen unaufmerksamen Augenblick.

Sie zog sich etwas über, setzte sich in ihren Wagen und steckte den Schlüssel ins Zündschloss. Ein rachitisches Husten ertönte und verebbte mit einem leisen Seufzer. Josefine schlug mit beiden Händen auf das Lenkrad und ließ eine Fluchtirade los. Das Echo ging ins Leere.

An Hinweisen, dass das irgendwann passieren würde, hatte es nicht gemangelt, im Gegenteil. Die Schrottlaube war ein dahinsiechender Patient, das hatten sie ihr in der Werkstatt klipp und klar gesagt, trotz der immer wieder lebensverlängernden Reparaturen mit den proportional zum Alter des Autos steigenden Rechnungen. Ihr Volvo 740 Kombi von Mitte der Achtziger Jahre alterte ohne jeden Veteranen-Charme. Sie behielt ihn aus rein sentimentalen Gründen, weil er ihrem Vater gehört hatte.

Der Arzt ihres Vaters hatte schon vor vielen Jahren

darauf hingewiesen, dass er über die starke Sehschwäche hinaus auch erste Anzeichen einer beginnenden Demenz zeige. Er musste sofort den Führerschein abgeben. Der Uhren-Test hatte ihn verraten, bei dem man eine genannte Uhrzeit mit Hilfe der Zeiger auf ein Ziffernblatt einzeichnen sollte. Das erinnerte ein bisschen an die Geschicklichkeitsaufgaben in der Grundschule. Josefine hatte lange an der Richtigkeit des Testes gezweifelt, da ihr Vater ein unübertreffliches Geschick zur Kompensation besaß. Wenn ihm ein Wort nicht einfiel, hatte er immer schnell ein Synonym parat, das er aus seinem unerschöpflichen Vokabular abfeuerte.

Josefine stieg wieder aus dem Wagen, knallte die Tür zu und ging Richtung Gammel Kongevej, wo sie ein Taxi nahm.

Das Aufgebot an Einsatzfahrzeugen vor ihrem Elternhaus kam ihr irgendwie unwirklich vor. Der dunkelblaue Kastenwagen der Techniker hielt mit den Einsatzfahrzeugen der Polizei und einem Krankenwagen vor dem Gartentor. Josefine grüßte ein paar Techniker, die sie von früheren Fällen kannte, und ihr wurden ein Einwegoverall, Schuhüberzieher und Mundschutz ausgehändigt. Sie lief über den Steinplattenweg zum Eingang und betrat den Flur, wo kräftige Scheinwerfer aufgebaut worden waren.

Sie sprach kurz mit dem Einsatzleiter, der unmittelbar nach seiner Ankunft ihren Vater geweckt und ihn gefragt hatte, ob er etwas Verdächtiges gehört oder gesehen habe, aber glücklicherweise schien er das gesamte Spektakel verschlafen zu haben.

Josefine lief durch den Flur und klopfte an die Schlafzimmertür ihres Vaters. Es kam keine Antwort. Sie drückte die Klinke herunter und betrat das Schlafzimmer, in dem eine schwache Lampe brannte. Sie erkannte das charakteristische Profil ihres Vaters und rief leise seinen Namen, sah dann aber, dass sein Hörgerät auf dem Nachtschrank lag. Hoffentlich stimmte es, dass er nichts von dem Unfall mitbekommen hatte. Er sah friedlich aus, sein Atem ging gleichmäßig. Josefine überlegte kurz, ob sie ihn wecken sollte, schob den Gedanken aber beiseite und küsste ihn stattdessen vorsichtig auf die Wange, ehe sie das Zimmer wieder verließ und die Tür hinter sich schloss. Je näher sie der Kellertür kam, desto lauter wurden die Stimmen und greller das Licht. Als sie die Sägeblattstimme der *Eiskönigin* erkannte, spürte sie einen Stich der Irritation. Sie ertrug die selbstzufriedene Art der Kollegin einfach nicht, schon gar nicht im Heim ihres Vaters.

Die *Eiskönigin* begrüßte sie mit einem verbissenen Lächeln. Selbst um zwei Uhr nachts saß ihr Haar tadellos, und das Rouge betonte ihre Apfelwangen. Ihre Augen funkelten unter mascaraschweren Wimpern. Neben ihr stand ein junger Mann, den Josefine noch nie gesehen hatte, doch ihre Aufmerksamkeit wurde auf eine Person am Fuß der Treppe gelenkt.

»Bitte nur die Holzplatten betreten«, kam es ermahnend von der *Eiskönigin*.

Sie ging vorsichtig die Stufen hinunter zu der Stelle, an der die Verunglückte in unnatürlich verdrehter Haltung lag. Aus der Position des Kopfes ließ sich schließen, dass beim Aufprall auf den harten Kellerboden mehrere Halswirbel gebrochen und die Nervenverbindungen im Rückenmark durchtrennt worden waren. Ein schmales Rinnsal Blut hatte sich seinen Weg aus dem Ohr über die Wange gesucht, ansonsten sah die Frau beunruhigend lebendig aus, wie sie dort lag und an die Decke starrte. Der Glanz der Augen war noch nicht verloschen. Wahrscheinlich ist es gerade erst passiert, dachte Josefine. Das Namensschild an ihrer Brusttasche verriet, dass sie Alice hieß, gefolgt von einem Smiley, was in dieser Situation irgendwie unpassend wirkte. Josefine kannte die Pflegerin nicht, da es selten vorkam, dass sie ihren Vater so spät noch besuchte.

»Ein Mitbürger … der nächste Patient auf ihrer Liste hat in der Zentrale angerufen und gefragt, warum sie nicht komme. Als die sie telefonisch nicht erreichten, waren sie sicher, dass etwas nicht stimmte, und haben den Nachtnotdienst angerufen, die dann einen Pfleger zu William Jespersens Haus geschickt haben. Der Pfleger hat die Tote gefunden und sofort die Polizei verständigt.« Die *Eiskönigin* wischte sich mit dem Ärmel über die Wange und fuhr fort. »Das war zweifellos ein Unfall … kein Verdacht auf Fremdeinwirkung. Ein Wunder, dass es nicht schon eher passiert ist, die Treppe ist wirklich lebensgefährlich!«

Der Tonfall war anklagend.

»Haben Sie André schon kennengelernt?«

»Hi«, sagte Josefine.

»André ist mein neuer Postdoc«, sagte die Kollegin lächelnd. »Er soll mich entlasten, damit ich ein paar Artikel fertig schreiben kann. Er kommt aus dem Hôpital Raymond-Poincaré in Paris …«

André musterte sie uninteressiert, was Josefine auf ihre Schlaffrisur und ihre verquollenen Augen schob.

»Ich bin hier fast fertig. Henry ist krank, darum werde ich morgen früh die Obduktion im Institut übernehmen.«

»Da wäre ich gerne dabei«, sagte Josefine.

Die *Eiskönigin* musterte sie kühl von oben bis unten.

»Okay, in Ordnung … Schaden kann es nicht«, stellte sie fest. »Wir beginnen um neun null null.«

Sie war berüchtigt für ihre Wutanfälle, wenn ihre Mitarbeiter auch nur eine Minute zu spät kamen. Als ob die Toten es eilig hätten.

Die *Eiskönigin* begann, ihre Sachen zusammenzupacken, und auch die Techniker schienen alles gesichert zu haben, was sie brauchten.

*

Josefine hatte Kopfschmerzen vor Müdigkeit, als sie am nächsten Tag bei der Arbeit aufschlug. Vorher hatte sie noch bei der Werkstatt angerufen und veranlasst, dass die Rostlaube abgeholt und ihr ein weißer Fiat mit schwarzem Verdeck als Leihwagen gebracht wurde. Das sportli che Auto duftete erfrischend neu und reagierte prompt auf jede noch so kleine Bewegung des Lenkrads, was ihr das Spiel in der Lenkung ihres eigenen Wagens im Rückblick erschreckend vor Augen führte. Sie zog kurz in Erwägung, den benzinfressenden Volvo zu verschrotten und in ein wendiges wirtschaftliches Mikroauto zu investieren, in dem sie mit einem Liter mindestens doppelt so weit kam.

Auf dem Weg zur Arbeit war sie noch bei ihrem Vater vorbeigefahren, um sich zu versichern, dass es ihm gut ging. Der Vorfall schien ihn nicht zu berühren, und sie dachte im Stillen, dass es seltene Momente gab, in denen Demenz von Vorteil sein konnte.

Sie zog sich um und begab sich in den Sektionssaal in dem Bewusstsein, dass sie zu spät war.

Die *Eiskönigin* sah selbst mit der unkleidsamen Schutzmaske, die die untere Gesichtshälfte bedeckte, und der Papierhaube, die sie zu ihrem Vorteil drapiert hatte, aus wie frisch aus dem Schönheitssalon. Auch ihrem Assistenten war nicht anzusehen, dass er die halbe Nacht auf den Beinen gewesen war, und Josefine musste erkennen, dass das Leben manche Menschen offenbar härter in Mitleidenschaft zog als andere.

»Ich dachte, ich hätte unmissverständlich gesagt, dass wir *Punkt* neun Uhr anfangen?«

Josefine nickte und begrüßte eine Polizistin, die in einer Ecke des Raumes stand und interessiert zusah, wie der französische Postdoc der *Eiskönigin* folgte wie ein Schatten.

Sie versuchte, sich zu konzentrieren, immerhin ging es hier um die Tote und nicht ihre eigenen Befindlichkeiten.

»Wo sind die Bilder aus dem Scan?«, fragte sie.

»Es wurden keine Bilder gemacht«, antwortete die *Eiskönigin*.

»Wieso nicht?«, erdreistete Josefine sich zu fragen. »Normalerweise werden doch …«

Die Temperatur im Raum sank merklich.

»Weil ich entschieden habe, dass das nicht notwendig ist … Es handelt sich um einen traurigen Unfall im häuslichen Umfeld …«

Josefine starrte auf ihre weißen Clogs, auf denen mit Edding ihre Initialen standen.

Die *Eiskönigin* durchbohrte sie mit einem selbstzufriedenen Blick. Die Balance war wiederhergestellt.

Josefine spürte Andrés musternden Blick auf sich. Auch wenn sie ihn nicht kannte, hatte sie das starke Gefühl, dass zwischen ihm und der *Eiskönigin* ein geheimes Bündnis bestand.

Sie konzentrierte sich wieder auf die Tote und fotografierte mental alles, was ihr auffiel. Die Leiche war entkleidet, die Haut weiß und bläulich marmoriert. Die übliche Nackenstütze hob ihren Kopf von der polierten Stahlunterlage.

Die *Eiskönigin* nickte den Anwesenden zu, dass sie beginnen konnten, und von einer Sekunde auf die andere herrschte rege Betriebsamkeit in dem Sektionssaal. Ein Techniker stieg auf eine Leiter und fotografierte die Leiche von oben, während Jordan schweigend, und ohne eine Miene zu verziehen, der *Eiskönigin* zur Hand ging. Seine Bewegungen waren ruhig und routiniert wie im Energiesparmodus. Er fing Josefines Blick ein und blinzelte kurz, was niemand sonst zu bemerken schien. Sie empfand es als physischen Trost, an diesem kalten Ort des Todes einen Verbündeten zu haben. Trotzdem wurde sie das Gefühl nicht los, dass sie etwas Wichtiges übersahen.

*

Um acht Uhr abends saß Josefine noch immer in ihrem Büro, um ihrem Bericht über die Volksgesundheit vor dem Hintergrund der Analysen des Knochenmaterials vom Assistens Kirkegård den Feinschliff zu geben. Ihr Handy piepste, und sie zuckte zusammen. Es war Jordan, der ihr nur kurz den Tipp geben wollte, in ihr Postfach zu schauen. Sie klickte eine ungelesene Mail an, an die die Scanbilder der zu Tode gestürzten Pflegerin angehängt waren. Josefine lächelte über die Tatsache, dass in der Rechtsmedizin zum Glück nicht alle gleich autoritätshörig waren.

Josefine wurde wieder ernst, als sie ein Foto des Schädels scharf stellte. Es zeigte mit beunruhigender Präzision den potenziellen Albtraum jedes Rechtsmediziners, etwas Entscheidendes übersehen zu haben, das den Wortlaut des Obduktionsberichtes in einem ganz wesentlichen Punkt verändern konnte: ob es sich nämlich um einen tragischen Unfall … oder um Mord handelte. Die *Eiskönigin* hatte in diesem entscheidenden Punkt offenbar falsch entschieden.

Josefines Ahnung, dass etwas nicht stimmte, hatte sich also als richtig erwiesen. Es durchrieselte sie kalt.

Henry klang heiser. Eine Halsentzündung fesselte ihn ans Bett.

»Bist du wirklich sicher, Josefine? Ich meine … Die Hutkrempenregelung ist umstritten. Was sagt Maria?«

Josefine fasste einen spontanen Entschluss.

»Sie weiß nichts davon. Ich habe nach der Obduktion veranlasst, dass Alice Hansen gescannt wird.«

»Aber warum denn nur?«

»Weil ich das Gefühl hatte, dass etwas nicht stimmt.«

»Hm«, sagte Henry und hustete. »Schick mir die Fotos, damit ich sie mir ansehen kann.«

Josefine beendete das Gespräch und beschloss, nichts zu unternehmen, bevor sie Henrys Meinung zu den Fotos gehört hatte.

Sie fuhr den Computer runter und verließ das Büro.

*

Am nächsten Morgen kam ihr der Rezeptionsbereich des Institutes besonders trostlos vor. Die braunen Kacheln saugten auch noch das wenige Tageslicht auf, das durch die graue Wolkendecke drang.

Josefine drückte auf den Fahrstuhlknopf und wartete. Wie üblich dauerte es eine Ewigkeit, bis die Türen aufglitten. Sie sah sich Jordan gegenüber, dessen Haut in dem hellgrünen Kittel besonders dunkel wirkte. Er lächelte sie wortlos an und fuhr sich mit einer vielsagenden Geste mit seinem enormen Zeigefinger über die Gurgel.

»We're fucked!«, sagte er. »Sie ist total ausgerastet. Ich an deiner Stelle würde einen Krankentag nehmen.«

»Ich habe Henry gesagt, dass das Scanning auf meinem Mist gewachsen ist. Du hast nur Befehle ausgeführt.«

Jordan nickte zustimmend.

»Ich schmeiße heute Nachmittag eine Runde Bier, kommst du vorbei?«

»Wenn ich den Tag überlebe«, seufzte Josefine.

Jordan legte seine schwere Hand auf ihre Schulter und schenkte ihr sein strahlendstes Lächeln.

»Du bist ein Fighter«, sagte er. »Aber die Frau ist verdammt noch mal scary, wenn sie wütend ist …«

Sie atmete tief ein, ehe sie ihren Dienstausweis durch das Lesegerät zog und ihren Code eingab.

*

Josefine öffnete zögernd die elektronische Einladung, gesendet von André Villaine mit knallroter Flagge, als ginge es um Leben und Tod, und sie hoffte inständig, dass Henry sich von seinem Krankenlager zur Arbeit geschleppt hatte. Sie hatte kein gesteigertes Bedürfnis auf eine Face-to-Face-Begegnung mit der *Eiskönigin*, wenn die so geladen war.

Mit schweren Schritten schlurfte sie durch den Flur und klopfte. Der elegante Franzose öffnete die Tür ohne den geringsten Anflug eines Lächelns. An einem ellipsenförmigen Tisch, an dem auch Maria thronte, saß ein leichenblasser Henry. Josefine versuchte, seinen Gesichtsausdruck zu deuten, aber er wirkte komplett neutral.

»Was zum Teufel geht hier vor?«, platzte die *Eiskönigin* heraus.

»Ich hatte das Gefühl, dass wir etwas übersehen haben«, antwortete Josefine und setzte sich auf einen Fritz-Hansen-Ameisen-Stuhl.

»Ein Gefühl?«, wiederholte die *Eiskönigin* höhnisch. »Come on! Wenn ich klipp und klar sage, dass kein Scanning notwendig ist, finde ich es ehrlich gesagt sehr befremdlich, dass Sie eins anordnen. Dazu haben Sie im Übrigen überhaupt keine Befugnis, nur die Pathologen dürfen ein Scanning beauftragen. Außerdem stellt die Treppe eine dezidierte Lebensgefahr dar und …«

»Hast du dir die Fotos angesehen?«, unterbrach Henry sie und schob eine braune Umlaufmappe zu Maria hinüber, die sie zögernd aufschlug. Darin lagen die Fotos, die Josefine

Henry geschickt hatte. Sie erkannte sie an der charakteristischen Fraktur an der Oberseite des Schädels. »Ich muss dich wohl nicht an Hutkrempenregel erinnern, Maria …?«

»Henry, verdammt, die ist total antiquiert … Die neueste Forschung spricht ihr jegliche Signifikanz ab … Außerdem hat André Artikel zu dem Thema verfasst, die in *Springer Science* publiziert wurden, eine sehr interessante Studie auf einer soliden empirischen Grundlage …«

Henry spielte auf eine sehr simple Regel aus der forensischen Diagnostik an, die besagte, dass bei Schädelverletzungen unterhalb einer gedachten Hutkrempenlinie eher von einem Sturz ausgegangen werden konnte, oberhalb dieser imaginären Linie von Schlägen durch Fremdeinwirkung und somit davon, dass sich möglicherweise ein Mörder auf freiem Fuß befand. Die Hutkrempenregel war eine wichtige Entscheidungshilfe, musste aber immer in Bezug auf die Anzahl und Schwere der Verletzungen betrachtet werden, das Gewicht des Toten, die Körpergröße, weitere Verletzungen oder Brüche und die Menge an Alkohol oder Drogen im Blut. Stürze aus niedrigen Höhen waren eine trügerische Angelegenheit, und die wenigsten Rechtsmediziner waren sich ihrer Sache ganz sicher, wenn sie es mit einer Leiche am Fuß einer Treppe zu tun hatten.

»Ich glaube, Josefine hat recht«, sagte Henry, hustete und schnäuzte sich.

Die *Eiskönigin* wurde blass.

»Ich würde gerne einen Blick auf die Tote werfen und mir den Bericht noch einmal ansehen, wenn er fertig ist.«

Josefine jubelte innerlich, was sie sich wohlweislich nicht anmerken ließ.

Die *Eiskönigin* wollte protestieren, sagte dann aber nur: »Selbstverständlich … wenn du darauf bestehst.«

Die Luft im Raum sackte unter den Nullpunkt, und selbst der sonnengebräunte Franzose wurde ein bisschen blass um die Nase.

Weniger als eine Stunde später waren sie im Sektionssaal versammelt. Jordan hob zu keinem Zeitpunkt den Blick, und Josefine vermutete, dass die *Eiskönigin* ihn mindestens so einschüchterte wie Arne. Die Totenstarre war auf ihrem Höhepunkt, die Arme waren steif und schwer zu mobilisieren. Es lagen mehrere Brüche infolge des schweren Sturzes vor. Die Fotos vom Schädel waren mit blauen Magneten am Whiteboard befestigt.

Henry untersuchte den Unterarm der Frau. Kurz darauf fixierte er die *Eiskönigin* mit dem Blick.

»Meiner Meinung nach ist das hier eine Abwehrverletzung. Stimmst du mir zu?«

Sie nickte kaum sichtbar.

»Und was sagst du zu der Schädelfraktur?«

Die Frage war an Josefine gerichtet, die sich räusperte, ehe sie antwortete.

»Hier ist deutlich der Schädelbruch zu erkennen«, sagte sie und kreiste mit dem Finger durch die Luft. »Es handelt sich um eine Impressionsfraktur an einer verdächtigen Stelle, wenn wir uns eine Hutkrempe vorstellen. Ein runder, stumpfer Gegenstand hat den Schädelknochen nach innen gedrückt. Die Fissuren fächern sich vom Zentrum auf wie Fahrradspeichen.«

»Josefine hat recht«, sagte Henry. »Ich schreibe ein neues Fazit für den Bericht.«

Die *Eiskönigin* riss sich den Mundschutz in einer hitzigen Geste vom Gesicht. Sie hatte sich so fest auf die perfekten fülligen Lippen gebissen, dass ihre Zähne Abdrücke hinterlassen hatten.

»Benachrichtige die Polizei von unserem Verdacht und schick ihnen den korrigierten Obduktionsbericht«, sagte Henry an Josefine gewandt. »Es tut mir übrigens sehr leid, dass das bei deinem Vater passiert ist … sehr unangenehm … Ich bin mir sicher, dass die Polizei den Fall aufklären wird …«

Josefine erstarrte. Der Siegesrausch hatte für einen Augenblick von der Tatsache abgelenkt, dass sich ein Mörder im Haus ihres Vaters befunden hatte.

Kapitel 40

»Kurzzeitpflege?«, sagte ihr Vater. »Verdammt noch mal, nein!«

»Das ist doch heutzutage fast wie ein Hotel«, argumentierte Josefine, unterstützt von der Gutachterin des Pflegedienstes und Whinston, der außerplanmäßig einbestellt worden war, um ihren Vater davon zu überzeugen, wenigstens vorübergehend in die sogenannte Kurzzeitpflege zu gehen, solange die Techniker im Haus waren. Josefine hatte kurz in Erwägung gezogen, ihren Vater mit zu sich nach Hause zu nehmen, aber sie konnte nicht rund um die Uhr auf ihn aufpassen.

Die Gutachterin hatte ihr erklärt, dass sie einen Kurs in Mediation absolviert habe. Josefine fragte sich, ob sie schon mit einem schwierigen Gesprächsverlauf gerechnet hatte.

Jedenfalls perlten ihre neu gewonnenen Mediationserkenntnisse an ihrem Vater ab, der nicht in ihre Sprachfallen tappte.

»Im Prinsesse-Benedikte-Zentrum gibt es sehr schöne,

helle Zimmer«, lockte die Gutachterin. »Mit wunderbarer Aussicht …«

»Euphemismus!«, explodierte Josefines Vater.

Die Gutachterin warf Josefine einen fragenden Blick zu. Dieses Wort gehörte ganz offensichtlich nicht zum Pensum des Mediationskurses.

Josefine lächelte entschuldigend.

»Mein Vater will damit sagen, dass er lieber zu Hause bleibt«, sagte sie resigniert. Wieder einmal hatte ihr Vater in einem versteckten Winkel ein treffendes Wort gefunden, das alles umschrieb. Das war kein Hotel mit Aussicht, das die Gutachterin ihm schmackhaft zu machen versuchte, sondern ein ganz normales Pflegeheim. Josefine hatte sich vor dem Treffen im Internet informiert und ausnahmsweise einige der Broschüren gelesen, die in der Wohnung ihres Vaters verteilt lagen. Darüber hinaus hatte sie ein vorbereitendes Gespräch mit ihrem Vater geführt, der mit eisigem Schweigen reagiert hatte.

Die Gutachterin nickte mit verkniffenem Mund und hatte offensichtlich aufgegeben. Trotzdem war Josefine erleichtert. Kurzzeitpflege klang so verheißungsvoll, aber sie teilte die intuitiven Befürchtungen ihres Vaters, ob er von dort jemals wieder nach Hause zurückkehren würde. Nichtsdestoweniger zögerte sie kurz bei dem Gedanken an die Schachtel Diazepam, die sie in seiner Nachttischschublade gefunden hatte, die moderne Variante von Valium. Das Medikament war noch ganz neu und gehörte nicht zu dem von seinem Hausarzt verschriebenen Tablettencocktail. Sie fand sich in ihrem Verdacht bestätigt, dass ihr Vater sich selbst Rezepte ausstellte. Gegen Angstattacken?

Sie sah Whinston an, der bisher noch keine Silbe gesagt hatte, als gäbe es zwischen ihm und ihrem Vater eine stillschweigende Vereinbarung.

»Wie sieht's aus, Kasparow? Bereit, Ihren Meister zu treffen?«

Whinston blinzelte William verschwörerisch zu, der mit einem Lächeln antwortete. Die beiden Frauen waren Luft für die Männer. Whinston baute das Schachbrett auf, und Josefines Vater beobachtete ihn interessiert dabei.

Da entdeckte Josefine Xander an der offenen Tür. Er signalisierte ihr, dass sie zu ihm auf den Flur kommen solle.

Nachdem sich der Sturz als möglicher Mord erwiesen hatte, war Xander mit dem Fall betraut worden. Josefine war froh, dass er die Ermittlungen leitete und nicht irgendein Fremder.

»Und, wie ist es gelaufen?«

Josefine hatte ihm von dem Termin mit der Gutachterin erzählt.

»Er ist stur wie ein Esel«, seufzte sie. »Ich befürchte, dass er irgendwann aus dem Haus getragen werden muss.«

»Hat er den Ernst der Situation erfasst?«

Sie zog die Schultern hoch.

»Vielleicht. Ich habe versucht, es ihm so schonend wie möglich beizubringen. Die Demenz ist schon einigermaßen fortgeschritten, auch wenn die Fähigkeit, alles richtig einzuordnen, immer mal wieder wechselt. Zwischendurch erscheint er mir völlig präsent in seiner Wortwahl und den Reaktionen … aber dann wieder …«

»Das muss schwer sein für Sie als Angehörige«, sagte Xander. »Den eigenen Vater so zu erleben …«

»Sein Intellekt bröckelt.« Josefine starrte vor sich hin. »Was würden Sie mir raten?«

»Man kann ihn nicht zwingen, das Haus zu verlassen …«

»Aber was ist, wenn der Mörder es eigentlich auf ihn abgesehen hatte und von der Pflegerin überrascht wurde?«

»Haben Sie einen konkreten Verdacht?«

»Nein, überhaupt nicht. Es sei denn, einer seiner früheren Patienten hätte ihn zum Teufel erklärt … und seine Adresse herausgefunden.«

»Ich werde dafür sorgen, dass regelmäßig eine Streife hier vorbeifährt, bis wir den Täter hoffentlich kriegen.«

Josefine lächelte ihn erleichtert an.

»Dann kann ich nachts einigermaßen ruhig schlafen.«

Xander erwiderte ihr Lächeln.

»Haben Sie schon etwas gefunden?«

»Ja, einen Haufen Fingerabdrücke. Die Hälfte meiner Leute ist damit beschäftigt, alle Angestellten des Pflegedienstes aufzuspüren, die hier im Haus gewesen sind, was nicht wenige sind. Aber ansonsten haben wir noch nichts.«

Er streifte ihren Arm, als er sagte:

»Wir werden schon auf ihn aufpassen.«

Kapitel 41

Xander zuckte zusammen, als das Telefon klingelte. Er erkannte die Stimme erst nach einer Weile als die der Zeugin aus der Bahnunterführung wieder. Die Frau wirkte zögerlich und wie eine einzige große Entschuldigung. Xander redete beruhigend auf sie ein und rechnete jeden Augenblick damit, dass sie sich wieder verschloss. Manchmal brauchte es dafür nicht viel.

»Ich bin mir nicht sicher, ob ich mir das nur einbilde«, sagte die Frau langsam.

»Es ist gut, dass Sie sich trotzdem melden«, sagte Xander. »Selbst das kleinste Detail kann für die Ermittlungen von großer Bedeutung sein. Und besser einmal zu oft angerufen …«

»Aber ich bin mir wirklich nicht sicher. Ich habe Ihnen doch gesagt, ich hätte das Gesicht nicht gesehen, weil es von einer Kapuze verdeckt war … aber vielleicht, ja … ich weiß nicht … für einen kurzen Augenblick hat er den Kopf gehoben, direkt unter einer der Lampen im Tunnel … Sie dürfen mich jetzt nicht für verrückt halten …«

»Ich halte Sie ganz bestimmt nicht für verrückt«, versicherte Xander.

Es entstand eine knisternde Pause.

»Ich habe seine Augen gesehen«, flüsterte die Frau. »Unheimlich waren die …«

»Inwiefern unheimlich?«

»Es war, als würden sie von innen leuchten.«

»Leuchten?«, wiederholte Xander. Vielleicht hatte die Frau doch nicht alle Sinne beisammen.

»Ja. Sie haben im Dunkeln gefunkelt … wie Reflexe.«

»Okay«, sagte Xander langsam. »Interessant. Aber wenn Sie die Augen gesehen haben, haben Sie vermutlich auch sein Gesicht gesehen. Erinnern Sie sich, wie er ausgesehen hat?«

»Nein. Oder, ich weiß nicht.«

»Was halten Sie davon, zu uns zu kommen? Dann gehen wir das Ganze noch einmal zusammen durch.«

»Ja … schaden kann das nicht«, sagte sie zögerlich.

»Passt es Ihnen später am Tag?«

»Ich hab heute nichts anderes vor.«

Sie verabredeten sich für den Nachmittag um vier Uhr in Teglholmen.

Xander starrte vor sich hin, nachdem er das Gespräch beendet hatte. Eine finstere Gestalt mit leuchtenden Augen? Entweder war die Frau völlig kraus im Hirn, oder der Teufel hatte seine Finger im Spiel.

Die Frau erschien zum vereinbarten Termin. Sie sah aus wie eine aus dem Wasser gezogene Maus. Geschmolzene Schneeflocken lagen wie Tauperlen auf ihrem Mantel, und die dauergewellten Korkenzieherlocken glänzten nass. Xander hatte eine Polizeizeichnerin einbestellt, die hoffentlich die Beschreibungen der Zeugin deuten und in ein brauchbares Phantombild übertragen konnte.

Die Frau wiederholte mehrfach, dass sie nicht verrückt sei, und Xander bemühte sich um einen neutralen Gesichtsausdruck, während er sich den fast identischen Wortlaut ihres vorausgegangenen Telefongespräches noch einmal live anhörte. Die Zeichnerin holte Tee und Gebäck, was die Frau ein wenig zu entspannen schien. Kurz darauf verließ er das Büro und ließ die beiden Frauen allein.

Vor der Tür blieb er stehen und sah den Flur hinunter. Ob die Frau nun verrückt war oder nicht, jedenfalls verriet die lauernde Dunkelheit in ihrem Blick, dass sie Todesängste ausstand.

Eine Stunde später verabschiedete sich die Zeugin, und die Polizeizeichnerin machte sich an den Feinschliff des Porträts, während Xander ungeduldig wartete.

Als sie endlich an seine Tür klopfte, sprang er auf. Die Zeichnerin legte ein Blatt auf den Konferenztisch. Er nahm es in die Hand, gespannt auf das Konterfei des Mörders.

Er betrachtete das schmale Gesicht mit den hohen Wangenknochen und starren Augen. Es war so symmetrisch wie aus einem Zeichentrickfilm, völlig ebenmäßig und ohne irgendwelche charakteristischen Besonderheiten, die es aus der großen Masse herausgehoben hätten. Xander seufzte enttäuscht, versuchte aber, die Polizeizeichnerin seinen Frust nicht spüren zu lassen, die ja nur ihre Arbeit tat.

Das Gefühl, an der Seitenlinie seiner eigenen Ermittlungen zu stehen und von einem zynischen Mörder in der Manege vorgeführt zu werden, frustrierte ihn bis ins Mark.

Kapitel 42

Josefine fühlte sich ein bisschen wie in einem falschen Film, als sie auf dem schwarzen Ledersofa in Pater Dominics Wohnzimmer an ihrem Tee nippte. Ihr Blick schweifte über die Bücherregale mit dem breiten Spektrum an anspruchsvoller Literatur, darunter Werke philosophischer Schwergewichte wie Descartes und Kant.

Sie hatte nach dem Fund der Satansmünze in ihrer Küche immer wieder gezögert, zum Telefonhörer zu greifen und den Priester anzurufen.

Pater Dominic sah sie abwartend an.

»Sie sehen beunruhigt aus, Josefine«, sagte er.

»Ich habe wie gesagt diese sogenannte Satansmünze in meiner Küche gefunden.« Sie zeigte dem Priester die Fotos von der Vorder- und Rückseite der Münze, die sie vor der Abgabe des Beweisstückes mit ihrem iPhone gemacht hatte.

Der Priester hob die kräftigen Augenbrauen. Seine Augen waren dunkel.

»Wo genau war sie versteckt?«

Josefine sah ihn verdutzt an.

»Woher wissen Sie, dass sie versteckt war?«

»Weil das bei dieser Art von Münzen üblich ist«, antwortete Pater Dominic. »In der Regel an Stellen, wo man niemals suchen würde …«

»Unter dem Kühlschrank.«

Der Priester nickte.

»Und jetzt haben Sie Angst, allein in Ihrer Wohnung zu sein?«

»Ja, ich weiß nicht, was mit mir los ist … Normalerweise habe ich damit keine Probleme …«

»Jemand will Ihnen Böses, Josefine«, sagte Pater Dominic und sah ihr tief in die Augen.

»Ich weiß nicht so recht, ob ich an die Sache mit dem Teufel und so weiter glaube …«

»Das muss Sie nicht weiter kümmern.« Pater Dominic hielt ihr eine Schale Kekse hin. »Wichtig ist, dass Sie Ihre Angst ernst nehmen, der Rest ergibt sich dann ganz von selbst. Vermutlich ist es für Sie als Wissenschaftler nicht so einfach zu akzeptieren, dass es Dinge zwischen Himmel und Erde gibt, die …«

»Wissenschaftlerin«, korrigierte Josefine ihn.

Pater Dominic nickte stumm.

»Wussten Sie, dass Menschen, die beten, schmerzunempfindlicher sind?« Der Priester erhob sich, zog einen Ordner aus dem Regal und schlug ihn auf. Er reichte ihr einen Artikel aus einer anerkannten wissenschaftlichen Zeitschrift.

»Die Gehirne der Probanden wurden gescannt, während Fürbitte gehalten wurde. Gleichzeitig wurden sie sich steigernden Schmerzstimuli ausgesetzt.« Er zeigte auf das Bild eines Gehirns, in dem einige Bereiche blau gefärbt waren. »Selbst unter Schmerzeinwirkung, die im Normalzustand auf einer Skala zwischen fünf und zehn eingestuft wurde, ist keine Reaktion zu erkennen.«

Josefine sah sich die Bilder interessiert an.

»Es gibt auch Beispiele von Menschen, die durch Beten wieder gesund geworden sind … Todkranke Patienten, die von Priestern durch Gebete geheilt wurden … Krebsgeschwüre, die verschwanden und …«

»Wollen Sie mich bekehren?«, fragte Josefine lächelnd.

Pater Dominic erwiderte das Lächeln.

»Nicht bewusst«, sagte er und legte den Artikel zurück in den Ordner.

»Aber was die Münzen angeht, war es viele Jahre ein gut gehütetes Geheimnis in christlichen Kreisen … dass sie in Kirchen im ganzen Land gefunden wurden, gut versteckt …«

»Warum wurde ein Geheimnis daraus gemacht?«

»Um die Gemeindemitglieder nicht zu beunruhigen«, antwortete der Priester. »Für einen Christen ist die Vorstellung des Bösen vermutlich erschreckender als für eine rational denkende Wissenschaftlerin wie Sie …«

Josefine fand, dass man den Teufel auch fürchten konnte, ohne an Gott zu glauben, was sie aber für sich behielt. Es reichte zu wissen, dass es offenbar jemanden gab, der ihr

Böses wollte. In diesem Augenblick wünschte sie sich fast, an Gott glauben zu können.

»Im Laufe der Jahre sind immer wieder solche Münzen aufgetaucht. Unter anderem in der Reformierten Kirche in Kopenhagen. Ich habe mehrere solcher Münzen wie Ihre gesehen. Ich gehe davon aus, dass es mehrere hundert Exemplare gibt, was nicht billig sein kann, immerhin handelt es sich um reine Silbermünzen, die geprägt und produziert werden müssen. Ein paar von ihnen wurden im Rahmen der Restaurierungsarbeiten in der Schlosskirche von Christiansborg gefunden. Und in der Vartov-Kirche. Unter der Kniebank. Derjenige oder diejenigen, die dahinterstehen, haben sich zielgerichtet Kirchen ausgesucht.«

»Warum?«

»Weil sie dort den größten Schaden anrichten und das Böse in einem heiligen Raum deponieren können. So schleusen sie den Teufel in die Kirche ein. Sie verpesten das Christentum, sozusagen. Eine Art Okkultismus, der die kirchlichen Handlungen wie Taufe, Kommunion, Hochzeit und Beerdigung annulliert …«

Er schüttelte den Kopf.

»Diese Münzen haben möglicherweise irreparablen Schaden angerichtet.«

Pater Dominic massierte sich die Schläfen, ging zu einem Schrank und entnahm ihm einen Umschlag. Er öffnete ihn, holte eine Münze heraus und legte sie auf den Tisch. Darauf war die Abbildung eines Teufels mit Bockshörnern zu sehen. Josefine zögerte einen kleinen Moment, ehe sie sie in die Hand nahm und umdrehte. In die Rückseite war die Jahreszahl 1973 geprägt.

»Woher haben Sie die?«, fragte sie.

»Die wurde in der Sankt-Ansgar-Kirche gefunden. Unsere Reinemachefrau hat sie versteckt im Beichtstuhl gefunden. Erst vor Kurzem. Sie steckte in einem Spalt zwischen dem Gitter und der Holzverkleidung.«

»Finden Sie es nicht unheimlich, sie bei sich zu Hause aufzubewahren?«

»Doch. Aber sie erinnert mich täglich daran, wer mein Widersacher ist«, sagte der Priester.

»Der Teufel?«

Er nickte.

»Eine feige, aber effektive Weise, das Böse zu verbreiten. Bei Beichtkindern, die nicht ahnen, dass sie sich nur wenige Zentimeter vom Bösen entfernt befinden …«

»Haben Sie eine Vermutung, wer das getan hat?«

»Einige meinen, dahinter stehe eine Art Satanskult. Andere, ein älterer, psychisch kranker Mann ziehe die Fäden im Hintergrund. Ich glaube, man hat nie einen Schuldigen gefunden.«

Sie schwiegen.

»Es kursierten ein paar Gruselgeschichten, wenn ich mich recht erinnere. Man hat ein paar Kindersärge gefunden, im Sand vergraben …«

»Wirklich?«

»Zum Glück zeigte sich, dass nur Puppen darin lagen.

Aber unheimlich war das trotzdem. Wie ein Menschenopfer-Ritual.«

Pater Dominic stand auf und nahm etwas aus einer Schublade.

»Hier«, sagte er und reichte Josefine ein Kruzifix.

»Aber …«, protestierte Josefine.

»Schaden kann es ja nicht«, entschied er und legte es vor ihr auf den Tisch.

Josefine nahm es und wog es in der Hand. Es war ein schlichtes hölzernes Kreuz.

Kapitel 43

In Xander keimte der Verdacht, dass etwas nicht stimmte, als seine Kollegin Birthe ihn anrief und ihm mitteilte, gerade mit einem Bewohner des Hauses gesprochen zu haben, in dem Isabella Mont-Petersen ihre Praxis hatte. Der Bewohner hatte einen strengen Geruch bemerkt, der offensichtlich aus der Praxis kam. Xander beschloss, der Sache auf den Grund zu gehen.

Unten von der Straße sah er, dass in der Praxis kein Licht brannte. Xander klingelte, aber als wie erwartet niemand reagierte, ließ er sich von einem Nachbarn die Tür öffnen und hastete die Treppe hoch. Die Eingangstür zur Praxis war verschlossen, und es waren keine Geräusche zu hören. Beim Blick durch den Briefschlitz nahm auch er den strengen Geruch wahr, der ihn augenblicklich veranlasste, einen Durchsuchungsbeschluss zu beantragen. Danach rief er in der Kriminaltechnik an und bat Kenneth, sich bereitzuhalten.

Xander kam mit einem Schlosser und dem richterlichen Durchsuchungsbeschluss zurück. Kenneth schleppte, begleitet von einem Teil seiner Techniker, prustend seinen Tatortkoffer die Treppe hoch. Alle trugen Raumanzüge – sicherheitshalber.

Xander schwitzte in seinem Overall, und als die Tür aufgebrochen war, schlug ihnen der typische unheilverkündende Gestank entgegen, der ihm schon beim ersten Mal in die Nase gestiegen war. Der unverkennbare Geruch des Todes.

Sie gingen durch den Eingangsbereich ins Wartezimmer, aus dem ein Blubbern zu hören war, das von einem Aquarium stammte. Er signalisierte den Technikern mit einem kurzen Blick, dass sie sich die Küche vornehmen sollten, während er selbst auf die Tür zuging, die in den Behandlungsraum der Psychiaterin führte. Xander schob sie vorsichtig mit der behandschuhten Hand auf. Der Raum war dunkel, und er tastete nach einem Lichtschalter. Der penetrante Gestank stand wie eine Mauer vor ihm. Er fand den Schalter, drückte darauf und blinzelte einen Augenblick in dem grellen Deckenlicht.

Trotz der Hitze stellten sich unter dem Overall die Haare auf seinen Armen auf.

Die hintere weiße Wand war eine Farbstudie in Rot über ein bekanntes Motiv. Der senkrechte Balken des Kreuzes strebte wie ein erstarrter Blutgeysir in Richtung Decke. Es durchrieselte ihn eiskalt beim Anblick der gewaltigen Striche, die wie Flammen die Wand emporzüngelten. Das nachlässig hingeschmierte dunkelbraune Kreuz sah nach demselben Künstler wie in der Unterführung aus.

Sein Blick bewegte sich Richtung Boden und erfasste einen hochhackigen Schuh, und als er einen Schritt in den Raum hinein machte, sah er die blutverschmierte Leiche einer Frau, die bis dahin hinter dem Schreibtisch verborgen gewesen war. Obgleich die Gesichtszüge der Leiche unter der Maske aus Blut nicht mehr zu erkennen waren, zweifelte er keine Sekunde daran, dass es sich um die Psychiaterin Isabella Mont-Petersen handelte.

»Kenneth, verdammt, beweg deinen Arsch hierher!«, hörte er sich selber rufen.

Kenneth erschien im Türrahmen und legte die Stirn in Falten, als er die Kreuzformation an der Wand sah.

»Shit«, platzte er heraus und kam in den Raum. »Ist das die Psychiaterin?«, fragte er.

»Ja …« Xander schluckte. »Aber … das Gesicht ist so zerstört, dass sie so nicht eindeutig identifiziert werden kann. Das wird deine Aufgabe sein.«

Kenneth nickte.

Xander legte sich einen Schlachtplan zurecht. Er wollte mit der ersten Befragung der Nachbarn und Patienten beginnen und im Falle interessanter Erkenntnisse zügig eine zweite Runde anschließen, um den Kreis der potenziell Verdächtigen möglichst schnell einzugrenzen. Dafür würde er zusätzliche Einsatzkräfte zusammentrommeln müssen. Abfeiern von Überstunden und spontane Urlaubstage wären bis auf Weiteres gestrichen, damit hoffentlich endlich Schwung in die Ermittlungen kam.

*

Weiß gekleidete Personen wimmelten emsig in der Praxis umher wie in einem Ameisenhaufen. Xander beobachtete Maria Holcby bei der Untersuchung der Leiche. Nach einer Weile zog sie die Handschuhe aus und den Mundschutz unters Kinn und sah ihn an.

»Ich vermute, dass es sich bei der Leiche um die Inhaberin der Praxis handelt …?«

Xander nickte und vermied es, die Leiche anzusehen. »Wie lange liegt sie schon hier?«

»Schwer zu sagen …«

Xander spürte eine innere Frustration. Dass die Spur mehr als kalt war, war ihm nur zu klar, aber wenn sie den Todeszeitpunkt nicht konkreter eingrenzen konnten, würden sie schon vor Beginn der Ermittlungen hinterherhinken.

»Wir müssen sie im Institut genauer untersuchen«, sagte sie und befeuchtete die Lippen mit einer hellroten Zungenspitze, was Xander für einen Augenblick aus dem Konzept brachte.

»Und wann wird das sein?«

Maria sah auf ihre Armbanduhr.

»Wenn alles gut geht, morgen früh«, sagte sie. »Werden Sie dabei sein?«

Xander nickte.

Am nächsten Vormittag fuhr Xander in die Rechtsmedizin, zog die Schutzkleidung an und begab sich in den Sektionsraum. Die Luft war trotz der hohen Decken und der Lüftungsanlage, die die unangenehmen Gerüche, die die

Verwesung mit sich brachte, effektiv absaugte, abgestanden. Xander sog die Luft durch den Mund ein, was durch die Atemschutzmaske erschwert wurde. Und der Gestank war wegen der fortgeschrittenen Verwesung kaum zu ertragen. Er kam in Augenkontakt mit Josefine, die neben Maria stand. Sie kam auf ihn zu und steckte ihm unauffällig eine kleine Dose zu.

Er sah sie fragend an.

»Tigerbalsam«, flüsterte sie. »Schmieren Sie sich einen Streifen unter die Nase.«

Xander nickte dankbar, drehte den Anwesenden den Rücken zu und rieb sich blitzschnell etwas der fettigen Substanz unter die Nase. Gut roch das Zeug auch nicht, aber auf alle Fälle besser als der aufdringliche Leichengestank.

Xander trat an den Seziertisch, wo Maria mit gedämpfter Stimme in ein von der Decke hängendes Mikrofon sprach. Um die Hände der Leiche waren sterile Asservatenbeutel gebunden in der Hoffnung, unter den Fingernägeln Partikel zu finden, mit denen der Mörder seine DNA in Form von Hautzellen hinterlassen hatte.

»Schädelbruch als Folge stumpfer Gewalt. Einverstanden, Josefine?«, fragte Maria.

»Ja.«

Xander nahm die Spannung zwischen den beiden Frauen als physische Kälte wahr.

»Wir vermuten, dass es sich bei der Leiche um die Psychiaterin Isabella Mont-Petersen handelt.« Maria räusperte sich. »Übernehmen Sie die Spurensicherung?«

Josefine nickte und zog der Leiche die Beutel von den Händen, ehe sie Gewebeproben unter den Fingernägeln nahm.

Xander wandte den Blick ab, als Josefine eine OP-Lampe auf den Kopf der Frau richtete.

Der Rest der Obduktion barg keine Überraschungen, und nachdem sie keine weiteren besonderen Merkmale am Körper festgestellt hatten, nahm Josefine noch einen Abdruck für die Forensische Zahnmedizin zur endgültigen Identifizierung der Leiche.

Die Anwesenden verließen nacheinander den Raum, und sie löschte die Lichter. Draußen auf dem Flur führten sie ihr Gespräch fort.

»Lässt sich der Todeszeitpunkt jetzt genauer eingrenzen, Maria?«

»Zwischen vier und fünf Tagen«, antwortete Maria nach kurzer Bedenkzeit.

Xander nahm den Mundschutz ab und signalisierte Josefine, dass er etwas mit ihr zu bereden hatte.

»Wir haben am Tatort ein Kreuz gefunden, mit dem Blut des Opfers an die Wand gemalt …«

Josefine sah ihn an. Sie fröstelte.

Der Zahnmediziner, ein spindeldürrer älterer Herr mit Fistelstimme, meldete sich bereits am folgenden Tag bei ihr.

»Also, Josefine, die Zähne sind das einzig harte, ungeschützte Gewebe an der Außenseite des Körpers …«

Josefine würde sich nie an die Art und Weise gewöhnen, wie Zahnärzte über Zähne sprachen, und sie fand die gestelzten Formulierungen zwischendurch recht amüsant.

»Die Tote hatte ein paar interessante Schäden des Zahngewebes ... Die Schneidezähne sind künstlich«, fuhr er fort. »Ich habe die Fotos rausgeschickt, worauf sehr schnell ein Kollege reagiert hat ...«

»Ist es Isabella Mont-Petersen?«

»Ja. Informieren Sie die Polizei, oder soll ich das tun?«

»Ich rufe sie an«, sagte Josefine.

Sie bedankte sich und wählte umgehend Xanders Nummer, wurde aber an seine Mailbox weitergeleitet. Sie sprach eine kurze Nachricht darauf. Danach holte sie sich einen Kaffee und schickte der *Eiskönigin* eine Mail, dass das Opfer nun offiziell identifiziert war.

Kapitel 44

Josefine war gerade am Kochen, als es an der Tür klingelte. Sie wischte sich die Hände an einem Lappen ab, ging hinaus in den Flur und öffnete die Tür.

»Hallo«, sagte Xander. »Störe ich?«

»Nein, gar nicht. Komm rein! … Ist es okay, dass ich Du sage?«

»Klar.«

Josefine ging in die Küche, um nach dem Essen zu sehen. Xander folgte ihr ein paar Schritte, blieb dann aber stehen.

»Sag mal, bist du Gummistiefelfetischistin?«

Mindestens zehn Paar Gummistiefel standen in dem engen Flur in Reih und Glied. Da war für jeden Geschmack etwas dabei, von nostalgisch Jagdgrün in der breitschaftigen Variante bis zum glänzend neuen Neongelb mit lila Schnürband und roter um den oberen Rand gefalteter hellroter Wollsocke.

Josefine lächelte breit.

»Du weißt doch, Frauen und Schuhe …«

»Hast du genauso viele Stilettos?«, fragte er interessiert.

»Da muss ich dich leider enttäuschen, Xander. Das höchste der Gefühle ist ein Paar Ballerinas! Die ostereigelben Gummistiefel sind meine Ausgehschuhe!«

Xander kam lächelnd in die Küche geschlendert.

»Ich wollte dir nur mitteilen, dass wir gut auf deinen Vater aufpassen … Ich kann dich beruhigen, dass es in der Zwischenzeit keine weiteren Vorfälle gegeben hat, es ist alles ganz friedlich.«

»Das freut mich zu hören«, sagte Josefine und lächelte Xander an. »Ich mache mir wirklich Sorgen, dass ihm was passiert …«

Es entstand ein kurzes Schweigen.

»Das duftet gut«, sagte Xander.

»Chili con carne – die Nummer sechs der zehn Gerichte, die ich ohne Rezept kochen kann. Mein Mahlzeitenrepertoire hat sich seit meinem Studium nicht grundlegend geändert. Magst du mit mir essen?«

»Oh, danke gerne … Und ich stör dich wirklich nicht?«

»Absolut nicht. Aber wie gesagt, ich bin keine Meisterköchin«, warnte Josefine ihn vor.

Sie ging zum Kühlschrank. »Bier?«

»Tja, why not. Ich habe mir selbst freigegeben.«

Josefine gab ihm einen Flaschenöffner, Xander öffnete zwei Flaschen und reichte Josefine eine davon.

»Was machst du eigentlich, wenn du keine gefährlichen Verbrecher jagst?«

Die Frage erwischte Xander auf dem falschen Fuß.

»Ähm, nicht viel«, sagte er langsam. »Meine Arbeit nimmt ziemlich viel Zeit in Anspruch …«

»Hast du eine Frau und Kinder?«

Xander schüttelte den Kopf.

»Ich bin ein unglaublich langweiliger Singlemann«, brachte er es auf den Punkt. »Verheiratet mit meiner Arbeit …«

Josefine grinste ihn schief an.

»Keine erfüllenden Freizeitinteressen oder Hobbys?«

»Ich angle gern …«

Josefine gluckste.

»Mit der Antwort hätte ich jetzt nicht gerechnet«, sagte sie. »Dann darfst du bei deinem nächsten Besuch das Abendessen mitbringen.«

»Und selber?«, fragte Xander.

»Tja, das ist etwas kompliziert«, sagte sie. »Knochenexpertin mit dementem Vater – nicht unbedingt das aufregendste Aushängeschild in irgendwelchen Datingportalen …«

»Hast du dein Profil ins Internet gestellt?«

»Nein, Quatsch, das war nur ein Scherz. Die Männer in meiner Branche sind entweder steinalt oder unfassbar verschroben.«

»Warum suchst du dir keinen Mann außerhalb des Rechtsmedizinischen Instituts?«

Ihre Blicke begegneten sich.

»Keine Ahnung. Wahrscheinlich, weil ich nicht so dafür

zu haben bin, in irgendwelchen Bars wildfremde Männer anzuquatschen …«

Xander trank einen Schluck, setzte sich auf einen Hocker und sah ihr zu, wie sie das Essen zubereitete. Sie hatte das lange lockige Haar hochgesteckt und trug ein weißes Trägershirt und zerschlissene Jeans. Erst jetzt bemerkte er, dass sie barfuß war. Keine Schwielen oder krummen Zehen. Es schien zu stimmen, dass sie nie hochhackige oder zu enge Schuhe trug. Und es sah nicht danach aus, als ob sie einen BH anhätte. Er trank noch einen Schluck, platzierte die Flasche auf dem Tisch und stellte sich hinter sie. Sie drehte den Kopf und hob den Blick zu seinem Gesicht. Ihre Augen waren so dunkelblau wie tiefes Meerwasser. Die Wimpern lang und geschwungen. Sein Herz begann zu pochen, eine warme Welle schwappte durch seinen Körper. Er legte die Hände auf ihre Hüften und zog sie zu sich heran, spürte den Duft ihres Haares in seiner Nase. Ihr Körper fühlte sich nachgiebig und weich an. Seine Lippen streiften ihre, und ein Kribbeln schoss wie ein Stromschlag in alle Glieder. Sie hatte die Lippen leicht geöffnet, ihre Zähne glänzten wie Perlmutt. Er küsste sie und kreiste liebkosend mit seiner Zunge um ihre, seine Hände fanden ihre Brüste und drückten sie sanft, bis sie nach Luft schnappte. Sie sahen sich in die Augen. Er spürte ihre Lust wie einen glimmenden Glutpunkt in der Tiefe ihres blauen Blickes. Er drückte sie noch näher an sich und zog ihr das Trägerhemd in einer gleitenden Bewegung über den Kopf. Das warme Gefühl lebendiger, weicher Haut ließ die letzten Reste von Selbstkontrolle verdampfen. Sie ließ ihn ihre harten Brustwarzen küssen. Seine Hände wanderten abwärts und verharrten bei einer winzigen Unebenheit über ihrem Kreuz. Sie verkrampfte sich.

»Eine Narbe?«, murmelte er mit halb geschlossenen Augen.

»Xander …«, sagte sie kurzatmig. »Ich … ich glaube nicht, dass ich das kann …«

»Wie meinst du das?«

»Wir sollten besser aufhören …«

»Warum?«

»Weil …«

Sie verstummte.

Xander sah sie an. Ihr Blick war plötzlich nach innen gewandt und ihr Körper angespannt.

»Entschuldige, Josefine«, sagte er langsam. »Ich wollte nicht …«

»Ist okay«, sagte sie, hob das Trägerhemd vom Boden auf und zog es wieder über.

»Was ist im Weg?«

»Ich … mag jetzt nicht darüber reden«, sagte sie. »Ein andermal, vielleicht, aber nicht jetzt.«

»Soll ich gehen?«

Sie nickte langsam.

»Ist wohl besser«, sagte sie zögernd.

Xander stand mit hängenden Armen da und sah sie fragend an, aber sie wich seinem Blick aus.

Kurz darauf hörte sie die Wohnungstür zuschlagen.

*

Am nächsten Morgen aß Josefine ein Milchbrötchen und trank ihren Tee stehend am Küchentisch. Es ging ihr gar nicht gut wegen der Sache mit Xander. Als er nach der Narbe gefragt hatte, war kurz die Zeit stehen geblieben und ihr Schuldgefühl erwacht, das sie immer wieder überkam, für den Tod ihres Bruders verantwortlich zu sein. Sie würde niemals den Moment vergessen, als klar war, dass die Nierenoperation der letzte Schubser in die Arme des Todes gewesen war. Eine banale Infektion wuchs sich zu einer Lungenentzündung aus, und am Ende gab es nichts mehr, was sie hätten tun können.

Sie seufzte und zwang sich dazu, sich auf die Aufgaben des Tages zu konzentrieren.

Später öffnete sie eine Mail und schaute sich das Programm der bioarchäologischen Konferenz an, die am nächsten Tag stattfinden sollte. Eigentlich hatte Josefine keine Zeit, an der Konferenz teilzunehmen, aber sie hatte es nicht übers Herz gebracht abzulehnen, als ihr alter Mentor Ejner Klemmesen sie eingeladen hatte, den einleitenden Vortrag über die vorläufigen Ergebnisse der Analyse des Knochenmaterials vom Assistens Kirkegård zu halten. Ejner forschte zurzeit über die Syphilis im 16. Jahrhundert. Das Knochenmaterial stammte von seeländischen Friedhöfen und wurde in einem Fabrikgebäude im Industriegebiet von Avedøre gelagert. Es war ein wohlgehütetes Geheimnis, dass sich hinter den unscheinbaren grauen Betonmauern mehrere Tausend Skelette befanden. Da im Knochendepot vom Panum-Institut Platzmangel herrschte, hatte man die Halle in Avedøre angemietet und Ejner Klemmesen als Verwalter eingesetzt.

Josefine würde sich selbst nicht als Nerd bezeichnen, aber die bevorstehende bioarchäologische Konferenz war eindeutig was für echte Fachidioten. Eine Konferenz für die Knochenjäger aus dem Norden, auf der sich alles um Bruchflächen, Schäden am Skelett und in früheren Zeiten vorkommende Krankheiten drehte. Sie betrachtete es als ihre Pflicht, sich über die Entwicklungen und neuesten Forschungsergebnisse auf dem Laufenden zu halten. Außerdem schätzte sie den Umgang mit Gleichgesinnten, da es für sie als eine der wenigen Rechtsanthropologinnen Dänemarks schwierig war, einen ebenbürtigen Sparringpartner zu finden, und sich selten die Gelegenheit für einen Austausch unter Kollegen ergab.

Sie gab die Adresse in Avedøre ins Navi des Leihwagens ein und schaltete das Radio an.

Eine gute halbe Stunde später hatte sie das Industrieviertel erreicht und fuhr durch ein oben mit Stacheldraht gesichertes Stahltor.

Ejner hatte sich in den letzten Jahren kein Stück verändert. Er trug immer noch die gleichen Holzfällerhemden wie früher, Cordhose und Socken in knalligen Neonfarben, solide verpackt in ergonomisch angepassten Gesundheitstretern.

»Hallo, Josefine. Schön, dich zu sehen. Magst du eine Tasse Tee? Ich habe sogar Kuchen gekauft«, lockte er.

Ejner hatte einen süßen Zahn, und wenn man etwas von ihm wollte, war es schlau, das in die eigenen Pläne einzubeziehen.

»Wunderbar, genau das, was ich jetzt brauche.«

Sie gingen in den Personalraum, der durch eine Glaswand von der übrigen Halle abgetrennt war. Er hatte etwas von einer Führerkabine, und durch das große Fenster hatte man Ausblick auf das riesige Magazin. Ejner schenkte chinesischen Schwarztee aus einer kreischgrünen Plastikthermoskanne ein und riss die Tüte mit dem Kuchen auf, der für eine ganze Armee reichte.

»Bitte schön«, sagte er und schnitt ein großes Stück für sie ab. »Du kannst ein bisschen was auf den Rippen vertragen.«

Sich selbst hob er ein noch größeres Stück auf den Teller. Josefine bemerkte einen dunklen Schatten, der an dem Fenster vorbeihuschte, das zum Lager hinausging.

»Das ist eine Amsel, die sich hier rein verirrt hat«, erklärte Ejner. »Wir schaffen es nicht, das Viech wieder rauszukriegen. Ich hab vorgeschlagen, die Wagentore zu öffnen und den Vogel dort ins Freie zu scheuchen. Sie kackt alles voll. Und ich habe den Verdacht, dass sie die Bewegungsmelder aktiviert und den Alarm auslöst …«

Es entstand eine Pause.

»Es war erschütternd, von Ritas Tod zu lesen«, fuhr er nach Worten ringend fort. »Soweit ich weiß, habt ihr im Rahmen der Exhumierung auf dem Assistens Kirkegård zusammengearbeitet?«

»Ja.« Josefine schlug den Blick nieder. »Ich habe sie gefunden …«

»Ist das wahr?«

Sie nickte.

Josefine hatte das Gefühl, dass Ejner nicht recht wusste, was er sagen sollte.

»Hast du jemanden zum Reden?«

»Ich komm schon zurecht.«

Ejner füllte seinen Becher bis zum Rand.

Josefine sah aus dem Fenster, das irgendein Witzbold mit einer Papiergirlande aus sich an den Händen haltenden Skeletten geschmückt hatte. Sie sah einen von Ejners Mitarbeitern mit einem großen, grün gekleideten Kurierfahrer sprechen, der sie an ein riesiges Insekt erinnerte. Der Mitarbeiter zeigte kurz in Josefines und Ejners Richtung, und der Fahrer richtete seinen verspiegelten Blick auf sie. Josefine hatte verspiegelte Sonnenbrillen schon immer als extrem unangenehm empfunden, hinter denen man die Augen seines Gegenübers nicht erkennen konnte und nicht wusste, ob der andere einen beobachtete oder nicht. Und genau dieses Gefühl hatte sie in diesem Moment.

»Wir müssen ein paar Knochen in der Rechtsmedizin scannen lassen und sie dafür dorthin schicken«, erklärte

Ejner. »Über den Postweg dauert das viel zu lange, darum haben wir einen Kurierdienst damit beauftragt.«

Sie spürte seinen Blick auf sich.

»Gut vorbereitet auf deinen Vortrag morgen?«

»Das will ich doch hoffen …«

Ejner lächelte.

»Ach übrigens, einige deiner früheren Kommilitonen haben für heute Abend einen Restaurantbesuch geplant. Für die Konferenz sind sie ja von nah und fern zusammengekommen.«

»Heute Abend? Nette Idee. Aber wie du das sagst, klingt es, als kämst du nicht mit.«

»Nein, ich muss noch was fertig machen, ein paar Hängepartien, du weißt …«

Josefine dachte, dass der Mann sich kein Deut geändert hatte, und vermutete, dass er alle naselang in seinem Büro übernachtete. Ihr schoss durch den Kopf, dass sie so gut wie nichts über sein Privatleben wusste.

»Und, willst du dir jetzt ein paar Knochen anschauen?«

Sie biss in ihren Kuchen und nickte. Sie begaben sich in die große Fabrikhalle, in der lange Reihen neongelber Regale standen, dicht bepackt mit Pappkartons, in denen die Knochen aufbewahrt wurden.

*

Nach ein paar Stunden in Ejners Gesellschaft fuhr Josefine zurück nach Kopenhagen, wo sie sich mit ihren ehemaligen Studienkollegen in einem kleinen Café im Zentrum traf. Sie verbrachten einen netten Abend zusammen und frischten alte Erinnerungen auf. Sie sprachen lange über Ritas Tod, der für sie alle, die sie ebenfalls aus der Studienzeit kannten, ein schwerer Schock war.

Bei einem kurzen Blick aufs Handy sah Josefine, dass Ejner mehrfach versucht hatte, sie zu erreichen. Im ersten Moment machte sie sich Sorgen, dass etwas passiert war, wurde aber von einer nachgeschobenen SMS beruhigt, in der er fragte, ob sie noch mal im Knochenlager vorbeikommen könne, weil er ihr etwas Wichtiges zeigen wollte. Sie lächelte und dachte, dass es wahrscheinlich um das Skelett ging, von dem er ihr erzählt hatte. Dabei handelte es sich um ein seltenes, typisches Beispiel von Tuberkulosebefall von Knochen, das sie vergeblich in den Lagerregalen gesucht hatten. Irgendjemand hatte offenbar die Kiste nicht an ihren Platz zurückgestellt. Josefine sah auf ihre Armbanduhr. Es war schon spät, und eigentlich war sie müde, aber ihre Neugier auf das Skelett, über das sie schon ein paar spannende Artikel gelesen hatte, siegte. Sie schrieb ihm, dass sie in einer Dreiviertelstunde bei ihm sein würde.

Sie verabschiedete sich von ihren Studienkollegen und erklärte den Grund für ihren Aufbruch, was die anderen nicht weiter zu verwundern schien.

Josefine machte sich auf den Weg in die Tiefgarage, wo sie den Wagen geparkt hatte, fuhr die steile Rampe hoch und ließ sich von ihrem Navi aus der Stadt führen.

Bei der Einfahrt in das Industriegebiet schaltete Josefine das Navi aus. Ab hier erinnerte sie sich an den Weg. Von dem geschäftigen Gewimmel am Tag war nichts mehr zu spüren. Ein paar wenige Straßenlaternen sorgten für eine schwache Beleuchtung, und die Gegend kam ihr noch trister vor als am Nachmittag. Es hatte aufgefrischt, ein paar Baumkronen wiegten sich im Wind hin und her.

Bis auf einen Lieferwagen vor der Lagerhalle war der Parkplatz leer. Jetzt fing es auch noch an zu schneien. Die Flocken wirbelten über ein paar dunkle Pfützen, deren dünne Eishaut unter den Sohlen knirschte, als sie darüberlief. Der Geruch von Frost füllte ihre Nasenlöcher. Als sie auf die dunkel glänzende Glastür zuging, die ins Lager führte, befiel sie ein seltsames Gefühl.

Josefine legte eine Hand auf den Griff der unverschlossenen Glastür und trat in den dunklen Raum. Hoch über ihr war das Flattern der Amsel zu hören.

»Ejner?«, rief sie. »Wo bist du?«

Sie bekam keine Antwort. Das Gefühl der Unruhe wuchs. Sie sah im Glaskasten nach und zuckte erschrocken zusammen, als der Kühlschrank unvermittelt ansprang. Es roch intensiv nach geröstetem Brot, als hätte Ejner gerade einen kleinen Imbiss zu sich genommen. Josefine fand einen Lichtschalter und drückte darauf. Hier war niemand, stellte sie fest und sah durch das große Fenster in die Lagerhalle. Ihr wurde unangenehm bewusst, wie sichtbar sie in dem beleuchteten Glaskasten war, falls dort draußen in der Dunkelheit jemand stand und sie beobachtete.

Da hörte sie ein Scharren. Ein nervöses Zittern durchrieselte sie. Sie suchte Ejners Handynummer heraus und rief ihn an. Irgendwo in der Dunkelheit ertönte klassische Musik, Ejners spezieller Klingelton. Sie drehte sich in die Richtung, aus der das Geräusch kam.

»Ejner!«, rief sie wieder. »Wo bist du?«

Ihre Stimme zitterte, und ihr Herz hämmerte.

Die Oberlichter bildeten schwarze Felder an der Decke, und die knalligen Metallregale schimmerten jetzt grau. Sie steuerte auf die hinterste Ecke zu, wo sie den Klingelton von Ejners Handy verortete. Josefine wählte erneut seine Nummer, und die Melodieschleife setzte wieder ein, diesmal in unmittelbarer Nähe.

Am äußeren Rand des fluoreszierenden Lichtkegels, der von ihrem Display ausstrahlte, nahm sie aus den Augenwinkeln einen leuchtenden Punkt wahr oder genauer zwei. Das hatte ausgesehen wie ein Augenpaar. Leuchtende Augen.

Josefine blieb stehen, verunsichert darüber, was sie gesehen hatte. Sie rührte sich nicht und lauschte in die Dunkelheit. Dann setzte sie sich wieder in Bewegung und ging auf die letzte Regalreihe zu, als sie in der Ecke vor der Betonwand einen schwarzen unbeweglichen Schatten mehr erahnte als erkannte. Im Schein des Handydisplays sah sie Ejners dürre Gestalt mit dem Rücken an der Wand sitzen. Als sie ihn erreichte, sah sie sofort, dass er tot war.

Der Kopf hing vornüber, und um seinen Körper hatte sich eine tiefrot schimmernde Blutlache gebildet.

Sie spürte, dass jemand hinter ihr war, und fuhr mit einem lauten Schrei herum.

Der Ton hallte durch den Raum, begleitet von dem Geräusch flatternder Flügel.

Kapitel 45

»Lebt sie?«, fragte Xander den Ermittlungsleiter der Polizei Vestegnen, der ihn mit den beunruhigenden Neuigkeiten über Josefine aus dem Schlaf geklingelt hatte.

»Ja, sie ist mit Verdacht auf Gehirnerschütterung ins Krankenhaus gebracht worden. Vermutlich hat sie den Mörder überrascht. Ein Angestellter der Sicherheitsfirma, die für die Überwachung des Knochendepots zuständig ist, hat erzählt, dass spät am Abend der Alarm losgegangen sei. Da in letzter Zeit mehrere falsche Alarme eingegangen waren, haben sie den verantwortlichen Leiter des Knochendepots kontaktiert, um sich abzusichern, dass sie nicht vergeblich dorthin fuhren. Der Leiter bestätigte, dass es sich um einen Fehlalarm handelte. Der Diensthabende in der Alarmzentrale hatte trotzdem das Gefühl, dass irgendetwas nicht stimmte, und schickte einen Mann raus zu der Halle, um zu überprüfen, ob alles in Ordnung war. Als der Wachmann die Halle betrat, hörte er einen Schrei aus dem Lagerraum. Dort fand er den ermordeten Leiter des Knochendepots und die niedergeschlagene Josefine Jespersen. Wenn die Sicherheitsfirma nicht reagiert hätte … sähe es jetzt schwarz aus.«

»Sorgen Sie dafür, dass sie rund um die Uhr bewacht wird!«

Xander rieb sich mit der freien Hand übers Gesicht in dem Versuch, die gnadenlose Erschöpfung wegzuwischen.

Er nahm sich vor, Josefine so schnell wie möglich im Krankenhaus zu besuchen.

Auf der Fahrt holte ihn das frustrierende Gefühl der Ohnmacht gegenüber diesem brutalen Mörder ein, und er zweifelte keine Sekunde daran, dass die Person, die versucht hatte, Josefine zu töten, dieselbe gewesen war, die auch für die anderen Morde verantwortlich war.

Es gab unbehaglich viele Parallelen, allein schon aus der einleitenden Beschreibung des Fundortes. Dem Opfer war mehrfach mit einer stumpfen Waffe auf den Kopf geschlagen worden.

Darüber hinaus hatte der Kollege beschrieben, dass der Täter mit dem Blut des Opfers ein Kreuz an die Betonwand gemalt hatte.

Xander war entsetzlich müde, todmüde. Ihm fiel wieder ein, was Pater Dominic über die Zermürbungstaktik und den permanenten Kampf bis zur totalen Erschöpfung gesagt hatte, und er merkte, dass nicht mehr viel fehlte, bis er in dem Kräftemessen unterlag.

Er war in Rekordzeit im Krankenhaus. In den Korridoren war es still, ihm begegneten unterwegs nur wenige weiß gekleidete Gestalten.

Josefine schlief, als er das Krankenzimmer betrat.

»Hallo, Josefine«, sagte er leise.

Sie öffnete langsam die Augen. Ihr Blick war finster verschleiert.

»Hallo«, murmelte sie schwach und setzte sich im Bett auf.

»Alles okay mit dir?«

»Einigermaßen«, antwortete sie.

Er sah sie an, suchte nach sichtbaren Verletzungen.

»Was hast du denn so spät noch in der Lagerhalle zu suchen gehabt?«

»Ich habe eine SMS von Ejner bekommen, dass er mich noch mal sehen wollte. Ejner war mein Doktorvater. Er wollte mir vor der Konferenz heute noch was Interessantes zeigen … Ich sollte den einleitenden Vortrag über die Untersuchungsergebnisse der Knochenanalysen vom Assistens Kirkegård halten … Aber die Konferenz wird vermutlich abgesagt, jetzt, wo er … tot ist«, sagte sie leise.

»Hast du dich nicht gewundert, dass er dich mitten in der Nacht ins Knochendepot bestellt?«

»Nein, so ist er … ich meine, so war Ejner eben. Für ihn gab es nur seine Arbeit, und über die vergaß er oft die Zeit.«

Xander sortierte die Informationen und musste sich

eingestehen, dass sie beide doch sehr unterschiedliche Leben lebten.

»Hatte Ejner Feinde?«

»Ejner? Nein, das kann ich mir nicht vorstellen. Er war der friedliebendste Mensch, den man sich vorstellen kann.«

»Hast du den Mörder gesehen?«

»Ja und nein … Ich habe seine Anwesenheit *gespürt* und bin fast sicher, dass ich seine Augen gesehen habe. Er hatte so eine Sturmhaube auf, die das Gesicht bedeckt.«

Sie sah so verletzlich aus in dem Bett mit ihrem blassen Gesicht. Ihn überkam das Bedürfnis, ihr übers Haar zu streichen. Er hatte die unheilvolle Vorahnung, dass das Ganze noch lange nicht überstanden war.

»Sie haben gefragt, ob ich entlassen werden will, aber dazu bin ich noch nicht ganz bereit …«

»Ich denke, das Beste wird sein, wenn du ein wenig zu schlafen versuchst, damit du morgen wieder fit bist. Darfst du Auto fahren?«

»Ja. Sie sagen, eine Gehirnerschütterung hätte ich nicht«, sagte sie tonlos.

»Josefine … Das in deiner Küche tut mir leid. Ich weiß nicht, was in mich gefahren ist …«

»Das … Ich bin es, mit der was nicht stimmt«, sagte sie mit einem verbitterten Zug um den Mund.

»Wie meinst du das?«

Sie antwortete nicht, starrte an die Wand.

»Kann ich irgendwas für dich tun? Was auch immer …?«

»Ja«, sagte sie und sah ihm tief in die Augen. »Sorg dafür, dass nicht noch mehr Morde geschehen …«

Ihr Blick begann zu flackern, sie sank zurück aufs Kissen und schloss die Augen.

Er verließ leise den Raum.

*

Xander fröstelte, als er das riesige Fabrikgebäude betrat. Er hatte einen blauen Einwegschutzanzug übergezogen und kämpfte mit dem Mundschutz. Die Gummis kniffen hinter den Ohren, und überhaupt schien alles für Zwerge entworfen worden zu sein.

Es war kühl in der Halle, aber vielleicht lag es auch an der allmählich chronisch werdenden Müdigkeit und an der Frustration, in dem Fall hinterherzuhinken, dass ihm so kalt war. Er begrüßte die Ermittlungsleiterin, eine große, grimmig dreinschauende Frau, die komplett anders wirkte, wenn sie lächelte. Sie war Ende fünfzig und nach Xanders Geschmack viel, viel zu dünn.

»Hallo, Xander«, sagte sie und gab ihm die Hand. Ihr Händedruck war trocken und rau und passte zu ihrem burschikosen Auftreten.

»Hallo, Elisabeth.«

»Der Rechtsmediziner benennt stumpfe Gewalt gegen den Schädel als Todesursache. Das Opfer ist dort drüben«, sagte sie mit professioneller Miene.

Sie passierten mehrere Regalreihen. Die Atmosphäre

war die einer gewöhnlichen Lagerhalle, bis die Ermittlungsleiterin Xander erklärte, was die Pappkartons eigentlich enthielten.

Ein auf dem Boden sitzender Mensch bildete ein Relief vor der hellen Betonwand wie ein Teil einer makabren Ausstellung. Die sternförmige Fraktur über der Stirn des Opfers zog Xanders Aufmerksamkeit auf sich. Das Blut war aus der Wunde am Körper des alten Mannes heruntergelaufen und hatte einen dunkelroten See auf dem Boden gebildet.

»Wann ist das euren Berechnungen nach ungefähr passiert?«

»Schätzungsweise gegen 23 Uhr«, sagte Elisabeth.

Xander sah sich die Leiche genauer an. Die Augen waren barmherzigerweise geschlossen.

»Das hier musst du dir ansehen«, fuhr Elisabeth fort und ging vor ihm zu der hinteren Wand. Xander starrte auf das primitiv ausgeführte Kreuz mit dem inzwischen allzu bekannten tief hängenden Querbalken. Das rotbraune getrocknete Blut bildete einen grellen Kontrast zu den eidottergelben Regalen. Ein ihm unbekannter Techniker war dabei, in einem verwischten Fleck Spuren zu sichern. Er hatte die Augenbrauen tief konzentriert hochgezogen.

»Brauchbare Fingerabdrücke?«, fragte Elisabeth hoffnungsvoll.

Der Techniker, der aussah, als würde er noch die Schulbank drücken, nickte mit rosigen Wangen.

»Ja, wie aus dem Lehrbuch«, antwortete er eifrig.

»Schick es durchs Identifizierungssystem«, sagte Elisabeth mit einem anerkennenden Lächeln. »Und wenn ihr ein Match habt, geht eine Kopie an Alexander Damgaard.«

Xander wühlte in seinen Taschen nach einer Visitenkarte und fand schließlich eine, die er dem Techniker reichte.

»Gerne so schnell wie möglich«, murmelte er leise.

Der junge Mann nickte.

»Sonst noch etwas, das ich wissen sollte?«

»Nein, ich glaube nicht. Es gibt keine Überwachungskameras hier drinnen … Gottes blindes Auge …«

Xander fröstelte bei dem brutal zutreffenden Ausdruck.

»Doch, da ist noch was. Wir haben das hier gefunden.« Sie hielt zwei Beweisbeutel ins Licht.

In einem lag eine verspiegelte Sonnenbrille mit regenbogenfarbenen Gläsern. Ein Glas war aus dem Gestell gerutscht. Den Inhalt des zweiten Beutels hätte er vorhersehen können: eine kleine Plastikflasche, in der vermutlich Kopenhagener Leitungswasser gewesen war.

Kapitel 46

»Die Ergebnisse der Analyse des Blutes in der Praxis sind gekommen«, sagte Jørgen leicht außer Atem.

Xander war schwindelig vor Müdigkeit.

»Was sagt Kenneth?«

»Match«, antwortete Jørgen. »Das Kreuz an der Wand wurde mit Isabella Mont-Petersens Blut gemalt. Darüber hinaus haben sie einen Fingerabdruck gefunden. Aber der ist nicht im System registriert. Dafür ist er identisch mit dem Abdruck, den sie in der Unterführung gesichert haben.«

»Ich dachte, in der Unterführung wären keine brauchbaren Fingerabdrücke zu finden gewesen?«

»Du weißt doch, wie hartnäckig Kenneth ist. Sie haben wohl nicht lockergelassen, bis …«

Xander hätte froh sein sollen, dass die Ermittlungsarbeit endlich Resultate brachte, aber stattdessen wuchs sein Frust, weil er das Gefühl hatte, dass der Mörder nur genau das preisgab, was er wollte. Nichts schien dem Zufall überlassen zu sein.

»Wie weit seid ihr mit den Verhören der Patienten von Isabella Mont-Petersen und den Bewohnern im Treppenaufgang?«, fragte Xander. »Haben die wirklich gar nichts gehört oder gesehen?«

»Nein, leider …«

Xander starrte vor sich hin und dachte, dass der Mörder bis jetzt mehr Glück als Verstand gehabt hatte. Wenn er selber in diesem Fall auch nur einen Bruchteil dieses Glücks hatte, würde er seinen Fang schon einholen.

*

Am nächsten Tag saß Xander noch lange im Büro, nachdem seine Kollegen nach Hause gegangen waren. Die Fallakten lagen auf dem Sitzungstisch ausgebreitet. Er hatte entschieden, in den Ermittlungen bis zu Rita Magnussens Ermordung zurückzugehen, bevor überhaupt jemand an einen Serienmörder gedacht und der Fall sich zu einem verknoteten Fadenknäuel entwickelt hatte. Vielleicht hatte er schon in den ersten chaotischen Tagen nach dem Mord an Rita Magnussen Fehlentscheidungen getroffen? Waren die Ermittlungen bereits da aufs falsche Gleis geraten?

Kapitel 47

Josefine fuhr in einem unangenehmen Dämmerzustand mit dem Leih-Fiat in die Werkstatt und hoffte, dass ihr Volvo fertig war und sie nicht warten musste.

Sie hatte Glück, aber die Rechnung war eine unschöne Überraschung. Immerhin stellte sie beim Starten des Motors fest, dass sie das Klopfen weggezaubert hatten, aber ansonsten war alles beim Alten.

Sie beschloss, zur Arbeit zu fahren, obwohl es sicher ratsam gewesen wäre, sich einen Tag krankschreiben zu lassen. Aber sie hatte keine Lust, allein in der Wohnung zu sein.

*

Am späten Nachmittag klopfte Xander an ihre Bürotür.

»Hi, Josefine«, sagte er. »Wie geht es dir?«

»Ganz okay. Ich sollte vielleicht besser zu Hause sein, aber nach dem, was passiert ist, habe ich kein gesteigertes Bedürfnis, allein zu sein …«

»Das kann ich sehr gut verstehen.«

Ihr Blick wanderte zerstreut durchs Zimmer, dann stand sie auf und öffnete das Fenster.

Ein kräftiger Luftzug fuhr in den Raum und zog ein paar Blatt Papier in einem aufsteigenden Wirbel nach oben, ehe sie wie trockenes Herbstlaub langsam wieder zu Boden trudelten. Josefine schob das Fenster hastig wieder zu, während Xander die Papiere aufsammelte, die sich als Ausschnitte aus der Gratiszeitung *Metroexpress* erwiesen. Als er ganz nebenbei den Text unter zwei Fotos überflog, verharrte er plötzlich mitten in der Bewegung. Seine kräftigen Augenbrauen zogen sich um eine tiefe Furche auf der Stirn zusammen. Das Zeitungspapier war vergilbt. Das eine Foto zeigte Josefine in blauem Arbeitsoverall, Gummistiefeln und Warnweste. Rotwangig und blauäugig. Der Wind zerrte an ihrem Haar, das von der Sonne in Brand gesteckt war. Sie streckte keck den Daumen in die Luft.

»Wann ist das Foto gemacht worden?«, fragte er.

»Unmittelbar nach dem ersten Spatenstich der Räumungsarbeiten … Kopenhagens Technik- und Umweltbürgermeister war auch da«, antwortete Josefine und hob ein Blatt auf.

»Wer sind die anderen auf dem Foto?«, fragte Xander weiter und sah sich die Personen im Hintergrund genauer an.

»Also, das sind meine Kollegen … Angestellte aus dem Stadtmuseum und ihre Chefin, Charlotte Scavenius.«

Es entstand eine Pause.

»Und das ist Rita«, sagte sie und zeigte auf eine jüngere Frau mit einem strahlenden Lächeln.

Xander sah vor seinem inneren Auge Rita Magnussens Leiche vor sich, das durch den Tod und die grauenvollen Verletzungen bis zur Unkenntlichkeit entstellte Gesicht.

»Wozu brauchtest du die Kegel?« Xander zeigte auf ein anderes Foto, auf dem eine Person, die schräg von hinten zu sehen war, gerade ein paar neonorange Plastikkegel von der Ladefläche eines kleineren Lastwagens hob.

»Das ist Rita«, sagte Josefine.

Xander sah sie verdutzt an. Er hätte schwören können, dass das auf dem Foto Josefine war. Die beiden waren sich zum Verwechseln ähnlich, was Figur und Haare betraf. Und die Warnweste vervollständigte diesen Eindruck noch.

Xander sah, wie Josefine schluckte und blass wurde.

»Denkst du …« Sie brach den Satz ab. »Glaubst du, dass er es von Anfang an eigentlich auf mich abgesehen hatte?«

Xander wusste nicht, was er sagen sollte.

»Ich weiß es nicht, Josefine«, antwortete er ehrlich. »Aber du musst zugeben, dass ihr beide euch von hinten wirklich zum Verwechseln ähnelt … Die gleiche Größe und Haarfarbe …«

Sie starrte mit finsterem Blick auf das Foto.

»Josefine … das ist sehr wichtig«, sagte er eindringlich. »Fällt dir irgendjemand ein, dem daran gelegen sein könnte … dir Schaden zuzufügen?«

Josefine schien mit den Gedanken weit weg.

»Nein«, sagte sie nach einer Weile. »Wer sollte so etwas wollen?«

Xander versuchte, das nervöse Kribbeln zu überspielen, das sich wie Gift in seinem Körper ausbreitete. Das massive Medieninteresse hatte die Geschichte in Windeseile gestreut wie eine Epidemie, und es gab kaum ein Medium, das sich nicht sein Stück vom Kuchen gesichert hatte. Ritas Foto von der Homepage des Stadtmuseums war im kleinsten Käseblatt abgedruckt worden. Und bestimmt spielte die Münze, die Josefine in ihrer Wohnung gefunden hatte, eine Rolle. Genauso wenig, wie es vermutlich ein Zufall war, dass Josefine eine Nachricht von Ejner bekommen hatte, vom Mörder geschrieben, mit der er sie in eine clever ausgedachte Falle gelockt hatte. Die Gedanken schwirrten wie dunkle Schattenfetzen durch sein Bewusstsein, und er kam immer mehr zu der Überzeugung, dass Josefine das eigentlich angepeilte Opfer war. Der Mord an Rita musste ein Versehen gewesen sein, was bedeutete, dass Ejner als Lockvogel hatte herhalten müssen, damit Josefine draußen in dem einsamen Knochendepot in die Falle des Mörders tappte.

»Hör zu, Josefine. Bitte sei extrem vorsichtig und achte darauf, ob dir irgendjemand folgt oder dir irgendetwas merkwürdig vorkommt. Es ist nur eine Theorie, und ich will dir keine Angst machen … Aber nach dem, was in Avedøre passiert ist, will ich kein weiteres Risiko eingehen … Josefine … ich …«

»Was?«

»Ich will auf keinen Fall, dass dir etwas zustößt. Und ich sorge dafür, dass du Polizeischutz bekommst, bis das Ganze überstanden ist.«

*

Josefine fühlte sich völlig unwirklich, als sie ihre Wohnung betrat und durch alle Zimmer ging, um zu schauen, ob alles noch so war wie beim Verlassen. Sie versuchte, sich mit der Tatsache zu beruhigen, dass sie von der Polizei bewacht wurde. Außerdem war es ja nur eine Theorie von Xander, für die es noch keinen Beweis gab. Trotzdem drängten sich immer wieder die Teufelsmünze und Pater Dominics ernster, besorgter Gesichtsausdruck in ihr Bewusstsein. Die Vorstellung, dass ihr jemand Böses wollte, war mit einem Mal gar nicht mehr so abwegig.

Sie ging früh ins Bett und wälzte sich lange hin und her, bis sie endlich in einen unruhigen Schlaf fiel. Mitten in der Nacht schreckte sie hoch. Die Gedanken mahlten in ihrem Kopf. Xander hatte recht, dass sie und Rita sich im Körperbau und mit den mittelblonden lockigen Haaren extrem geähnelt hatten. Trotzdem war es so unwirklich, dass der Mörder eigentlich sie als Opfer ausersehen hatte … Die Dunkelheit vervielfachte ihre Zweifel. War sie schuld an Ejners Tod? Hatte er als Lockvogel für sie fungiert? Sie ging in Gedanken alle Personen durch, die ihr Böses wünschen könnten, konnte sich aber beim besten

Willen nicht vorstellen, dass eine dabei war, die sie töten wollte.

Josefine schüttelte den Kopf über sich und ihre kruden Gedanken. Ihr fiel ein, dass sie das Kruzifix in die Nachttischschublade gelegt hatte, und sie knipste das Licht an und nahm es heraus. Fühlte sie sich jetzt sicherer mit dem Kreuz in der Hand? Vielleicht. Trotzdem kam sie sich ein bisschen idiotisch vor, wie sie dort auf dem Bett lag und krampfhaft das Holzkreuz umklammerte.

Am nächsten Morgen wachte sie mit dem Kreuz in der Hand auf. Josefine lächelte und legte es zurück in die Schublade, ehe sie in die Küche ging, um einen Kaffee aufzusetzen. Ausgeschlafen war sie nicht, aber sie fühlte sich auf alle Fälle sehr viel entspannter als in der Nacht.

Kapitel 48

»Mir ist was eingefallen«, sagte Jørgen und biss in einen Keks. Sie saßen in Xanders Büro und kämmten alle frustrierend voluminösen Fallakten noch einmal durch.

»Hm?«, murmelte Xander, der die Zeugenaussagen zu Rita Magnussens Mord zum weiß Gott wievielten Mal durchkaute.

Es war später Nachmittag, und sein Magen knurrte hungrig. Er bereute, die Mittagspause übersprungen zu haben, was sich jetzt rächte. Sein Gehirn lief im Leerlauf, er musste jeden Satz mehrmals lesen, ehe er hängen blieb. Er schob sich ebenfalls einen Keks in den Mund und kaute langsam.

»Die Zeugin aus dem Tunnel«, nuschelte Jørgen mit vollem Mund. Xander war schleierhaft, wo er die ganzen Kalorien hinsteckte. Egal wie viel er in sich hineinstopfte, blieb er klapperdürr, während bei Xander schon der Duft eines Hefeteilchens für beunruhigende Ausschläge der Badezimmerwaage sorgte. »Sie hat doch was von leuchtenden Augen gesagt«, schob Jørgen hinterher.

»Ja? Wahrscheinlich hat sie zu viele Krimis im Fernsehen gesehen.« Xander grinste.

»Kann sein«, sagte Jørgen zögerlich. »Aber neulich, als wir mit der Mutter meiner Freundin zusammen gegessen haben, ist mir was aufgefallen.«

Xander sah den Kollegen ungeduldig an, der sich viel Zeit ließ.

»Und?«

»Ihre Augen haben im Schein der Kerzen ganz merkwürdig ausgesehen.«

»Bestimmt ist sie in Wahrheit ein verkleideter Drache!«, rutschte es Xander heraus.

Jørgen sah ihn vorwurfsvoll an. Sein Humor schien bei dem Umzug nach Schweden auf der Strecke geblieben zu sein.

»Also ehrlich, Xander, ich versuche, ernsthaft zu arbeiten …«

»Entschuldigung«, sagte Xander mit einem entwaffnenden Lächeln. »Ich bin nur so infernalisch müde. Bestimmt ist sie ein ganz reizender Mensch …«

»Kerstin ist sehr sympathisch«, sagte Jørgen, und Xander registrierte, dass der dänische Kollege den schwedischen Namen in nahezu perfektem Schonisch aussprach. »Aber, was ich eigentlich sagen wollte: Kerstin ist vor Kurzem am grauen Star operiert worden.«

»Eine Staroperation?«

»Ja, sie haben die vom grauen Star getrübte Linse entfernt und durch eine Kunststofflinse ersetzt, die bis ans

Lebensende halten soll. Diese künstliche Linse erzeugt seltsame Reflexe, wenn das Licht in einem bestimmten Winkel darauf fällt, ein bisschen, wie wenn man nachts Auto fährt und die Scheinwerfer ein Tier am Wegrand streifen …«

»Der Gedanke ist vielleicht gar nicht so schlecht«, sagte Xander langsam. »Dann müssen wir den Mörder nur noch unter allen am Star operierten Menschen suchen?«

Jørgen nickte.

»Hm, das grenzt die Zahl der Verdächtigen zumindest minimal ein … Und rasche Lösungen scheint es in diesem Fall ja nicht zu geben …«

Kapitel 49

Xander saß in seinem Büro und ließ die Gedanken zum ersten Tag der Ermittlungen zurückschweifen. Seine Theorie, dass der Mörder ursprünglich Josefine zu seinem Opfer erkoren hatte, untermauerte seine Hypothese, dass die Ermittlungen bereits zu einem sehr frühen Zeitpunkt ernsthaft in die falsche Richtung gelaufen waren.

Das Telefonklingeln riss ihn aus seinen Gedanken. Es war Elisabeth von der Polizei Vestegnen.

»Die Techniker haben das Handy des Opfers untersucht«, leitete Elisabeth das Gespräch ein. »Es konnten Fingerabdrücke auf der Tastatur gesichert werden, die nicht Ejners sind, aber es gibt keine Übereinstimmung mit einem der Profile in der Datenbank. Ich habe allerdings mit Kenneth gesprochen, und der meinte, sie wären identisch mit dem Abdruck auf der Wand im Lager, in der Taastruper Bahnunterführung und zu guter Letzt mit dem aus dem Sprechzimmer der Psychiatriepraxis …«

Xander wurde schwindelig, als er seine schlimmsten Befürchtungen bestätigt sah. Er erläuterte Elisabeth seine

Theorie, dass der Täter beim ersten Mord möglicherweise Rita mit Josefine verwechselt und darum Josefine mit einer SMS von Ejners Handy spätabends in eine Falle gelockt hatte.

»Warum nicht? Hört sich durchaus logisch an«, sagte Elisabeth nachdenklich.

Xander spürte seinen Pulsschlag am Hals. Je länger er darüber nachdachte, desto überzeugter war er, dass er recht hatte, was bedeutete, dass der Mörder Josefine raus nach Avedøre gefolgt war.

Er stand auf und schaute lange aus dem Fenster, durch das weit entfernt das DONG-Kraftwerk zu sehen war. Sein Blick wanderte zu dem Regal an der hinteren Bürowand, in dem seine Polizeimütze mit dem breiten Schirm lag, daneben ein paar Fotos von ihm in Uniform.

Er rieb sich die Augen, die vor Müdigkeit juckten, als irgendwo in seinem Kopf eine Alarmglocke leise zu klingeln begann, und er hatte das Gefühl, etwas Wichtiges übersehen zu haben.

Die Sonne verschwand kurz hinter einer Wolke, und der Schatten tauchte den Raum in graues Licht.

Nach dem Mord an Rita Magnussen auf dem Assistens Kirkegård hatte er in dem Wohnkomplex am Jagtvej genau gegenüber vom Friedhof Befragungen vorgenommen, in deren Verlauf er unter anderem mit einem notorischen Säufer und einer Frau gesprochen hatte, die beide aufgrund der Ereignisse sehr aufgewühlt gewesen waren. Es war weniger das gewesen, was die Frau gesagt hatte, sondern etwas in der Wohnung, das seine Aufmerksamkeit erregt hatte. Ein Foto an der Wand.

Die Müdigkeit war wie weggeblasen, als er sein Büro verließ und sich in sein Auto setzte.

Er fuhr schnell, viel zu schnell, hatte aber mit einem Mal das Gefühl, dass Eile angesagt war. Kurz darauf erreichte er den Jagtvej und ergatterte einen Parkplatz in einer der kleineren Seitenstraßen. Er klingelte und musste eine Weile warten, ehe er sein Anliegen vortragen konnte und eingelassen wurde.

Die Frau öffnete die Tür und sah ihn an. Ihre hellen Augen waren von farblosen Wimpern umrahmt.

Er glaubte, Wachsamkeit in ihrem Blick zu erkennen, war sich aber nicht sicher.

»Kommen Sie rein.«

»Danke. Es gäbe, wie eben erwähnt, noch ein paar einzelne Dinge zu klären …«

Xander folgte ihr ins Wohnzimmer. Sie stellte sich mit verschränkten Armen in eine Ecke.

»Mögen Sie eine Tasse Tee? Bei der Kälte muss man sich an etwas wärmen …«

»Ja danke, das täte jetzt gut …«

Die Frau verschwand. Er hörte, wie der Wasserhahn aufgedreht wurde, und gleich darauf Geschirrklappern.

Er sah sich unterdessen ein paar Buchrücken in einem der Regale an. Eins der Bücher stand ein bisschen hervor. Vorsichtig zog er es heraus. Es war ein altes preisreduziertes Buch, das nur zur Hälfte gelesen war, da die restlichen Seiten noch nicht aufgeschnitten waren. Er klappte es auf, und das Licht fiel auf die vergilbten Seiten:

Dybest i mig ligger	Ganz tief in mir ruht
dødens sorte vand:	das schwarze Wasser des Todes:
det spejler dig	Es spiegelt dich
i mine pupiller:	in meinen Pupillen:
se hér dit eget liv	Sieh darin dein eigenes Leben
og bær mit navn	und trage meinen Namen
inderst i knoglernes	im Innern der stummen
tavse tusindår.	Tausendjahre der Knochen

Michael Strunge: *Knoglerne (Die Knochen)*, 1986

Xander hob den Blick. Er hatte die Frau nicht zurück ins Wohnzimmer kommen hören.

»Bitte schön«, sagte sie und reichte ihm einen Becher. »Nehmen Sie was in den Tee?«

»Nein, alles gut.« Er stellte umständlich das Buch zurück an seinen Platz. »Ein schönes Gedicht.«

Sein Blick wanderte durch den Raum auf der Suche nach dem Bild, das bei seinem letzten Besuch seine Aufmerksamkeit auf sich gezogen hatte. An der hinteren Wand wurde er fündig.

»Darf ich Sie fragen, wann das Foto aufgenommen wurde?«, sagte er.

Ihre Augen blitzten kurz auf, oder bildete er sich das nur ein?

»Puh, das ist schon einige Jahre her … Das Foto wurde in Kenia gemacht. Ich habe damals für eine Entwicklungshilfeorganisation gearbeitet.«

»Darf ich es mir genauer anschauen?«

Sie nahm das Bild von der Wand und gab es Xander.

Er stellte den Becher ab.

»Könnte ich es ein paar Tage leihen? Ich verspreche, gut darauf aufzupassen …«

»Warum?«

»Ich würde ein Detail auf dem Bild gerne genauer auf Relevanz für unsere Ermittlungen untersuchen.«

Sie schien protestieren zu wollen, schwieg dann aber. Am Ende nickte sie kurz.

Xander setzte sich ins Auto und ließ das Bild noch einmal auf sich wirken. Die schräg hereinfallende Wintersonne machte ein paar perfekte Fingerabdruckovale sichtbar. Er konzentrierte sich auf eine dunkle Gestalt im Hintergrund des Bildausschnittes, deren Gesicht zum Teil von einem großen Baum verdeckt war. Ein großer Mann mit Vollbart. Schließlich legte er das Foto auf den Beifahrersitz und machte sich auf den Weg nach Teglholmen.

Kapitel 50

Josefine starrte ihr Spiegelbild an. Die Beule an der Stirn changierte auf einer Farbskala zwischen Violett und Gelbgrün. Ihr war klar, dass sie um Haaresbreite dem Tod entronnen war, aber das Ganze kam ihr absurd unwirklich vor, als wäre sie nur Zuschauerin dieses makabren Schauspiels. Sie strich sich die Haare etwas in die Stirn und ging hinüber zum Fenster, durch das sie hinter ihrer Rostlaube den unauffälligen zivilen Ford der Polizei parken sah. Sie überlegte kurz, ob wieder der gut aussehende Mann mit dem kurzgeschorenen Haar Dienst hatte.

Josefine beschloss, sich an einen Korrekturdurchlauf ihres Artikels über die Volksgesundheit zu machen und eventuell das Fazit ein letztes Mal zu überarbeiten. Sie versuchte, nicht an den Mord an ihrem alten Doktorvater zu denken oder an die Tatsache, dass ihr offensichtlich jemand nach dem Leben trachtete, trotzdem begann ihr Herz zu pochen. Sie legte den Bericht weg und ging in die Küche. Dort öffnete sie eine Flasche Wein und schenkte sich ein Glas ein. Es half niemandem weiter, wenn sie zuließ, dass die Angst die Oberhand gewann.

Es war ihr gerade gelungen, sich auf die Überarbeitung des Berichtes zu konzentrieren, als das Telefon klingelte. Sie zuckte erschrocken zusammen.

»Josefine.«

»Entschuldigen Sie die Störung«, sagte die Stimme, die sie als Whinstons identifizierte.

»Hallo, Whinston, kein Problem ... Ist etwas mit meinem Vater?«

»Nein, er sitzt in seinem Sessel und genießt sein Gutenachtbier. Ich dachte nur, ich frag mal, ob Sie vielleicht einen Elektriker beauftragen könnten, weil der Strom immer wieder ausfällt. Bei dem Versuch, das Problem unten im Keller zu beheben, habe ich einen gewischt gekriegt ... Außerdem riecht es nach verbranntem Plastik ...«

»Natürlich, ich kümmere mich darum. Aber Sie versuchen sich besser nicht mehr an weiteren Reparaturen.«

»Sie haben wohl recht, aber ich hab kein gutes Gefühl, ihn in diesem instabilen Zustand allein zu lassen. Es passiert jedes Mal, wenn ich die verdammte Mikrowelle einschalte, darum hab ich das Essen im Ofen aufgewärmt ...«

»Ich lass mir was einfallen, Whinston«, versprach Josefine und hoffte, dass sie so spät noch jemanden fand, der zu ihrem Vater rausfuhr.

Sie suchte im Netz nach Elektrikern und fand schließlich einen, der mit Rund-um-die-Uhr-Service warb. Er versprach, so schnell wie möglich zu kommen.

Kurz darauf machte Josefine sich auf den Weg nach Valby, um den Elektriker ins Haus zu lassen. Sie gähnte und sah im Rückspiegel die Scheinwerfer des Dienstwagens der Polizei. Der Fahrer war nicht so attraktiv wie sein Vorgänger und wirkte ein bisschen grimmig, aber vermutlich gehörte ihre Überwachung auch nicht gerade zu den aufregendsten Polizeiaufgaben, dachte sie. Sie atmete erleichtert auf, als sie das Haus ihres Vaters sah, in dem Whinston alle Lichter eingeschaltet hatte, als könnte er damit den drohenden Stromausfall verhindern. Sie schloss auf, wünschte ihrem Vater eine gute Nacht, der schon im Bett lag und döste, löschte ein paar Lichter und setzte sich ins Wohnzimmer, um auf den Elektriker zu warten.

Die Wartezeit zog sich über anderthalb Stunden hin. Um den Ernst der Lage zu unterstreichen, flackerte zwischendurch immer wieder das Licht, setzte aus und sprang nach dem Bruchteil einer Sekunde wieder an.

Der Elektriker war ein blasser korpulenter Mann in dunkler Arbeitsmontur mit dem passenden Logo der Firma: einer großen Smiley-Glühbirne.

Es war fast Mitternacht, und Josefine war erschöpft. Sie saß auf dem Sofa und fuhr mit dem Finger über die Tastatur ihres Handys, um eingegangene Nachrichten zu checken, als der Akku sich verabschiedete. Verdammt, dachte sie und ärgerte sich, dass sie nicht daran gedacht hatte, ihr Ladekabel mitzunehmen. Sie stand auf und ging zum Fenster, gähnte und schob die beigefarbenen Lamellen der Jalousien so weit auseinander, dass sie hinausschauen konnte. Sie sah ihre Silhouette in der dunklen Scheibe.

Bis auf das gedämpfte Rumoren des Elektrikers im Keller auf der Suche nach dem Fehler im System war es still im Haus. Nach einem Blick auf die Uhr verabschiedete sie sich von der Hoffnung auf eine erholsame Nachtruhe. Trotzdem war es ein gutes Gefühl, das mit dem Strom in Angriff genommen zu haben. Das nagte schon lange an ihrem Gewissen.

Sie hörte, wie sich ein Schlüssel im Schloss drehte, Schritte auf dem Flur. Josefine konnte sich nicht so recht damit anfreunden, dass die Pflegekräfte Schlüssel zum Haus hatten. Das war, als gehörte es nicht mehr ihrem Vater. Aber wahrscheinlich ließ sich das nicht anders regeln. Sie sah überrascht hoch, als sie Danielles elegante Silhouette sah.

Kapitel 51

Xander versuchte, einen Gedankensplitter zu fassen zu kriegen, eine Ahnung, die er nicht einordnen konnte, als er Josefines Nummer wählte. Vielleicht lag es an dem sonoren Brummen wie ein weit entferntes Nebelhorn, das den hohen Fiepton in seinem Ohr abgelöst und ihn die ganze Nacht wach gehalten hatte.

Er hatte Josefine ans Herz gelegt, ihr Handy immer eingeschaltet und in Reichweite zu haben, damit die Polizei sie jederzeit bei potenzieller Gefahr erreichen konnte. Er wurde direkt auf die Mailbox weitergeleitet und starrte an die rissige Decke. Xander beendete die Verbindung und rief als Nächstes den für Zeugenschutzprogramme und Observationen zuständigen Kontakt beim PET an.

»Hi, Samuel, tut mir leid, dich so spät noch zu stören, aber könntest du versuchen, den Kollegen zu erreichen, der für die Überwachung von Josefine Jespersen abgestellt ist?«

»Ist was passiert?«

Xander überlegte krampfhaft, was er antworten sollte, weil er ja wohl kaum sagen konnte, dass sein nächtlicher

Anruf einem unguten Bauchgefühl geschuldet war, dass was passiert sein könnte.

»Ich kann sie nicht erreichen.«

»Hast du in Erwägung gezogen, dass sie möglicherweise schläft, wie wir es auch tun sollten?«

Xander hörte Samuel gähnen.

»Versuch einfach, ihn zu erreichen«, sagte er scharf. »Und gib mir Bescheid, wenn ihr eine Verbindung hergestellt habt.«

Xander beendete das Gespräch, trat auf seinen Miniaturbalkon hinaus und steckte sich eine Zigarette an. Die innere Unruhe ließ nicht nach, im Gegenteil, sie wuchs noch.

Als das Handy klingelte, drückte er die Kippe in der Blumenerde aus und ging zurück in die Wohnung.

»Ja?«

»Der Kollege ist auch nicht zu erreichen«, teilte Samuel mit.

»Habt ihr es über Funk versucht?«

»Ja, aber er antwortet nicht. Seine letzte Positionsangabe ist Knuthenborgvej 13 in Valby. Soll ich jemanden zu der Adresse schicken?«

»Ja, tu das. Ich fahre selbst auch raus.«

Er zog sich an, schnappte sich seine Jacke vom Garderobenhaken und stürmte mit einer bangen Vorahnung aus der Wohnung.

*

»Guten Abend, Danielle.« Josefine lächelte. »Machen Sie jetzt auch Nachtschichten?«

»Hallo, Josefine … Nein, nicht fest, ich springe nur für jemanden ein … Wir tauschen manchmal.« Sie räusperte sich. »Schrecklich, das mit Alice …«

Ihre Augen wurden feucht.

Josefine nickte.

»Dann sehe ich mal nach Ihrem Vater …«

Josefine sah Danielles eleganter Erscheinung hinterher, als sie auf den Flur ging. Heute trug sie statt der hochhackigen Stiefel bequeme weiße Sneaker, die im dunklen Flur leuchteten.

Josefine starrte zerstreut vor sich hin, als eine Reihe Bilder an ihrem inneren Auge vorbeizogen und ein Gedanke in ihrem Bewusstsein Form annahm. In dem Augenblick verabschiedete sich der Strom mit einem leisen Klicken, und es wurde dunkel. Nur das Licht von der Straße strömte durch die Lamellenschlitze und malte ein scharfes Streifenmuster auf den Boden.

Josefine hörte ein Poltern irgendwo im Haus, gefolgt von schnellen Schritten und knallenden Türen.

In ihrem Gehirn gab es ebenfalls einen Kurzschluss, es verweigerte seinen Dienst wie eine Blockade infolge des erschreckenden Gedankenpuzzles. Plötzlich stand es ihr glasklar vor Augen, was sie die ganze Zeit an der Bildsequenz aus der Bahnunterführung gestört hatte. Etwas, worauf sie schon viel eher hätte kommen müssen. Sie war die ganze Zeit davon ausgegangen, in dem Film der Überwachungskamera einen Mann zu sehen. Oder genauer: Alle waren sie davon ausgegangen. Aber in diesem Moment fiel es ihr wie Schuppen von den Augen, dass die Überwachungskamera eine Frau gefilmt hatte. In diesem Punkt war die biometrische Theorie vollkommen eindeutig, nämlich dass es einen entscheidenden Unterschied in der Gangart zwischen Männern und Frauen gab, und zwar in der Länge der Pendelschwünge der Arme und Beine beim Gehen, der bei Frauen wesentlich kürzer war als bei Männern. Darauf hätte sie als Expertin längst reagieren müssen.

Die Person im Tunnel, von der sie jetzt wusste, dass es sich um eine Frau handelte, hatte einen charakteristisch maskulinen, hackenbetonten Gang, fast wie Marschieren. Und obgleich keiner seine Gangart ganz ablegen konnte, veränderte sie sich fundamental durch unterschiedliches Schuhwerk wie zum Beispiel Holzschuhe. Am frappierendsten war der Unterschied bei hochhackigen Schuhen, in denen der Kontaktpunkt der Fußsohle mit der Unterlage und damit die gesamte Körperbalance von der Ferse unter den Fußballen nach vorn verschoben wurde, was den charakteristischen Hüftschwung auslöste, den das andere Geschlecht so aufreizend fand.

Danielles Gangart durch den dunklen Flur in den hellen Sneaker war identisch mit den Schrittfolgen, mit deren Sichtbarmachung in der Bildsequenz aus der Überwachungskamera zuerst sie und dann noch Arne so viel Zeit verbracht hatten.

Das mit dem Schuhwerk hatte sie nicht berücksichtigt, und die hochhackigen Stiefel hatten ihren Gang so verändert, dass Josefine den marschartigen Gehstil nicht wiedererkannt hatte. Sie konnte sich Danielle nur schwer als kaltblütige, rücksichtslose Mörderin vorstellen. Trotzdem flüsterte eine innere Stimme, dass genau das der Fall war.

Es durchrieselte Josefine eiskalt bei der entscheidenden Frage, die durch ihren Kopf wirbelte. Warum? Das würde sie später herausfinden müssen, jetzt musste sie ihren Vater beschützen. Sie lief über den Flur zu seinem Schlafzimmer, drückte die Klinke herunter und schob die Tür auf. Die Luft war gesättigt von dem konzentrierten Duft ihres Vaters mit einem Hauch Verfall, der mit fortschreitendem Alter immer intensiver wurde.

»Papa?«, flüsterte sie.

Sie bekam keine Antwort. Überhaupt war es ganz still im Haus.

Sie trat ans Bett, strich mit der Hand über die Decke bis zum Gesicht. Seine Bartstoppeln fühlten sich wie Sandpapier unter ihrer Handfläche an. Josefine hielt die Luft an und lauschte auf seine Atemzüge. Nach einer langen Pause holte er rasselnd Luft, und sein Brustkasten hob sich. Sie atmete erleichtert auf, aber die Erleichterung wurde gleich von einer schwarzen Angstwelle weggespült bei dem Gedanken, dass sich eine Serienmörderin in ihrem Haus aufhielt. Sie musste umgehend den Polizisten vor dem Haus alarmieren.

Josefine ging aus dem Schlafzimmer auf den schmalen

Flur. Sie kannte jeden Winkel des Hauses und bewegte sich rasch durch das Erdgeschoss. Als sie den Eingangsbereich betrat, spürte sie, dass sie nicht allein war. Im nächsten Augenblick explodierte ein weißer Schmerz in ihrem Hinterkopf.

Lautlos sackte sie in sich zusammen.

*

Josefine wimmerte und merkte den Geschmack von Blut im Mund. Ihr Kopf war bleischwer, und der Puls trommelte taktfest gegen den Schmerz. Sie stellte fest, dass ihre Hände mit einschnürenden Bändern vor dem Körper gefesselt waren. Bis auf einen flackernden Lichtstreifen, der durch eine angelehnte Tür fiel, war es dunkel. Eine Kerze, dachte sie. Nach und nach dämmerte ihr, dass sie sich im Keller befand. Sie erkannte den Geruch von Schimmel und Waschmittel wieder. Und dann war da noch ein scharfer, in der Nase stechender Geruch: chemisch, entzündlich. Sie lag der Länge nach auf dem Boden, und beim Versuch, sich aufzurichten, krümmte sie sich in einem Übelkeitsschub zusammen und erbrach sich mehrmals hintereinander, bis ihr Magen ganz leer war. Die Gedanken flatterten durch ihr Bewusstsein, sie konnte sie nicht fassen, aber irgendwann erinnerte sie sich, dass sie in der dunklen Diele niedergeschlagen worden war.

Es war totenstill im Keller.

Da entdeckte sie in dem spärlichen Licht den Umriss

eines Menschen vor der Wand. Mit Mühe richtete sie sich auf und erkannte ein zur Unkenntlichkeit verzerrtes Gesicht. Die Augäpfel drückten aus den Höhlen. Die Zungenspitze ragte zwischen den Lippen hervor, und die Haut war auf die typische Art aufgedunsen wie bei erdrosselten Menschen. Das runde Firmenlogo auf dem T-Shirt des Elektrikers starrte sie wie ein blindes Auge an, als sie auf allen vieren zu ihm kroch. Eine weiße Schnur hatte sich in die Haut um den Hals geschnitten. Mit linkischen Bewegungen versuchte Josefine, die Schnur zu lösen, die sich als ein Stück Wäscheleine erwies, aber der Knoten gab nicht nach. Sie erspähte eine alte Werkzeugkiste, in der eine verrostete Kneifzange lag. Nach mehreren Anläufen gelang es ihr, die Schnur durchzukneifen. Sie suchte hektisch nach ihrem Handy, bis ihr einfiel, dass es entladen oben im Wohnzimmer lag. Das Geräusch ihres eigenen Herzschlags füllte ihr Bewusstsein, als sie sich auf die Füße kämpfte und in Richtung des flackernden Lichtschimmers taumelte.

Langsam näherte sie sich dem Waschkeller, aus dem das Licht kam, stieß die Tür weit auf und sah eine flackernde Kerze in einem Kerzenständer auf dem Bügeltisch. Die gelbe Flamme spiegelte sich in etwas im hintersten Winkel des Raumes. Zwei leuchtende schwebende Flecken über den Konturen einer alten Wäschemangel. Ihr Gehirn erstarrte zu Eis. Das sah aus wie ein Augenpaar.

»*Josefine …*«, sagte eine aus der Dunkelheit wachsende Stimme.

Das Augenpaar kam langsam näher im Schein der flackernden Flamme und erinnerte Josefine an … eine Katze. Katzenaugen. Mit einem fluoreszierenden, glühenden Kern. Die Beschreibung ihres Vaters war äußerst treffend.

»Josefine?«

Sie standen jetzt dicht voreinander. Danielle war entschieden größer als Josefine. Ihr Herz machte einen schmerzhaften Salto, und Adrenalinpfeile schossen durch ihren Körper.

*

Xander fuhr, so schnell es auf der schmalen Straße durch das Villenviertel mit den unausweichlichen Bodenschwellen möglich war. Er fluchte bei jedem Ächzen der Stoßdämpfer und wurde auf den letzten Metern noch einmal ordentlich durchgerüttelt, ehe er endlich den zivilen Einsatzwagen sah.

Xander fuhr neben den Wagen und erkannte das Profil seines Kollegen. Es irritierte ihn, dass alles in bester Ordnung schien und der Kollege einfach eingeschlafen war.

Er parkte vor dem Dienstwagen, stieg aus und sah zu dem Haus, in dem Josefines Vater lebte und wo sie sich in diesem Augenblick angeblich aufhielt. Die dunklen Fenster glänzten schwarz in der Straßenbeleuchtung, und die Unruhe, die ihn nicht losließ, meldete sich in erneuter Stärke. Xander ging zurück zum Wagen des Kollegen und schlug hart mit der flachen Hand gegen die Seitenscheibe. Er starrte den Kollegen verwundert an, der regungslos in der gleichen Position wie vorher dasaß.

Der Beamte schlief einen Schlaf, aus dem er nicht mehr erwachen würde. Xander riss die Fahrertür auf und legte behutsam die Hände um den Kopf des Kollegen. Das Gesicht wirkte wundersam unberührt von der grauenvollen Zerstörung eines effektiven, geübten Mörders. Xanders Hände zitterten, als er den Kopf in seine Ausgangsposition zurückgleiten ließ. Blut und Hirnmasse lagen wie Tortenglasur auf dem Beifahrersitz. Er drückte die Fahrertür leise zu und telefonierte mit gedämpfter Stimme.

Bevor Xander über den zugewucherten Plattenweg auf das Haus zuging, zog er seine Dienstwaffe und entsicherte sie. Er stieg vorsichtig die eisglatten Stufen hoch und stellte fest, dass die Tür offen war. Er suchte nach einem Lichtschalter in dem dunklen Eingangsbereich, aber der Strom schien ausgefallen zu sein. Mit Hilfe der Handytaschenlampe bewegte er sich langsam ins Innere des Hauses, wobei er immer wieder Josefines Namen rief.

*

Sie hatte ebenmäßige Gesichtszüge wie auf einem klassischen Gemälde. Gerade Nase, leicht schräg stehende Augen und einen sinnlichen Mund. Die Andeutung eines Lächelns zuckte in ihrem Mundwinkel, aber es war ein kaltes Lächeln.

»Sie haben den Elektriker getötet … und die anderen.« Josefine schnappte hicksend nach Luft. »Warum mussten sie sterben?«

»Vergiss es«, fauchte Danielle. »Es geht nur um dich!«

Die Stimme klang fundamental anders, viel tiefer, gestrandet in tonalem Niemandsland zwischen Mann und Frau, wie ein androgyner Countertenor.

»Was soll das heißen?«, fragte Josefine und versuchte, dem Blick ihres Gegenübers auszuweichen, der sich in ihr Inneres zu brennen schien.

»Auf dem Assistens Kirkegård … Du hast den Grabfrieden gestört … So etwas hat *Konsequenzen*«, flüsterte die Frau.

Tausend Gedanken wuselten Josefine wie eine Wolke Nachtschwärmer im Kopf herum. Sie dachte an das, was der Totengräber Svend über die versäumten Gebete für die Verstorbenen gesagt hatte. Sie hatten die Skelette behandelt wie ein Stück Ware. Der Respekt vor den irdischen Überresten musste im Namen der Metro-AG und der Wissenschaft weichen.

»Du hast dem Bösen das Tor geöffnet«, fuhr Danielle fort. »Und du … du hast die Order gegeben, seine Grabstelle zu verlegen. Dabei wurde die schwarze Säule zerstört … Und dann hast du noch seine Knochen ausgegraben … Was glaubst du eigentlich, wer du bist?«

Josefine erinnerte sich an die zerbrochene Säule und daran, dass der Junge in dem Grab das gleiche Alter wie ihr eigener Bruder gehabt hatte. Die Inschrift war einfach und sehr schön gewesen und hatte sie persönlich berührt.

Sie registrierte eine schnelle Bewegung und fühlte etwas Kaltes auf der Wange. Und sie erkannte die kleine, harmlos aussehende Plastikflasche mit dem Weihwasser in Danielles Hand.

Josefine dachte fieberhaft nach. Ihr einziger Vorteil war, dass sie das Haus kannte wie ihre Westentasche.

Die Dunkelheit war ihr Schutz. Sie lief zu dem Bügeltisch, um die Kerze zu löschen, aber Danielle hatte diesen Schachzug vorhergesehen und gab ihr einen kräftigen Stoß von hinten. Josefine stürzte gegen den Tisch, so dass die Kerze herunterfiel. Eine Ewigkeitssekunde rollte sie auf dem Boden hin und her, und ein Geräusch ertönte, wie wenn man mit der flachen Hand auf ein gespanntes Laken schlägt. Eine Flamme züngelte hoch und verbreitete sich schnell wie ein Lauffeuer. Josefine reagierte blitzschnell, drehte sich um und rannte in Richtung Tür. Der Raum wurde von einem unheilverkündenden blauen Schimmer erleuchtet, als wäre das Feuer erst noch im Werden.

Mit einem lauten Knall schlug sie die Kellertür hinter sich zu und rannte durch den Gang zur Treppe, so schnell wie möglich die engen, offenen Stufen hinauf. Auf halber Strecke rutschte ihr der Fuß weg und verkeilte sich zwischen zwei Stufen. Verzweifelt versuchte sie, sich zu befreien, als sie hinter sich Schritte hörte und ein Licht sah. Mit rasanter Geschwindigkeit breitete sich das Feuer aus. Ihr schoss durch den Kopf, dass der Boden vermutlich mit Brandbeschleuniger getränkt war. Sie drehte den Kopf zur Seite und erblickte im Schein der Flammen die Karikatur eines menschlichen Körpers, der die Hülle für ein glühendes Konzentrat des Bösen zu sein schien.

Mit letzter Kraft zerrte Josefine an ihrem Unterschenkel, ihre Nägel brachen, bewegen konnte sie das verletzte Bein nicht. Die Schmerzen waren brutal.

Als am oberen Ende der Treppe die Kellertür aufgerissen wurde, erkannte Josefine Xanders Stimme, die ihren Namen rief. Dann hörte sie ein Zischen wie von einem Feuer, das Sauerstoff ansaugt, um umso stärker aufzulodern. Und genau das geschah. Plötzlich fiel ein Schuss, und alle Geräusche verschwanden, als würde ein Stecker gezogen.

Xander schrie laut, als er sah, dass die Frau einen Hammer über den Kopf schwang und auf Josefine zustürmte. Er visierte den Kopf der Frau an, drückte ab und hörte ein metallisches Scheppern auf hartem Untergrund. Seine Augen brannten und begannen, von dem Rauch zu tränen, der aus dem Keller quoll. Erst jetzt registrierte er die Hitzewelle des Feuers, bewegte sich die Treppe hinunter, packte Josefine unter den Armen und zog sie mühsam die Stufen hoch. Sie torkelten durch den dunklen Flur, erreichten schließlich die Haustür, die er offen gelassen hatte, und spürten die kalte Nachtluft im Gesicht.

Kapitel 52

Sie trieb auf einem schwarzen Gewässer mit einer Oberfläche wie schwarze Seide. Das Wasser war kalt, nirgendwo sah sie Land. Sie schaute an den mattschwarzen Himmel, der zum Greifen nahe schien. Lähmende Panik ergriff sie.

Für einen winzigen Moment blickte der Mond hervor und erleuchtete die Wasseroberfläche mit einem nüchtern abschätzigen Auge, als sie spürte, wie eine eiskalte Hand sich um ihr Fußgelenk schloss. Die Umklammerung der Finger wurde fester, ehe sie mit einem heftigen Ruck unter die Wasseroberfläche gezogen wurde.

Josefine richtete sich mit einem Schrei im Bett auf. Ihr Herz hämmerte. Schweißgebadet sah sie sich im Raum um, der sich als Krankenhauszimmer entpuppte. Der Geruch nach Tod klebte an ihren Schleimhäuten. Sie griff ungeschickt nach einem Glas Wasser, das auf dem Nachttisch stand. Dabei fiel ihr Blick auf eine Kette mit einem Kruzifix. Sie nahm sie und wog sie in der Hand.

Das Metall spürte sie kühl auf ihrem Brustkorb, sobald sie die Kette anlegte. Als sie aufstehen wollte, stellte sie fest, dass ihr Unterschenkel eingegipst war. Sie suchte nach einer Klingel, fand sie am Kopfende des Bettes und drückte den roten Knopf. Es dauerte eine Weile, bis eine weiß gekleidete Person auftauchte.

»Wie geht es Ihnen?«

»Einigermaßen«, antwortete Josefine heiser. »Ich habe vermutlich ziemlich lange geschlafen. Wissen Sie, wie es meinem Vater geht?«

»Ihm geht es gut. Die Gemeinde kümmert sich um ihn, Sie müssen sich keine Sorgen machen«, sagte die Krankenschwester lächelnd.

»Könnten Sie mir auf die Toilette helfen?«

»Selbstverständlich.«

Josefine stieg mit großer Anstrengung aus dem Bett, und prompt fing ihr Fuß an, schmerzhaft zu pochen.

Auf dem Weg ins Bad überlegte Josefine, ob Pater Dominic ihr das Kreuz gebracht hatte.

Auf dem Flur vor ihrer Tür saß ein junger Polizeibeamter und las in einer Zeitschrift. Er nickte ihr kurz zu, und Josefine wunderte sich, dass Xander die Bewachung noch weiterführte, war aber zu erschöpft, länger darüber nachzudenken. Der Schmerz im Schienbein überschattete alles.

Kapitel 53

Xander hatte als eine der ersten Maßnahmen das PET alarmiert und für besonderen Schutz für Josefine gesorgt, da ihnen die Heimpflegerin, die der Morde verdächtig war, durch eine Kellertür entkommen war. Danielles Personenbeschreibung war umgehend an die Medien rausgegangen, und sie hatten alle Hände voll zu tun, die Hinweise aus der Bevölkerung zu bearbeiten.

Die Leiche des Elektrikers war völlig verkohlt.

Xander trommelte ungeduldig mit den Fingern auf der Tischplatte, während er auf Jørgen wartete. Es gab noch ein paar offene Punkte, die er mit ihm durchsprechen wollte.

Gleich darauf betrat Jørgen den Raum.

Der Kollege zog einen Stuhl unterm Konferenztisch hervor, stellte ihn an Xanders Schreibtisch und ließ sich darauffallen.

»Bitte die Leute aus der Verwaltung des Assistens Kirkegård um eine Liste der Gräber, die geräumt und in einen anderen Teil des Friedhofs verlegt wurden. Ich brauche die Namen der Toten …«

»Aber das sind über tausend«, wendete Jørgen ein.
»Du kannst dich auf die nach 1980 beschränken.«
»Okay!« Jørgen seufzte. »Sonst noch was?«
»Ja, überprüf die hier«, sagte Xander und schrieb eine Adresse im Jagtvej auf einen Zettel. »Schau nach, ob wir irgendetwas in unserem System haben.«

Jørgen konnte schon am Nachmittag erste Informationen liefern. Sie standen draußen und froren, während Xander eine Zigarette rauchte.
»Du hattest recht«, sagte Jørgen. »Es gibt eine Verbindung zwischen einer Frau namens Danielle Ottesen, wohnhaft Jagtvej 64, dritter Stock rechts, und einem eingetragenen Todesfall im Dezember 1986 …«
Xanders Puls schnellte nach oben.
»Und?«
»Eins der Gräber, das im Zusammenhang mit der ethischen Räumung exhumiert wurde, gehört einem Benjamin Ottesen. Er ist im Alter von acht Jahren gestorben. Sein Grab war eins der Letzten, die verlegt worden sind, weil die Angehörigen gegen die Räumung geklagt haben und bis zum Bischof gegangen sind, damit er sich des Falles annimmt, was nichts genützt hat, weil die Metro-AG das Recht auf ihrer Seite hatte.«
»Ich hab's gewusst!«, platzte Xander mit der Zigarette im Mundwinkel heraus und schlug die Hände zusammen.
Er nahm einen letzten Zug und schnippte den Rest in eine Pfütze, wo sie mit einem Zischen ausging. »Ich habe

sie direkt nach dem Mord an Rita Magnussen verhört. Ich hätte den Namen noch mal im CPR-Register überprüfen sollen. An der Tür stand Danielle Højfelt. Vielleicht lebt sie unter falschem Namen?«

»Nein, das kann man so nicht sagen. Ihr Mädchenname ist Ottesen. Sie war kurze Zeit verheiratet und hat nach der Scheidung den Namen ihres Exmannes behalten, Højfelt. Außerdem«, sagte Jørgen, »hatte sie vor zwei Jahren eine Staroperation …«

»Komm, wir haben keine Zeit mehr zu verlieren«, sagte Xander. »Jetzt nehmen wir sie fest.«

Kapitel 54

Das Ergebnis der Fahndung war niederschmetternd. Danielle war nicht in ihrer Wohnung, und obgleich Xander alle zur Verfügung stehenden Kollegen auf die Suche angesetzt hatte, war es ihnen nicht gelungen, die Frau zu lokalisieren, geschweige denn festzunehmen. Sie hatten keine Spur.

Xander entschied sich darum, einen anderen Weg einzuschlagen, aber dazu brauchte er Josefines Hilfe. Er verfrachtete sie und den vorgeschriebenen Krankenhausrollstuhl in seinen Dienstwagen, den er auf dem schraffierten Feld vor dem Haupteingang des Rigshospitals geparkt hatte. Von dort fuhren sie das kurze Stück bis zur Rechtsmedizin.

Josefine hatte eine kleinere Operation des Schienbeines hinter sich. Außerdem hatten die Ärzte eine leichte Gehirnerschütterung diagnostiziert, weshalb man ihr zuerst keine Entlassungspapiere ausstellen wollte, auch wenn es nur um ein paar Stunden ging. Dann hatte man ihr aber kräftige Schmerzmittel gegeben, weshalb sie ziemlich neben sich stand.

Xander hatte mit dem Einsatzleiter der Feuerwehr gesprochen, der meinte, dass das Haus des Vaters gerettet werden könnte, trotz der umfassenden Schäden infolge des Brandes. Außerdem stand der Keller nach der Löschaktion unter Wasser. Die Brandtechniker waren zu dem Schluss gekommen, dass jemand mit Vorsatz die Elektronik kurzgeschlossen hatte. Und der Elektriker war bei den Reparaturarbeiten überfallen und erdrosselt worden.

*

Josefine hatte keinen Dienstausweis dabei, aber sie erreichte über ihr Handy die *Eiskönigin*, die ihnen zusagte, sie hereinzulassen. Kurz darauf holte ein junger Mann sie am Eingang ab.

In Josefines Büro half Xander ihr, den Rollstuhl hinter den Schreibtisch mit dem Computer zu bugsieren.

»Er war einer von denen, die wir gescannt haben«, sagte sie und massierte sich die Stirn, während der Computer hochfuhr und das graue Logo der Instituts-Datenbank auf dem Bildschirm erschien.

»Bingo!«, rief sie gleich darauf. »Da haben wir ihn. Benjamin. Ich erinnere mich an ihn wegen des sehr kunstvollen und ungewöhnlichen Grabsteines in Form einer schwarzen Marmorsäule. Da war auch ein Spruch … Irgendwas mit einem Engel … Bei der Öffnung des Grabes ist die Säule zerbrochen. Das war ein bisschen wie … ein böses Omen …«

Josefine starrte auf den Bildschirm und biss sich auf die Unterlippe.

»Er ist … war genauso alt wie mein Bruder Søren.«

Sie begann zu zittern.

»Was ist passiert?«, fragte Xander und legte eine Hand auf ihre Schulter. Er wünschte sich in diesem Augenblick einfach nur, dass sie sich ihm anvertraute.

»Er ist gestorben«, sagte Josefine und schaute an ihm vorbei. »Meine Eltern wussten, dass er sterben würde … wenn nicht …«

»Wenn nicht, was?«, hakte Xander nach.

»Wenn er keine neue Niere bekäme …«

Eine Träne rollte über ihre glühende Wange.

»Ich verstehe nicht ganz, was du meinst«, sagte Xander vorsichtig.

»Er hatte eine angeborene chronische Nierenerkrankung«, erklärte Josefine und schluckte. »Gegen die man nichts machen konnte. Die Ärzte meinten, dass er seine Teenagerzeit nicht erleben würde, es sei denn …« Sie holte tief Luft. »Es sei denn, er bekäme eine neue Niere. Und wie sich rausstellte, passte meine Niere«, sagte sie und atmete aus. »Das ist auch der Grund, weshalb ich keine Kinder habe … Weil ich Angst habe, die Krankheit weiterzuvererben … Sie ist in meinen Genen verankert.«

Xander faltete die Hände vor der Brust.

»Das muss schrecklich gewesen sein«, sagte Xander. Etwas anderes fiel ihm nicht ein.

Josefine nickte.

»Aber es war doch wahrscheinlich allen klar, dass trotz Operation das Risiko bestand, dass er sterben konnte«, fuhr er vorsichtig fort.

»Schon, aber trotzdem hatte ich das Gefühl, schuld an seinem Tod zu sein … Ich habe mich geschämt, noch am Leben zu sein. In mir ist etwas zerbrochen, als mein Bruder und kurz danach meine Mutter gestorben sind.« Sie biss sich auf die Lippe. »Aber das, was am meisten wehgetan hat, war, dass keiner darüber gesprochen hat. Weder in der Schule noch zu Hause. Es war, als hätten sie nie existiert. Vielleicht hat man es früher als die beste Lösung angesehen, die Trauer totzuschweigen. Und so habe ich mich aus der Gemeinschaft zurückgezogen, meine Gefühle abgestellt, weil in mir kein Platz war für all den Schmerz …« Sie starrte vor sich hin. »Und jetzt verschwindet auch noch mein Vater jeden Tag ein kleines Stück mehr. Er verblüht vor meinen Augen.«

Xander nickte langsam. Dann beugte er sich über sie und malte zärtlich mit den Fingerspitzen die Linien ihres Mundes nach, ehe ihre Lippen sich in einem langen, sanften Kuss trafen.

»Nicht dass du die Situation ausnutzt! Ich stehe unter Drogen und kann mit dem gebrochenen Bein nicht weglaufen«, ermahnte sie ihn.

»Ich habe nicht gerade das Gefühl, dass du fliehen willst«, sagte Xander mit einem breiten Grinsen.

»Komm, packen wir's an.«

Xander stellte sich hinter Josefines Rollstuhl und sah

auf den Bildschirm, während er über das nachdachte, was sie ihm gerade erzählt hatte.

Fotos von braunen dünnen Knochen flimmerten über den Monitor.

Ein paar Bilder vergrößerte sie, andere klickte sie unbeachtet weiter. Sie lehnte sich nach vorn, setzte ein paar Marker und wischte sich mit dem Zeigefinger unter der Nase hin und her.

»Verdammt!«, murmelte sie.

»Was ist?«

»Siehst du das hier?«, sagte sie leise. »Das sind seine Schienbeinknochen … Hier ist ein Bruch, ante mortem, lange vor Eintreten des Todes. Dazu Brüche an den Rippen und eine Fraktur des Oberarmknochens, der danach schief zusammengewachsen ist. Das zeugt von schwerer Gewalteinwirkung«, sagte sie, drehte den Kopf und sah Xander tief in die Augen. »Ich verstehe nicht, wie ich das bei der Untersuchung der Knochen übersehen konnte«, sagte sie. »Obwohl ich genau das doch am meisten fürchte …«

»Was?«

»Etwas Wichtiges zu übersehen …«

»Du bist doch auch nur ein Mensch«, flüsterte Xander.

»Die Toten brauchen keine Lebenden, die Fehler machen!«

Kapitel 55

»Ich habe noch mehr über Benjamin herausgefunden, also Danielles Bruder. Er ist tatsächlich unter mysteriösen Umständen gestorben«, sagte Jørgen und blätterte in ein paar Papieren.

»Inwiefern mysteriös?«, fragte Xander.

»Er ist ertrunken, aber es gab den einen oder anderen Hinweis, dass es kein Unfall war. Sie haben die Leiche erst einige Wochen später gefunden, als sie in Nordjütland an den Strand gespült wurde … Danielle ist danach in eine Anstalt für Kinder mit psychischen Problemen gesteckt worden.«

»Was hat sie glauben lassen, dass ein Verbrechen dahintersteckte?«

»Er hatte Angst vor Wasser, weshalb es unwahrscheinlich ist, dass er schwimmen gegangen ist … Ein Zeuge hat ausgesagt, er hätte Danielle und Benjamin an einem bestimmten Strandabschnitt gesehen, was ihn in Anbetracht des schlechten Wetters gewundert hatte: Sturm und hohe Wellen.«

»Das heißt, sie könnte theoretisch etwas mit dem Tod ihres Bruders zu tun haben. Vielleicht hat sie schon als Teenager ihren ersten Mord begangen?«

»Das könnte durchaus sein. Aus dem Artikel ging jedenfalls auch hervor, dass ihre Eltern Mitglieder eines Satanskultes waren – in dem einige abstoßende Rituale vollzogen wurden, an denen die Kinder teilnehmen mussten. Beide Elternteile wurden zu langen Gefängnisstrafen verurteilt.«

»Furchtbar«, sagte Xander finster. »Aber das würde beispielsweise ihre Realitätsflucht erklären … Und die Schöpfung einer das Böse strafenden Person … die ihren eigenen Bruder umbringt. Vielleicht wollte sie in Wirklichkeit nur dem Ganzen ein Ende bereiten …«

»Woran denkst du?«

»Das Gedicht …«

Jørgen sah Xander fragend an.

»Ein Strunge-Gedicht. Ich habe bei Danielle zu Hause einen Gedichtband von Michael Strunge aus dem Regal gezogen, in dem auch *Die Knochen* standen. Ein sehr eigenartiges und unheimliches Gedicht über den Tod. Soweit ich weiß, war es eins seiner letzten. Vielleicht hat sie sich von dem Gedicht in welcher Form auch immer inspiriert gefühlt. Strunge hat 1986 Selbstmord begangen und ist auch auf dem Assistens Kirkegård begraben. Ich gehe jede Wette ein, dass es da irgendeine Verbindung gibt … dass sie möglicherweise überlegt hat, sich selbst zu töten.«

Xander rieb sich mit einer müden Geste übers Gesicht.

»Josefine hat was von einer Inschrift auf der Grabsäule gesagt … in der Richtung, dass er jetzt ein Engel ist. Da ist mir die Idee gekommen, dass Danielle ihn womöglich umgebracht hat, um ihn zu beschützen …«

»Wie meinst du das?«

»Na ja – gegen die Übergriffe der Eltern.«

»Die Eltern sind mit wenigen Jahren Abstand gestorben …« Jørgen blätterte in seinen Unterlagen. »Ich hab das im Sterberegister überprüft.«

Kapitel 56

Am nächsten Tag wurde Josefine offiziell entlassen. Sie lag zu Hause auf dem Sofa und fühlte sich schläfrig, nachdem sie einen leichten Imbiss vor dem Fernseher eingenommen hatte. Sie schloss die Augen und fühlte den Schlaf, wie er als angenehme Schwere in ihren Körper kroch. In dem Moment erkannte sie Pater Dominics Stimme wieder. Sie öffnete die Augen und starrte auf den Bildschirm, wo der Priester in seiner typischen schwarzen Montur zu sehen war. Es ging um einen Beitrag vom dänischen Fernsehsender DR K, für den Pater Dominic ein Team auf einen Plausch über Exorzismus zu sich nach Hause eingeladen hatte, obgleich es sich wohl eher so verhielt, dass sie sich selber eingeladen hatten.

Josefine stellte fest, dass sie mittlerweile ziemlich gut über das Thema Teufelsaustreibung informiert war. Sie lächelte bei dem Gedanken, dass sie auch schon auf dem gleichen Sofa wie die Fernsehfuzzis gesessen hatte und dass der Pater tatsächlich so etwas wie ein Promi war.

Sie zuckte zusammen, als unten auf der Straße eine Autohupe ertönte, gefolgt von quietschenden Bremsen. Sie stemmte sich vom Sofa hoch und humpelte zum Fenster. Unten auf der Straße lag ein Mensch auf der Fahrbahn – eine ältere Dame mit toupiertem Haar, das ihr Gesicht wie eine weiße Wolke einrahmte, direkt daneben hielt ein Auto. Ein umgekipptes Fahrrad lag mitten auf der Straße. Das eine Rad drehte sich langsam. Der Fahrer des Wagens stieg aus und kniete sich neben die Verletzte. Es strömten bereits Passanten zusammen. Josefine wollte gerade einen Krankenwagen rufen, als sie sah, dass der ihr bekannte Kollege vom Polizeischutz sich offenbar schon darum kümmerte. Sie seufzte erleichtert, als sie sah, dass ein paar Leute der Frau auf die Beine halfen.

Sie setzte sich wieder aufs Sofa und regelte die Lautstärke ein wenig hoch. Eine junge, gut aussehende Journalistin mit sehr kurzem Rock fragte, ob sie selbst besessen sein könne. Pater Dominic antwortete trocken, dass er das stark bezweifele, aber wenn sie ein Kruzifix in die Hand nehmen könne, ohne ein Unbehagen zu verspüren, stünden die Chancen gut, dass sie nichts zu befürchten habe. Sie nahm das Kruzifix in die Hand, und Josefine dachte an eine Homeparty, als der Kameramann die extrem wohlmanikürten Hände heranzoomte. Josefine schaute auf ihre eigenen gebrochenen Fingernägel, die zerfranste Nagelhaut und die Schürfwunden, die von ihrem panischen Überlebenskampf im Haus ihres Vaters stammten.

Pater Dominic musste Stammkunde beim lokalen Händler für Kruzifixe sein, dachte Josefine grinsend und schob die unangenehmen Gedanken von sich. Die Journalistin bestand den Test und klatschte begeistert in ihre hübschen Hände. Die Wohnzimmertür ging auf, und eine Frau mit einem Tablett mit Kaffee und Geschirr trat ein. Der Pastor meinte scherzhaft, dass er ohne Gabriella wohl verhungern würde. Der Kameramann schwenkte in Richtung der Frau, die den Priester mit ihrem guten Essen versorgte. Josefine erstarrte, als hätte jemand einen Eimer Eiswasser über ihr ausgeschüttet, als sie in der Frau im Fernsehen Danielle wiedererkannte, in einer dezenteren Version, ungeschminkt und die Haare zu einem züchtigen Knoten hochgesteckt. Sie hatte den Blick niedergeschlagen, aber Josefine war sich ihrer Sache ganz sicher. Sie richtete sich auf dem Sofa auf, nahm ihr Handy und tippte Xanders Nummer.

»Damgaard«, tönte es aus dem Hörer.

»Josefine hier.«

»Alles in Ordnung?«

»Xander, schalte den Fernseher ein, ganz schnell! Auf DR K …«

Es rauschte in der Leitung.

»Ist eingeschaltet«, sagte er nach einem Augenblick. »Sieh an, unser Freund ist im Fernsehen.«

»Die Frau, die den Kaffee serviert«, sagte Josefine. »Das ist Danielle …«

»Was sagst du da?!«, platzte Xander heraus.

»Ich bin ganz sicher«, erwiderte Josefine und merkte, dass ihre Stimme zitterte.

»Ich werde mich darum kümmern«, sagte er eindringlich.

Josefine antwortete nicht. Sie hörte Schritte im Treppenhaus, die vor ihrer Wohnungstür anhielten.

»Josefine?«, tönte es aus dem Handy.

Das leise Geräusch des Schlosses, das geöffnet wurde, gefolgt von einem gedämpften Klicken.

»Xander! Da ist jemand an meiner Tür«, flüsterte sie.

Die Wohnungstür wurde geöffnet. Langsame Schritte, dann erschien eine schwarze, in Leder gekleidete Person mit Motorradhelm und verspiegeltem Visier auf der Türschwelle. Josefine fühlte sich auf traumatisierende Weise an den Lieferanten mit der verspiegelten Sonnenbrille im Knochendepot in Avedøre erinnert. Wie ein starrendes Insekt, dachte sie, als die Person langsam den Helm abnahm.

Josefine stieß einen Schrei aus und ließ das Telefon fallen, als sie Danielle alias Gabriella erkannte. Instinktiv griff sie nach dem Buttermesser, das auf ihrem Teller lag, und stemmte sich mit Mühe vom Sofa hoch.

Ein stechender Schmerz schoss ihr ins Bein, aber Josefine achtete nicht darauf.

*

Xander starrte auf das Handy in seiner Hand, schnappte sich den Hörer vom Festnetztelefon und rief den Beamten an, der Josefines Wohnung bewachte, während aus dem Handy tumultartige Geräusche drangen. Danach alarmierte er alle Streifenwagen in der Nähe von Josefines Wohnung und stürmte aus dem Büro.

Danielle hatte Josefine überwältigt, die rücklings auf dem Boden lag und ihr in die Augen starrte. Danielle lächelte, aber das Lächeln verhieß nichts Gutes. Ihr Gesicht war mit roten Flecken, Blasen und nässenden Wunden überzogen. Tiefe Brandwunden.

Josefine versuchte, sich mit dem Buttermesser zu verteidigen, was sich als ungleicher Kampf erwies, als sie das Skalpell in Danielles sehniger Hand sah. Danielle hatte keine Schwierigkeiten gehabt, Josefine zu Boden zu werfen, die sich nicht auf ihr gebrochenes Bein stützen konnte. Jetzt nahm sie ihr ebenso problemlos das Buttermesser ab.

»Warum stirbst du nicht einfach?«, fragte sie. »Du spielst Gott ... gräbst den armen kleinen Benjamin aus. Du ... du schändest das Grab und störst den Grabfrieden ...«

»Alle Gräber im nördlichen Teil des Friedhofs mussten geräumt werden ... Das war die Entscheidung der Metro-AG, die ...«

»Aber ... das war gegen meinen Willen!« Spucketropfen spritzten aus ihrem verzerrten Mund. »Er hatte das schönste Grab, und das hast du zerstört! Ihr habt die Säule zerbrochen ...«

»Die Polizei …«, stammelte Josefine. »Ich habe gerade mit ihr telefoniert …« Sie sah zu ihrem auf dem Boden liegenden Telefon.

Danielle lächelte stumm, als sie mit dem Skalpell den Stoff von Josefines Hemd aufschlitzte. Dabei streifte die Schneide ihre Haut. Josefine fühlte einen scharfen Schmerz, der sich zuerst wie Eis anfühlte, dann wie glühende Nadeln.

In der Gewissheit, jetzt zu sterben, schloss sie die Augen.

»Nimm das weg!«, drohte Danielle verächtlich.

»Was?«

»Das Kreuz!«

Josefine kapierte mit Verzögerung, dass die Frau die Halskette mit dem Kruzifix meinte, die sie in der Klinik bekommen hatte.

»Nein!«, antwortete Josefine so ruhig, wie sie konnte.

Sie spürte eine Luftveränderung im Raum, als würde die Temperatur sinken.

Als sie die Augen wieder öffnete, sah sie, dass sich das Skalpell auf ihren Hals zubewegte. Sie merkte, wie die Kette barst, als Danielle ihr den Schmuck vom Hals riss. Im nächsten Moment hörte sie Getrampel im Treppenhaus und sah, wie sich eine Gestalt im Türrahmen materialisierte. Sie erkannte den Beamten wieder, der ihre Wohnung überwachte. Er sah blass, aber entschlossen aus.

»Lassen Sie das Messer fallen!«, rief er und zielte mit seiner Pistole auf Danielle.

»Leck mich«, sagte Danielle in eisigem Tonfall, ohne den Blick von Josefine zu nehmen.

Es fiel ein Schuss, worauf sie das erdrückende Gewicht eines schlaffen menschlichen Körpers spürte, der auf sie fiel.

Kapitel 57

Josefines Schnittwunden, die in der Notaufnahme versorgt worden waren, hatten sich als oberflächlich erwiesen. Jetzt kamen die heftigen Nachwirkungen des Schocks, obgleich ihr klar war, wie glimpflich sie davongekommen war. Die Augen, die sie aus dem Spiegel ansahen, waren verändert, fremd irgendwie. Groß und dunkel. Sie hatten ihr angeboten, ein paar Tage zur Beobachtung im Krankenhaus zu bleiben, aber sie wollte lieber nach Hause.

Kurz nach ihrer Rückkehr aus der Klinik stand Xander mit einem Blumenstrauß vor ihrer Tür.

»Was hat der Priester gesagt?«, wollte sie wissen.

»Dass er es hätte merken müssen. Allein ihr Name war schon ein Wink mit dem Zaunpfahl, die feminine Form von Gabriel, dem Erzengel, der sozusagen dem Inner Circle der um Gott versammelten Engel angehört. Thronengel hat er ihn genannt. Es ist vermutlich ein Zeichen ihres wachsenden Wahnsinns, dass sie sich von Danielle auf Gabriella umbenannt hat.«

»Sie hat sich selbst als Engel gesehen?«

»Ja.«

»Als Racheengel?«

»Dazu hat der Priester nichts gesagt, er hat sich da wie gewohnt etwas kompliziert ausgedrückt … dass sie zum Beispiel ihre Opfer mit dem Weihwasser reinwaschen wollte. Da sie ihrer Meinung nach vom Bösen besessen waren. Sie wollte ihnen den Teufel austreiben. Doch dann hat die dunkle Seite in ihr die Oberhand gewonnen und die gute verdrängt, und irgendwann hat sie dem Drang nachgegeben zu töten … So ist sie selber zum Bösen geworden … eine Teufelin. Weil sie gegen das fünfte der zehn Gebote verstoßen hat. *Du sollst nicht töten* …«

»Ist das nicht völlig schnuppe?«, fragte Josefine.

»Was meinst du?«

»Ob es der Teufel oder eine dunkle Schattenseite in einem ist?«

»Ja … vielleicht«, sagte Xander nachdenklich.

Josefine schluckte.

»Du weißt schon, dass das hier mich gerettet hat?«

Sie hielt ihm das Kruzifix mit der zerrissenen Kette hin.

»Danielle hat gesagt, ich solle es abnehmen, aber ich habe mich geweigert. Das hat mir ein paar wertvolle Sekunden verschafft, sonst …«

Sie brach ab und senkte den Blick.

»Aha«, sagte Xander.

Josefine sah ihn fragend an.

»Das beweist, dass sie tatsächlich besessen war, weil

sie das Kruzifix nicht berühren konnte«, fasste Xander zusammen.

»Ich glaube, sie war einzig und allein von Rachegedanken zerfressen«, sagte Josefine. »Rache, weil ich den Grabfrieden gestört und die Grabstelle ihres Bruders geschändet habe. Das hat sie jedenfalls geglaubt. Meinst du nicht auch, dass der Priester längst Lunte gerochen hätte, wenn die Haushälterin direkt vor seiner Nase wahrhaft vom Teufel besessen gewesen wäre?«

Xander grinste.

»Du könntest eine strahlende Karriere bei der Polizei hinlegen.«

Sie lächelte.

»Hältst du mich eigentlich für einen Nerd?«

»Nein …«

»Du lügst.«

Josefines glasklarer Blick nagelte ihn an den Boden, aber darunter ahnte er ihre Verletzlichkeit.

»Du bist ein nettes Mädchen«, murmelte er. »Und nur ein ganz klein bisschen nerdig … aber auf eine sexy Art«, stammelte er und atmete erleichtert auf, als sie lächelte. Er musste wirklich üben, sich mit Frauen zu unterhalten, besonders mit denen, die er interessant fand. Sonst käme er nie zu Potte und würde irgendwann mutterseelenallein ins Grab gehen.

»Glaubst du an den Teufel?«, fragte sie.

»Ich glaube auf jeden Fall an das Böse, so viel ist sicher.«

Kapitel 58

Am nächsten Tag fügten Jørgen und Xander die letzten losen Fäden in dem Fall zusammen. Dem war eine Audienz bei seinem Chef vorausgegangen, der ihn über den grünen Klee gelobt hatte, wenn auch mit dem Dämpfer, dass die Aufklärung des Falles gerne etwas schneller hätte gehen können, worin Xander ihm bereitwillig zustimmte.

»Aber was genau war denn nun das Motiv für die Morde?«, fragte Jørgen.

»Der Mord an Rita Magnussen war ein Versehen, da sie eigentlich Josefine als Opfer ausersehen hatte«, antwortete Xander.

»Wegen der Grabräumungen?«

»Ja. Josefine ist in der Zeit als offizielle Leiterin des Räumungsprojektes häufiger in den Medien aufgetaucht, und Gabriella oder Danielle, wenn du so willst, hat sich bei ihrem Anblick in ihren Hass hineingesteigert und wollte sich an Josefine rächen, die in ihren Augen für die Exhumierung des Grabes ihres Bruders verantwortlich war. Josefine war sozusagen die Repräsentantin des gesamten

Räumungsprojektes, auch wenn sie nur für einen Teilbereich zuständig war, nämlich die Katalogisierung und Untersuchung der Knochen. Ich habe ein Foto von Rita in einer der Zeitungen gesehen, und es ist unglaublich, wie die beiden sich aus bestimmten Blickwinkeln ähneln. Irgendwann stellte Danielle fest, dass sie die falsche Frau umgebracht hatte, und entwarf einen neuen Plan, Josefine zu töten. Sie entwendete ihre Wohnungsschlüssel, die Kopie, die Josefines Vater bei sich zu Hause hängen hatte. Danach deponierte sie eine Satansmünze in der Wohnung, die Josefine kurze Zeit später durch Zufall entdeckte.«

»Wieso hat Gabriella Josefine nicht einfach in ihrer Wohnung ermordet, als sie die Münze platziert hat? Warum hat sie gewartet?«

»Ich glaube, dass in ihrem Leben Rituale eine ganz wichtige Rolle gespielt haben. Es musste auf die für sie korrekte Weise geschehen … Typisch Serienmörder …«

»Schon ein schräger Zufall, dass sie ausgerechnet bei Josefines Vater Pflegerin war«, bemerkte Jørgen.

»Das war kein Zufall, sie hat sich zielgerichtet auf die Stelle beworben, um an Josefine ranzukommen. Ihr Hintergrund als Entwicklungshelferin wird sie für die Arbeit bei der Hauspflege qualifiziert haben.«

»Und was ist mit Luisa?«

»Sie war Vollwaise und geistig leicht zurückgeblieben, ich denke, Pater Dominic war ihr eine große Stütze. Möglicherweise glaubte Danielle, dass das hübsche naive Mädchen dem Priester den Kopf verdreht hatte. Sie hat die beiden häufiger privat zusammen gesehen und war vermutlich überzeugt davon, dass Luisa es darauf abgesehen hatte, Pater Dominic ins Verderben zu locken.«

»Glaubst du, dass er in Luisa verliebt war?«

»Keine Ahnung. Aber er ist ja auch nur ein Mensch, und wir Menschen sind nun mal von unseren … Trieben geleitet …«

»Das würde ich niemals schaffen«, sagte Jørgen todernst. »Also, im Zölibat zu leben, meine ich …«

»Nach dem Mord an Luisa tauchte die junge hübsche Belinda in der Sprechstunde des Paters auf«, fuhr Xander fort. »Es ist wahrscheinlich, dass Danielle als seine Haushälterin Belinda zusammen mit Pater Dominic gesehen hat. Oder vielleicht hat sie ihnen auch nachspioniert. Jedenfalls deutet nichts darauf hin, dass Belinda etwas von Danielles doppelter Identität wusste. Ein neuer Grund zur Eifersucht für Danielle und das Motiv, Belinda ebenfalls zu töten.«

»Aber wie hängt das alles mit dem Mord an der Psychiaterin zusammen?«

»Der Priester hat gesagt, er hätte Isabellas Namen und die Praxisnummer auf einem Block notiert, der offen herumlag. Danielle kann den Zettel also ohne Weiteres gesehen haben. Sie beschloss, Belinda zu töten, wusste aber nicht, wie sie an das Mädchen rankommen sollte. Darum ging sie zu der Psychiaterin, was voraussetzte, dass sie ein paar psychische Symptome vortäuschte, um eine Überweisung zu bekommen. Möglicherweise hat die Psychiaterin begriffen, welche Gefahr von Danielle ausging, und hat sie zur Rede gestellt oder auf irgendeine Weise zu erpressen versucht. Und Danielle hat ihrerseits gemerkt, dass die Psychiaterin ihr Spiel durchschaut hatte, und beschloss, sie umzubringen, bevor sie ihren Bluff auffliegen ließ. Aus ein paar Mails von Belindas Computer, die die Techniker gesichert haben, geht hervor, dass Belinda und Danielle am selben Tag ihre Termine bei der Ärztin hatten. Darüber haben sie auch herausgefunden, dass Belinda auf ein paar satanischen Webseiten unterwegs war mit pornographischen Fotos nackter Frauen, die es in einer Art satanischem Weiheritual mit Männern in Kapuzenumhängen treiben. Völlig krank. Nach Aussage der Techniker hat Gabriella Belinda in eine Falle gelockt. Über ein gefaktes Facebook-Profil hat sie ein Date in Taastrup arrangiert, wo sie Belinda umgebracht hat.«

Jørgen starrte mit leerem Blick durch den Raum.

»Aber warum ändert sie ihre Signatur? Ich meine … Sie hat das Kreuz nicht in alle Opfer geritzt … Und Serienmörder sind doch Gewohnheitstiere …«

»Darüber habe ich auch nachgedacht«, antwortete Xander. »Ich denke, sie hat eine Art Transformation durchgemacht, und vielleicht ging es ihr am Ende darum, der Welt zu zeigen, dass sie in der Lage war, ihren Opfern das Böse auszutreiben, was weiß ich. Sie scheint ihre Signatur zu einer Art makabrem Manifest verfeinert zu haben, als sie begann, mit dem Blut der Opfer Kreuze zu malen.«

»Aber der Mord an der Altenpflegerin Alice Hansen fällt fundamental aus der Reihe.«

»Ja, und dafür sehe ich nur eine Erklärung«, sagte Xander. »Sie hat eine konkrete und massive Bedrohung für Danielle dargestellt und musste darum aus dem Weg geräumt werden. Ich kann nur raten, aber vielleicht hat sie Danielle ja auf frischer Tat ertappt, wie sie sich im Haus von Josefines Vater am Stromkasten zu schaffen gemacht hat.«

»Aber wie zum Teufel hat sie das mit dem Strom so hingekriegt?«

»Ihr Vater war Elektriker, vielleicht hat er ihr die grundlegenden Dinge beigebracht«, antwortete Xander.

»Ich verstehe immer noch nicht, wie sie es an dem Wachposten vorbei in Josefines Wohnung geschafft hat … Immerhin stand Josefine unter Polizeischutz, und Danielles Steckbrief lag in allen Polizeistationen aus.«

Jørgen rieb sich das Kinn.

»Ein Zeuge sagte aus, dass es in der Nähe von Josefines Wohnung einen Unfall gegeben hatte. Vermutlich hat Danielle den Wohnungskomplex observiert und auf eine Gelegenheit gewartet, unbemerkt an unserem Kollegen vorbeizukommen. Sie hatte zwar die Schlüssel für die Haus- und die Wohnungstür, hätte aber vermutlich mit dem Motorradhelm und dem dunklen Visier Aufmerksamkeit und Verdacht geweckt. Also hat sie den Unfall genutzt, als die Aufmerksamkeit des Polizeibeamten abgelenkt war, um ungesehen ins Haus zu kommen.«

Jørgen nickte langsam.

Es entstand eine Pause.

»Hast du Kenneth gefragt, ob er das Bild vergrößern kann?«

Jørgen reichte ihm einen braunen Umschlag.

Xander zog ein Foto aus dem Umschlag und betrachtete den vergrößerten Ausschnitt des Afrikabildes, das er von Danielle ausgeliehen hatte. Besonders interessierte ihn die dunkle Gestalt im Hintergrund. Kein Zweifel. Das war Pater Dominic. An seinen Augen war er zu erkennen. Das letzte Mal hatte Xander den Priester wegen des Vollbartes auf den ersten Blick nicht erkannt.

»Ein gut aussehender Mann«, kommentierte Jørgen. »Vielleicht war Danielle ja in ihn verliebt …«

»Ja, nicht auszuschließen. Aber gleichzeitig hat sie wohl auch gehofft, dass Pater Dominic ihre Seele retten kann. Vielleicht hatte sie Angst davor, was Gott am Jüngsten Tag zu ihren Verbrechen sagen würde? Sie hat ihn im Rahmen ihrer Arbeit für die Entwicklungshilfeorganisation kennengelernt«, sagte Xander.

»Hinsichtlich der Fingerabdrücke, die du Danielle abgeluchst hast, hattest du übrigens recht … Oder sollen wir sie Gabriella nennen?«

Xander lächelte verhalten. Okay, es war sicher nicht ganz korrekt von ihm gewesen, Danielle dazu zu bringen, das Foto selber von der Wand zu nehmen, ohne sie über ihre Rechte aufzuklären, aber im Hinblick auf den Ernst der Lage hatte er sich gezwungen gesehen, dem Ganzen etwas auf die Sprünge zu helfen. Immerhin hatte dieser

Vorstoß eine Übereinstimmung zwischen den Fingerabdrücken in der Praxis, in der Unterführung und auf dem Bilderrahmen ergeben. Und mit den Fingerabdrücken im Knochendepot in Avedøre.

»Pater Dominic behauptet übrigens steif und fest, Belinda sei ein klassischer Fall gewesen«, sagte Xander.

»Für was?«

»Für echte Besessenheit durch den Teufel. Weil sie die Augen so verdreht hat, dass nur noch das Weiße zu sehen war, und weil sie extrem stark auf seine christlichen Rituale reagiert hat. Als er ihre Haut mit ein paar Tropfen Weihwasser bespritzt hat, ist sie zusammengezuckt, als wäre es Säure. Und als er begonnen hat, lateinisch zu beten, ist sie ausgerastet …«

»Das hört sich ziemlich spooky an.«

»Ja.«

»Aber der Doktorvater war nicht besessen, oder?«

»Nein. Aber als Leiter des Knochendepots gehörte er aus Danielles Sicht wohl auf alle Fälle zu den bösen Schurken. Er sammelte Skelette von Friedhöfen und bewahrte sie in einer gewöhnlichen Fabrikhalle auf. Von ihrer Warte aus betrachtet dürfte das ein noch teuflischeres Vergehen gewesen sein als das, was auf dem Assistens Kirkegård vor sich ging, wo die Skelette zumindest an anderer Stelle wieder in geweihter Erde begraben wurden. Aber ihr Hauptanliegen war, Josefine in eine Falle zu locken. Dabei kam er ihr als Leiter des Skelettlagers vielleicht als besonders attraktives Opfer vor …«

»Der Pater hat übrigens gesagt, dass er für uns beten wird«, sagte Xander.

»Schön, dann können wir ja nachts wieder ruhig schlafen«, sagte Jørgen und lächelte.

»Er befürchtet, dass das hier erst der Anfang ist.«

»Der Anfang von was?«

»Das habe ich nicht ganz verstanden, aber natürlich irgendwas mit dem Teufel. Er hat irgendwas Lateinisches zitiert, was er mir übersetzen musste … was über Satan, der weichen solle oder so ähnlich. Und etwas mit einem Heiligen Kreuz, das ein Licht sein soll …«

»Ernsthaft?«

Xander nickte.

»Mal ehrlich, Xander, du hörst dich an wie der heilige Franziskus. Verdammt, sag nicht, dass du bekehrt worden bist. Das verkrafte ich nicht!«

»Nein, natürlich nicht«, versicherte Xander ihm.

†

Crux sacra sit mihi lux
Non draco sit mihi dux
Vade retro satana
Numquam suade mihi vana
Sunt mala quae libas
Ipse venena bibas

Das heilige Kreuz sei mein Licht
Nicht der Drache sei mein Führer
Weiche zurück, Satan
Führe mich nicht mit Eitelkeiten in Versuchung
Böse ist, was du mir einträufelst
Trinke selbst dein Gift

(Katholische Absage an den Teufel, anno 1415)